狐と戦車と黄金と
傭兵少女は戦争から逃げ出したい！
1
［著］柳内たくみ
［イラスト］叶世べんち

A FOX, TANKS AND GOLD

YANAI TAKUMI
KANASE BENCH

フォクシー

レオナ
カッフェ

ウォリル

フォクシー

狐と戦車と黄金と 1

傭兵少女は赤字から逃げ出したい！

[著]
柳内たくみ
[イラスト]
叶世べんち

口絵・本文イラスト●叶世ぺんち

カデレーヌの荒野を強い風が吹いている。

大地を撫《な》でて土埃《つちぼこり》を舞い上がらせるそれは、死の息吹となって獲物を翻弄するはずだった。少なくとも容易《たやす》い狩りになるはずだった。

戦車が三両ひと組の小隊で前方に凸の三角の陣形を作っている。

それがさらに四個集まって全方位警戒に適した菱形《ひしがた》の陣形を保ち、獲物の待ち受けるであろうカデレーヌ荒原へと侵入していった。

『ガネラ。遅れているぞ！　隊列を乱すな！』

シ・アンの叱咤《しった》が雑音含みの無線電波に乗ってインカムに飛び込んできた。

ガネラと呼ばれたハイヤー犬人種のオスがこの戦車の車長だ。胸にぶら下げたプレストークボタンを押すと操縦手に向けて怒鳴った。

「ガネッサ！　俺達《たち》の雇い主がお怒りだ。さっさと速度増せ！」

『土埃で前が全然見えてないんっすけど、ホントに増速していいんすか？』

「かまわん！」

ガネラの中戦車【カンヘル】は速度を増し、シ・アンの超重戦車【ギーブル】の左斜めに位置した。

「よし、ここで速度を【ギーブル】に合わせろ！」

ガネラは土煙の混じった空気を直に吸わないために捲《ま》いている羅紗《らしゃ》のマフラーをズリ揚げて口鼻を覆うと超重戦車【ギーブル】の車体をチラリと見た。

それはコーマンテルリ地方にあるタンク鉱山の地中奥深くから発掘されたかつてＥ１００と呼ばれた車体を修理・再生したものであった。

大抵の戦車は地中奥深くから掘り出された時、壊れている。

そのため余所《よそ》で掘り出された別の戦車の部品を寄せ集めて組み立てることになる。

そのためこの【ギーブル】は全長はオリジナルよりやや短い十・一七メートル（砲身含む）となっていた。オリジナルと同じ百五十ミリ砲が手に入らなかったからだ。

とは言え百二十ミリ砲を有する車体は十分に偉容を誇るに足りる。蝙蝠《こうもり》の翼と鷲《わし》の足と蛇の尾を持ったドラゴンの名にふさわしいとシ・アンは自慢していた。

車体と砲塔がとりあえずＥ１００ならば旧来の名で呼んでも良いのでは、と思う。

しかしエンジンも砲も、中身すらもオリジナルとは違うのにそのように呼んでしまったらオリジナルを設計し作り上げた古《いにしえ》の技術者達を侮辱してしまう――というのが発掘・再生に携わった技師達の言葉なのだ。

しかしこのような超重戦車に並んでしまうとガネラの戦車が随分と見劣りする。

この【カンヘル】とて、そう悪い戦車でもないのだが。

全長八・一五メートル。かつては『クロムウェル』と呼ばれた巡航戦車の車体にオリジナルになるべく近い七十五ミリ砲とエンジンを乗せてあると技師は自慢していた。

『銀五〇〇ビスの仕事か。しかも経費雇い主持ちって言うんっすから楽っすよねー』

操縦手のガネッサの生意気な口ぶりが癇《かん》に障《さわ》るが確かにその通りで、報酬は作戦に参加した戦車一両あたりに五〇〇ビスが約束されている。

そして獲物となる敵戦車はたったの一両。我らは十二両。負ける要素はどこにもない。

しかし戦場に到着すると風向きが突如変わった。それは砲弾が空を切る音からだった。

『【バッカス】がやられちまったぞ！』

発掘されたＭ３中戦車を元に作られた再生戦車が一方的に撃たれたのだ。

『止まれ！　止まって全方位警戒！　やられたのは誰の【バッカス】だって？』

カデレーヌは四方を小高い丘に取り囲まれた盆地だ。

かつて人々が平和に暮らしていた時代、ここには小麦畑が広がっていたと言う。しかし今ここにあるのは不毛の大地と丘陵と古代都市の遺跡だけだ。

『小隊長のトゥクシがやられた！　撃破されたのはトゥクシの【バッカス】だ！』

『敵の姿は見えたのか!?』

シ・アンのヒステリックながなり声が安物インカムのコーン紙を破りそうに思えた。

『こっちからは見えなかったぞ！』

『左だ！　進行方向左、十時の方向だ！』

そんな中で敵位置を知らせてきたのはどの小隊の誰の声か？

疑問に思うよりも早く、全戦車の砲身が一斉に進行方向に対して斜め左方を向く。

しかしながら今度は左後方から飛んできたＨＥＡＴ弾が、菱形陣《りょうけいじん》の左角を占めていた重戦車【ポレヴィーク】の砲塔の横っ面《つら》を張り倒す。

内側からの破裂するような爆発によってＭ６重戦車を元に作られた再生戦車の砲塔が天高く舞い上がり、黒焦げとなった装甲板の破片があちこちへと散らばった。

『くそっ、敵は女子供じゃなかったのかよ！』

『腐っても奴《やつ》らが乗ってるのは【ナナヨン】だぞ！　ぼやいてないでしっかり探せ！』

「ひいっ！」

緊張に耐えられなくなった砲手のパレランが撃発フットペダルを踏み込む。するとそれに釣られたように他の戦車も次々と発砲を開始した。

『シ・アンより各車へ。撃ち方を止《や》めろ！　ガネラも砲手をなんとかしろよ！　これじゃ私の作戦がメチャクチャになってしまう！』

ガネラは嘆息して戦闘室に潜り込む。そして手当たり次第に大砲をぶっ放している砲手パレランの後ろ頭をヘルメット越しに蹴った。

「痛《い》ってぇ！　蹴ることないだろガネラ!?」

「シ・アンが撃ち方をやめろと言ってるぞ！」

『パレラン、聞こえるか!?　貴様のおかげで前も後ろも粉塵《ふんじん》に覆われて見えなくなってしまった。いったいどうしてくれる!?』

「敵が見えたんだ。確かに見えた気がしたんだ！　だから撃つしかなかったんだよ！」

ガネラはインカムを口元に引き寄せるとパレランに代わった。

「すんません。うちの砲手は繊細で緊張にあんまし耐えられないんです」

『そういう馬鹿を戦場に連れてくるな！　部下の手綱はしっかり握ってろ！』

ガネラは深々と嘆息するとハッチを上げ、キューポラから半身を外界へと出す。

双眼鏡を手にすると担当している左後方だけでなく、全ての方向、紗《しゃ》のかかったような全周囲の向こうに敵がいないかを目を凝らして調べ始めた。

「敵はあのナナヨン・カンパニーか。今回ばかりは仕事を選び間違ったかもしれねぇ」

空気を切り裂いて砲弾が飛来する。鉄塊を打ち砕く音がした。

『くそっ！　またやられちまったぞ！』

『誰がやられた？　どこからやられた？』

『右翼の【ブッチャー】だ。弾は……右後方からだ！』

チャーチル歩兵戦車を元にした車体に大穴があいて損害は都合三両。シ・アンが雇った戦車傭兵《ようへい》集団は開戦劈頭《へきとう》からあっという間に総戦力の四分の一を失った。

『今度は右後ろからだと!?』

『まさか俺達は取り囲まれているのか!?』

『違う！　敵は反時計回りにぐるりと回りながら撃ってるんだ！』

『シ・アンから各車へ。警戒方向を一時から三時に絞れ！　前進するぞ！　隊形を菱形から横陣へと切り替えつつ右に向きを変えろ！　回り込んで奴らの頭を押さえる。奴らの気配がしたら一斉射撃を喰《く》らわしてやれ！　ほんの少しの気配すら見逃すな！』

　その時、エンジンの回転数が急激に下がった。

　それは操縦手ガネッサの戸惑いを表すような挙動だった。

「どうしたガネッサ!?　ここは加速するところだぞ」

　見れば進行方向の白煙の中、戦車から降りた傭兵達が走り逃げてくるのだ。

『あれは!?』

　彼らは慌てふためいた形相で、ガネラの戦車の両脇を脇目も振らずすり抜けてそのまま走って行った。その意味は――。

「また誰かの戦車がやられたのか！　そ、速度を落とせ！　いや、停止だ！　てーし！」

　ガネラはインカムを口元に引き寄せて叫ぶ。

　しかし被弾して擱座《かくざ》した味方戦車の尻が見えたのはそれとほぼ同時。ガネッサはブレーキを踏み込んだが勢いは止まらずに味方戦車の後尾に激突してしまった。

　鉄塊と鉄塊がぶつかり合う激烈な音と共に砲手は照準眼鏡に、装填手《そうてんしゅ》は砲尾に鼻面《はなづら》や身体《からだ》を強《したた》かにぶつけることになった。

「ドジっ！」

『だから、前が見えないって言ったでしょ！』

『痛ってぇなあもう！　これは誰の戦車だあ？』

『こいつはアドンの【セルト】だぞ！』

被弾した【セルト】はⅣ号中型戦車を元にした以下略――は、エンジン部から燃え上がって火に包まれていた。

『逃げ遅れた奴は丸焼きだな』

前方を監視するアーカスの呟《つぶや》きをインカムが拾う。

「操縦手、後進っ、後へ！　下がれ下がれ！　いつ爆発するかわからねえぞっ！」

動輪を通じて履帯《りたい》に力が伝わる。

緩んでいた鎖がピンっと張られるような衝撃の後、小石や土砂を乗り越えるような感触の後に戦車の重い図体《ずうたい》がジワジワと下がっていく。

「キューポラ……か。名付けた奴のそこはかとない悪意を感じるねえ」

「口を噤《つぐ》めアーカス！」

戦車の砲塔天蓋部に設《しつら》えられた搭乗口を兼ねた半円球の展望塔はキューポラと呼ばれる。

その本来の意味は高熱で鉄をドロドロに溶かして製銑《せいせん》する溶銑炉のこと。つまり戦車が被弾すると自分達がどうなるかを暗示しているのだ。

§　§

【ナナヨン式S改Ⅱ《スーパーかいに》】と呼ばれる戦車がある。

元はと言えば【キューマル】延命・改装計画によって不要となる百二十ミリ砲と射撃管制装置を形式名G型、通称【ナナヨン改】へと移植することで【キューマル】に近しい性能を獲得させようとするH型計画・通称【S改】を土台としたものだ。

しかし実際に百二十ミリ砲を【ナナヨン】換装してみると様々な問題点が発覚した。

その最大のものが【ナナヨン】の車体では百二十ミリ砲の衝撃を受け止めきれず、かえって命中率が低下することだったのだ。

しかし計画はそこで終わらない。威力が強過ぎる。砲弾が重過ぎると言うのなら元に戻せば良い。

そこで主砲を元の百五ミリ砲に戻したのがI型計画・通称【S改Ⅱ】なのだ。

その【ナナヨン式S改Ⅱ】の車長用ハッチから身を乗り出し双眼鏡を覗《のぞ》き込んでいる白い毛色をした狐《きつね》耳少女は、冷たい風に乗って流れてくる履帯の擦れ合う音、エンジン音を聞き分けようと頭から天に向けて伸びている狐耳をピクピクと動かした。

「ししょー。あそこに残ってる敵を全部鹵獲《ろかく》できたらさ、いったい幾らになるかな？」

すると砲手席の壮年の男性から怒気をはらんだ返事があった。

『捕らぬ狸《たぬき》の皮算用はやめろフォクシー・ボォルピス・ミクラ』

「ノコノコとこの戦場にやってきた段階で、奴らはもうあたしらの養分なんだっつーの！」

その時、装填手ミリル・ミリアリー・ドヴェルグが言った。

『徹甲。装填よし、なのです』

「だからさあ、ししょー。できる限《かぎ》り鹵獲品が多くなるよう狙い所を考えて——ひっ！」

不意に【ナナヨン】の主砲が炎を吐いた。

発砲煙が視界全体に広がる。

『命中！　五両目撃破！』

「ああっ！　平均市場価格五〇〇〇ビスの【モブシャ】が一瞬にしてスクラップに！」

中型戦車【モブシャ】はＴ３４の車体に別の戦車の砲塔を載せて再生したものだ。

『もたもたしてると反撃が来るぞ！』

すぐさま意識を立て直したフォクシーは、後方を振り返りつつインカムのトークボタンを押す。

「カッフェ！　後退用意、後方よし、後へ！」

『アトへー』

フォクシーが号令すると操縦士のカフェ・カミル・パンテルが復唱する。

【ナナヨン】は地面を耕す勢いで後退を始める。すると少し遅れて敵からの応射の砲弾が次々と降り注いだ。

§　§

【ナナヨン】は反時計回りに移動しながらこちらを狙い撃ってきた。

そしてその砲弾はターベイの中型戦車【モブシャ】を乗組員ごとロースト《炙り焼き》した。

だがこの展開はシ・アンが予想していた通りらしい。

ガネラ達は錆《さび》鉄混じりの粉塵が覆う視界の向こう側に、何がしかの兆候が見えたら躊躇《ためら》うことなく集中砲火を浴びせろと命じられた。

すると、北側に位置する丘陵稜線《りょうせん》付近に動きがあった。

すかさず砲撃して計七発の粘着榴弾《りゅうだん》がそこに着弾する。

これが直撃すれば戦車など瞬く間にスクラップだ。直撃していなかったとしても相応のダメージを負っているはず。しかし――。

「やったか？」

ガネラは風に吹かれて煙が晴れると双眼鏡を覗き込んだ。

「くそっ！　生き残ってやがる」

『とどめを刺しに行くぞ！』

『おうっ！』

『進め進め！　奴らの戦車を棺桶《かんおけ》にしてやれ！』

シ・アンは戦車傭兵達の士気を鼓舞しながらも敵のいる丘陵の稜線に向け、横に広がった陣形を完成させた。

『遅れた奴の報酬は減額するぞ！　逆に奴にトドメを刺した戦車の乗員には追加ボーナスをくれてやる！　一人頭銀二〇〇ビスを約束しよう！』

『やったあああ！』

ビス銀貨は十個あればひと家族が一ヶ月《いっかげつ》は暮らせる。

もちろん庶民が慎《つつ》ましく暮らす範囲において、という条件がつくが、それでもそれが二百個ともなればなかなかの大金だと理解できるだろう。

　酒と料理と綺麗《きれい》な姐《ね》ぇチャン。傭兵の金の使い方なんてそんなものでしかないが、彼らの士気は如実《にょじつ》に上がったのだ。

『銀二〇〇ビスはこの丘の向こうだ！』

『悪いな。賞金は俺達のもんだ！』

　その時、軽戦車38Mトルディーを母体に三十五ミリ砲を搭載した【アケロン】が軽快なエンジン音とともに加速を開始した。

『ず、ずっこいぞ』

『はっ、それがどうした!?　早い者勝ちだぜ！』

　皆が見ている前で軽戦車【アケロン】は丘を登り切り稜線の向こうへと進む。

『さあ、銀二〇〇ビスはどこにいるかなあ？　ひっ!?』

　しかし爆音がして【アケロン】の車体が煙に包まれた。

　敵は稜線の向こうに隠れていてこちらが姿を現すのを待ち伏せていたのだ。

　しかし他の戦車は速度を緩めることなくさらに稜線目指して駆け上がった。

『はっ、ざまあみろ！』

『抜け駆けしようとするからだぜ！』

　味方が被害を受けたというのに薄情極まりない言葉が飛び交って仲間意識は欠片《かけら》も感じられない。

みんな競争相手の脱落を喜んですらいた。

みんな一気に斜面を駆け上って敵に肉迫しようとしていた。

しかし稜線を越えたその時、中戦車【バッカス】が至近距離から砲撃された。

居所を晒《さら》した敵は、逃げるために稜線から遠ざかろうと後退している。そう思い込んだのが運の尽き。逆に体当たりする勢いで迫ってきていた【ナナヨン】に左側の履帯に主砲を押しつける距離で破壊されたのだ。

「くっ、まさか前に出てきてるなんて！」

パニック状態に陥った【バッカス】は右の履帯だけで前進し大きく左を向く。

「く、馬鹿野郎。そんなところに居座ったら邪魔にしかならんだろうが！」

ガネラは怒鳴る。

味方の巨体が邪魔で撃てない。

しかしそう思ったのはガネラだけで他の傭兵は違った。

『撃て！』

シ・アンの号令に躊躇いなく応え、味方の【バッカス】諸共《もろとも》に粘着榴弾を打ち込んだ。

弾薬庫に砲弾を喰らった【バッカス】はたちまち炎上。

対する敵【ナナヨン】は【バッカス】を楯《たて》にした勢いそのまま、稜線を越えて急斜面を下っていった。

ガネラは敵の後ろ姿を追って【カンヘル】の砲塔を回旋させる。

戦車の弱点とも言える後尾がすぐそこにあるのだから狙う好機だ。

「ふ、俯角《ふかく》が!?」

しかし丘を登り切った頂上から下り斜面にいる敵を狙うには俯角が足りない。

「くそっ！　超信地《ちょうしんち》旋回、右だ！　急げ！」

えっちらおっちら【カンヘル】を旋回させ、どうにか射撃できる位置についた頃には【ナナヨン】は斜面を下りきっていた。

「急げ急げ急げ、撃て！」

ガネラの号令に、砲手のパレランが慌てふためきながら主砲の撃発ペダルを踏み込む。

しかし砲の上下振動が収まらないうちに発砲したため、砲弾は【ナナヨン】から大きく逸《そ》れて頭上を高く飛び越えた。

「ここで外すのかよっ！　折角《せっかく》のチャンスなのに！」

『あんたが急《せ》かすからだっ！』

敵【ナナヨン】は砲塔左右に取り付けた筒を空中へと打ち出した。

それらは真っ赤な炎とともに破裂すると、白いカーテンでも下ろすような勢いで周囲に大量の煙をまき散らした。

敵戦車は白い煙幕の中に滲《にじ》むようにして姿を消した。

「これで損害は七。残りは五」

『ってことは、戦えるのはたったの五両ってことか？』

『たったのじゃない！　五両もだ！　こっちの戦力は敵の五倍もいるんだぞ！』

下り斜面であるのに任せて各車は速度をいっぱいに上げた。

『いけいけっ！』

『ひゃっはー！』

傭兵達は荒々しい喊声《かんせい》を上げてガネラの【カンヘル】を追い抜いていく。

しかしその時、白い煙の中から同軸機銃の弾丸が飛来。パチパチと戦車の装甲に当たって弾《はじ》けるそれは対人用の機関銃弾だった。

『豆鉄砲だと!?　んなのが戦車に効くかよ！』

『奴ら意味のない攻撃で、わざわざどこに隠れているか教えてくれてるぜ！』

飛んでくる弾丸はもっぱら【バッカス】の右履帯に集中している。

すると下り斜面を勢いに任せて性能限界を超えて速度を出していた【バッカス】の履帯を構成する接地プレートを繋《つな》ぐピンが音を立てて弾けた。

『あ、やべえ！』

鉄の履帯がたちまち分解。外れた転輪が蛇のようにのたうつ。

【バッカス】は止まるに止まれず車体は大きく向きを変えた。

『あわわわわわ！』

側面を敵に晒した途端、【バッカス】の横っ腹に百五ミリＨＥＡＴ弾が突き刺さった。

その隙を突くようにして中戦車【モブシャ】と、軽戦車【ラミア】――ハリーホプキンスの車体に四十五ミリ砲を載せた以下略――が左右に分かれ白煙の向こうに隠れている敵を左右から挟み込むように突き進む。

しかし敵【ナナヨン】はそこにはいない。

『な、何!?』

そして、下から突き上げるような爆発が起きた。

【モブシャ】【ラミア】の二両はわずかながら車体を浮き上がらせて再び落着。爆煙の中で沈黙した。

「な、何だ!?　今、いったい何が起きたんだ!?」

ガネラが怒鳴るとシ・アンが返事した。

『多分、地雷かそれに類するものだ』

「んなもんが奴らの手にあるって分かってたのなら、教えておいてくれよシ・アン！」

そんなものを敵が使っていると知ったら怖くてもう前には進めない。

『だから黙っていたんだろうが！』

「くそっ！　この敵は【ギーブル】【カンヘル】だけで、どうにかなるのか？」

『どうにかなるか、じゃない！　どうにかするんだ！』

超重戦車【ギーブル】の百二十ミリ砲が【カンヘル】へと向けられる。

「おいおいおい、まさか脅そうってのか？」

『お前達こそ、たった一両の戦車を相手に尻込みしているのか？　仕事料の前金は払ったはず。一旦請け負った仕事は完遂して貰《もら》わないとな』


日干しレンガとは、草などと一緒に泥をこねてレンガの形状に成形し、天日干しして水分を抜いただけの代物《しろもの》だ。

詰まるところ、遺跡の建物はただの土でできている。そのため神殿、家の遺跡は朽ちて風化してどんどん土へと還《かえ》っていく。

かつて人々が暮らしていたであろう痕跡の隙間を【カンヘル】は、ジワジワゆっくりと進む。

驚いたことに遺跡の街路は石畳で舗装されていた。

降り積もった土埃のために見えなかったが、履帯に響く硬い感触と甲高い音がそのことを示していた。

遺跡には地下墓所もあるようだ。

戦車からでは底が見えない奈落がそこかしこで口を開けていた。

『この遺跡って何年ぐらい前のものなんだろ？』

通信手のアーカスの呟きをきっかけに雑談が始まる。

『さあ、千百年くらいじゃないの？　まだ荒茫《こうぼう》大陸が一つの国だった頃のだって言うし――おっとっとっ滑る滑る』

操縦手ガネッサが滑りやすい道に悪戦苦闘している。

『こんな荒原まで人間が住んでいたなんて信じられねえよ』

すると装填手用ハッチから身を乗り出して戦車の左側を警戒するパレランが言った。

ガネラは車長用ハッチから右側を警戒しながら苦言を呈す。

「お前達。頼むからぺちゃくちゃ喋《しゃべ》くってないで集中してくれ」

『うるせえなあ。怖いんだよ！　緊張すんだ！　お喋りしないと耐えられねえんだ！』

『そうだそうだ！　俺達に無駄話くらいさせろ！』

そんな【カンヘル】の後ろを少し離れて【ギーブル】が続く。

敵が【カンヘル】を攻撃して居所を暴露したら【ギーブル】が仕留《しと》めるという、実に分かりやすい役割分担だ。

囮《おとり》にされる身とすれば、無駄口の一つも叩《たた》きたくなっても仕方がない。

その時、突然、【カンヘル】が停止する。

車長の自分が指示してもいないのに止まったことを訝《いぶか》しく思ったガネラは、プレストークスイッチを押す。

「どうしたガネッサ？」

『前を見ろよガネラ』

路上、廃墟《はいきょ》街の中通り交差点中央の道にさしかかったあたりに、皿形をした金属製の物体が鎮座ましましている。

『奴らは俺達を右か左に行かせたいってことっすね』

右は上り坂、左は下り坂。しかもなかなかの急斜面だ。

『どうした？　何をモタモタしている？』

シ・アンの苛立《いらだ》った声がインカムから聞こえる。

「分かれ道の一つに地雷らしき物が置いてあるんだ。奴らは俺達に真《ま》っ直《す》ぐ進んで欲しくないらしいぜ」

『では真っ直ぐいけ』

「真っ直ぐ行ったら地雷を踏んじまうだろう!?」

『邪魔ならどければいいだろう？』

「どうやって!?」

『手でだ！』


中戦車【カンヘル】から降りたパレランがキョロキョロと周囲を警戒する。

「大丈夫か？」

ガネラは周囲へ警戒を怠らないようにしつつ尋ねた。

「待ってくれ。今調べてみる」

パレランは恐る恐る進むとその物体を指先で軽く突いた。

「気をつけろ。爆発させるなよ！」

「脅かすなよ！　いや、ちょっと待て、大丈夫みたいだ」

パレランは数回触って変化がないことに気づくと地雷に両手を伸ばす。

「な、なんだこりゃ!?」

そしてそれを持ち上げると素っ頓狂な声を上げた。

「ど、どうした？」

「こいつは、ただのアルミの皿だぜ！」

パレランは皿を壁に向かって投げつけた。

『くそっ、馬鹿にしやがって！』

その時右方からエンジン音がした。坂の上に【ナナヨン】が姿を現したのだ。

「ちっ！　注意を地雷に引きつけておいて、その間に俺達を仕留めようって寸法か!?」

ガネラは舌打ちすると砲塔に潜り込んで砲を敵へと向ける。

「てっ！」

ガネラの射撃は正確性を欠いて敵に命中しない。しかし牽制《けんせい》の役目は十分に果たしていた。

敵は奇襲に失敗したことを悟ると大きく後退して遺跡群の隙間に姿を消したのだ。

ガネラはパレランに告げる。

「次弾はＡＰＣＲ！　急げよ！」

「高速徹甲弾を使うのかよ!?　一発、銀二〇ビスもするとっておきなんだぞ！」

「とっておきを抱え込んだままやられちまってもつまらんだろが!?」

ガネラは続いて操縦手に【カンヘル】を方向転換させる。そして斜面を登るように指示した。

『ガネラはそこで敵の注意を引きつけていろ！』

矢継ぎ早な指示の合間にシ・アンからの命令が入る。

斜面を登りだした【カンヘル】の後ろを【ギーブル】が通り過ぎていった。

地雷の仕掛けてあった通路を直進し【ナナヨン】の背後へと回り込むつもりらしい。

そこで【カンヘル】は一気に斜面を登る。登ろうとした。

しかし坂の途中で履帯の空転がはじまった。

「どうしたガネッサ。どうして前進しない？」

『履帯が石畳に引っ掛からなくて滑るんだよ！』

隙間なくぴっちり敷かれた石畳と、それに積もった塵《ちり》の層が履帯を空転させる。

アクセルを踏み込んでも履帯が激しく回転するばかりで車体は少ししか前進しない。

下手にアクセルを緩めるとズリズリと後ずさってしまうほどだ。

「増速だ！　増速！」

【カンヘル】がそんなことをしている間に、街路を抜けて敵の後ろへと回り込もうとしていた【ギーブル】が砲撃を浴びた。

「敵の待ち伏せだと!?」

しかし分厚い装甲で守られていることが幸いしたのか重戦車【ギーブル】の動きは停《と》まらない。

「シ・アン!?　無事か!?」

ガネラは慌てて呼びかける。

しかし二発三発と立て続けに弾を喰らうと、さすがの【ギーブル】も沈黙した。

『雇い主がやられちまったら残りの半金はどうなるんだ!?　銀二〇〇ビスのボーナスは!?』

『んなことより生き残るのが先だ！　ガネラ、逃げよう！』

しばし呆然《ぼうぜん》としていたガネラだが仲間の声に我に返った。

「よし、前進やめ。後退だ！」

前進を止めた【カンヘル】はズリズリと後ろに下がり始めていた。そこに後進をかけたから下り傾斜の勢いも重なり【カンヘル】は勢いよく後退を始めた。

「よし、止まれっ！　と・ま・れ！」

しかし履帯の回転が停まっても車体はその場に留《とど》まらなかった。

勢いがついて交差点を通り過ぎて次の下り斜面までずり落ちていったのだ。

「おいおいおいおいガネッサ、何をしてる？」

勢いづいた戦車は止まらずに斜面を滑る。そしてその先に口を開いた地下墓所への大穴に中戦車【カンヘル】は向かっていた。

「止まれ止まれ止まれ！　くそっおおおおっ、誰か止めろ！」

ふわっとした墜落の浮遊感。そしてそれらに続く強烈な音と脳天や鼻を抜ける衝撃と共に戦車傭兵ガネラの意識はしばしの間途絶えることになった。

しばらくすると真っ暗に閉ざされていたガネラの意識が蘇《よみがえ》った。

目の前に広がっているのは崩落した遺跡の天井の隙間から見える青空。全身に感じるのは激痛。

今、自分はどうなっているのだろうか？

仲間は？　戦車は？　周囲を見ようとするが頭が全く動かない。

腹の奥、胸の奥で焼けるような苦痛が溢《あふ》れ喉へとせり上がりつつある。

すぐに理解した。ああ、これが死か、と。

苦痛を味わいながらの緩慢な死は酷《ひど》く惨《みじ》めだ。しかし自分にはこれが相応《ふさわ》しい。

これまで生活のために金のために戦車で戦ってきた。

盗賊、敵に雇われた戦車傭兵。さらには獲物となった隊商の非戦闘員。大勢をその手に掛けてきた。オスもメスも老いも若きも、敵や敵でない命すらも金に換え、食い物や酒、娼館、戦車の部品や砲弾として消費してきたのだ。

だからこういう死に方をするのも当然で、つまりは報いなのだ。

ジリッと砂を踏む音。

誰かが近づいてきた。

その誰かは三人で、一人がガネラの顔をそっと覗き込んだ。

「こいつ、まだ息があるよ」

言ったのは白色の毛をもった狐種の娘だった。

生意気そうな顔つきで一瞬、オスかと思った。

しかしよくよく見れば微妙な曲線で作られた凹凸が身体の各所にある。

半分子供で半分メスになりかけている年頃なのだろう。

冷たい外気から身を守るための真っ赤な革製ジャンパーを着ているのに穿《は》いているのは引き締まった素足を太ももからむき出しにするショートのパンツ。そして黒革の戦車長靴。黒の革手袋。

「師匠を呼ぶですか？」

もう一人は小柄な少女——いや、ドワーフの娘だった。

緑の髪を腰までの太い三つ編みにしている。瞳は紫。

顔立ちは整ってはいるがソバカスがあって地味な印象。

こちらはダボダボのつなぎ服を着ている。

上半身部分は脱いで腰で縛ってとめているので、ぴったりとした黒シャツには腹筋の列が作る畝やら鎖骨の上下のくぼみやら綺麗な曲線からなる水蜜桃がくっきりはっきり見えていた。

見た目の小ささから子供かと思ったが、もう少し年嵩《としかさ》かも知れない。

マイクロ・ドワーフという種族だろう。

裾から覗く素肌には比較的大きな火傷《やけど》跡やら切り傷が刻まれていた。

衣服で隠されているがこの傷はもしかすると全身を覆っているかも知れない。

手にはゴツい耐熱性革手袋。そして戦車兵ブーツを履いていた。

腰にはスパナやらハンマーの入ったツールベルトをしている。そのため拳銃のホルスターは胸の真ん中にぶら下がっていた。

「うん。使える部品は回収したいからね」

「わかった。【ナナヨン】で引っ張り上げてもらうのです」

マイクロ・ドワーフの娘は踵《きびす》を返すとガネラの視界から出て行った。

すると入れ替わるようにミルク・コーヒーを思わせる暗褐色の肌を持つ娘が前に出てきてガネラを覗き込んだ。

薄灰色の前髪で目が隠されていた。

小ぶりな三角耳と細長尻尾から察するには黒豹種《くろひょう》だろう。

唇は艶《なま》めかしいローズピンク。こちらは身体の線がくっきりと浮き出るほどにぴったりとしたジャンプスーツを着ていた。それにベルトを巻いて工具類を下げている。

黒豹娘は前髪の隙間からわずかに見える水色の瞳でガネラの状況を冷静に観察していた。

「このオス、モウ無理。助カラナい」

やはりそうかとガネラは嘆息する。

すると狐娘が腰から拳銃を抜いた。銃身の短いリボルバー式拳銃だ。

「苦痛を長引かせるの良くないよね」

ガネラは銃口を見てこの激しい痛みから解放してもらえることを期待した。

つい先ほどから今に至るまでこの苦痛からどうやって逃れるかばかり考えていたのだ。

だが、この苦痛から解放されると分かれば少しばかり欲が出た。助かるとわかればもう少し、あと少し。それが生き物というものだ。

「ありがとう。お前達に頼みが……」

伝言を一言二言、言い残したい相手がいる。そしてそれを狐娘に伝えようとした。

しかし自分に向けられた銃口はそれを待たなかった。

え、まさかこのタイミング？　と思う間すらない。

唐突に突然に、あたかもスイッチを切るように突然闇に包まれてガネラの思考と苦痛とが消え失《う》せたのだ。

後に残ったのは闇と無。ひたすらの闇、無――。

一人の戦車傭兵の生涯がここで終わりを告げた。

§　§

「フォクシー！」

カッフェは信じられないとばかりにフォクシーを振り返った。

末期《まつご》の言葉くらい残すのを待ってやっても良かったのではないかと言う。

「そ、そんな残酷なことできないよ」

「どシテ？」

「乳歯を抜いた時と同じだって。カッフェだって経験あるでしょう？」

「意味が全然ワカラナい」

カッフェがますますわからないと肩を竦《すく》めるので、フォクシーは説明を始めた。

昔のことだ。フォクシーの最後の乳歯がグラグラしはじめた頃だ。

いよいよ大人の歯が生え揃《そろ》う。そんな喜びの中でフォクシーは歯に糸を結びつけ自分で引っ張って抜こうとしていた。

しかしこれから歯を抜くぞと思うと、襲ってくる苦痛が思い出されて思い切れない。

そんな時だった。

不意に突然に奇襲的に師匠が手を伸ばし、横から糸を「ていっ」と引っ張った。

全く予想していないタイミングだったため身構える暇すらなかった。

しかしおかげでフォクシーの最後の乳歯は簡単に、あっさりと抜けた。

苦痛を感じることすらなかった。

その経験から、フォクシーは他人に苦痛を与えるなら、予告しない方が慈悲なのだと理解したのだ。

「末期の言葉を聞いてやったらさ、このオスは次はいつ撃たれるだろうって、考え始めるでしょ？　そんなのって残酷だと思うんだよねー」

フォクシーは屍体《したい》を見下ろしながら眉一つ動かさなかった。

リボルバー型弾倉を開いて空薬莢《やっきょう》を引っこ抜いてポイと捨てる。そして新しい弾丸を入れるとヒップホルスターに戻した。

遺跡の地下空間にチリンチリンと空薬莢の転がり落ちる音が反響していた。

§　§

「ピーッ！　ピーッ！」

ミミが号笛を鳴らしながら両手を大きく振る。

操縦席のカッフェが合図に従って【ナナヨン】をジワジワと後退させる。

すると戦車に取り付けたワイヤーがピンと引っ張られ、地面の大穴を跨《また》ぐようにかけた鉄骨三本からなる三叉を通じて【カンヘル】のエンジンが持ち上がってきた。

仲間達がそんな作業をしている傍《かたわ》ら、フォクシーはジャンク屋を相手に商談していた。

ジャンク屋は戦いが始まりそうな気配を感じ取ると戦場の近くで待機する。そして戦いが終わってから無線機で呼びかけると、トラックと共にいそいそとやってくるのだ。

「中戦車【カンヘル】の主砲、榴弾、粘着榴弾がそれぞれ十二発ずつに、高速徹甲弾が三発か。あと【アケロン】と【ポリヴィーク】の武器が同軸機銃、車載機関銃」

ハイエナ種のジャンク屋はクリップボードにあちこちから回収した品々のリストを作るとフォクシーに突きつけた。

「【カンヘル】の車体はダメ？」

「まるっきしダメだねえ。シャーシがポッキリいっちゃってるんだもの。けどパワーパックの具合は良いぜ。値段にして銀五〇〇～六〇〇ビスってとこか。今回はそれに主砲と砲弾と、パワーパックとか諸々《もろもろ》を合わせて銀九〇〇ビスってところでどうよ？」

「うー他の戦車はどう？」

「無理無理！　前から言ってるけどさ、鹵獲品で儲《もう》けたいならさあ弾の当てどころを考えようぜフォクシー。あの【ギーブル】なんて、何処《どこ》に持って行ったって一〇万ビスの値がつく超高級品だぞ。それが丸焼けになってくず鉄だ」

「く、くず鉄として売ったら幾らくらい？」

「馬鹿言うな、運搬代だけで足が出らぁ」

　ジャンク屋との交渉はこれで終わり。

　エンジンパーツやら砲身やらを積み込んだトラックが立ち去ると、フォクシーに壮年の男性が歩み寄った。

「どうだフォクシー。少しは元が取れそうか？」

「無理。すっごく赤字。赤字も赤字、大赤字だったから！」

「な、なんでだ？」

「ししょーが高価な弾を使いまくるからだっつーの！」

　フォクシーが回し蹴りをタクローの尻に放った。

「痛《い》ってえな！」

「そもそも計画じゃあ、穴に落っことすのは【ギーブル】だったでしょ！　【ギーブル】をフランべしてローストにしなかったら百二十ミリ砲と砲弾、それとあの特大戦車を動かすパワーパックだけで十分に元が取れてたんだって！　なのに高価なＨＥＡＴ弾を撃ちまくったり、超高価なＡＰＦ

ＳＤＳを三発も使ったりするからっ！」

フォクシーの放つキックの嵐から、師匠は待て待てちょっと待てと言いながら逃げた。

「他の回収品はないのか!?」

「まだ見終わってないから、そこにまとめてあるよ」

フォクシーはジャンク屋すらも引きとらないガラクタの山を指さした。

師匠は少しでもフォクシーの怒りを和らげるためか、自ら進んで金目の物を探そうとそれらの前にしゃがみ込んだ。

「見てくれるのはいいけどさあ、ししょー目利き大丈夫？」

すると師匠は悪びれもせず肩を竦める。

「正直言って全く自信がない……」

このおっさん、買い物のお釣りに偽金《にせがね》を掴《つか》まされても気がつかないくらいなのだ。

「ホント、ししょーって戦闘以外じゃ全然役に立たないヤドロクだよね。あたしらがいなかったら今頃どうなってることやら」

「俺は武器と弾薬と人間の目利きができる！　それでいいんだ！」

胸を張って誇られるとフォクシーも嘆息で返すしかなかった。

実際、師匠の目利きのおかげでフォクシーは今、ここでこうしていられるのだ。

「しょうがないなあ。これ、あたしが分類して整理するからししょーは書いて！」

フォクシーは師匠にクリップボードを押しつけると、焼け焦げた回収品の山の前にしゃがみ込んだのだった。

「これ、二級品。これも二級品。これはゴミだから捨てる。これは修理すればなんとかいけそうだから三級品。これはゴミ、これもゴミ。おおっ、これは一級品だぞお。そしてこれは……財布をはっけーん」

フォクシーは衣類やら装備品に続いて焼け焦げた財布を拾い上げた。

期待通り中身はぎっしりと詰まっていた。

傭兵は仕事を引き受けると前渡し金として約束の報酬額のおよそ半分を受け取る。それらを懐に抱えて出撃するから結構な額が財布に入っているのだ。

「お金って、何だってこんな形してるんだろう?」

「俺が住んでいた国の隣国の古代時代にな、刀銭という刀の形状をした銭があって——」

師匠が語る。

物々交換経済から貨幣経済へと移っていく課程で、刀を模した青銅の物体を、刀と同等に交換物とするというコンセンサスが古代社会で形成されたらしい。この世界の貨幣が『ビス』という実用品の形状を模しているのも、それと似た過程を踏んでいるからに違いない。

「なるほど、わからーん」

「わからんか?」

「全くもって」

ちなみにナットはビスの十分の一の質量。つまり一ビス＝一〇ナットである。

ワッシャはナットの十分の一の質量。つまり一ナット＝一〇ワッシャである。

その下には粒銅というものがあり、十個～十五個でワッシャ貨一枚になる。

そんなこんなで雑談をしながら回収物の分類整理をしていく。

すると回収品の山の中からフォクシーが黒い物体を見つけた。

「あれ？　なんだろコレ。黒くて、艶があって……」

それは首にかけられるように鎖に繋がれた艶のある黒い板だった。

「ししょー。これって前にししょーが言っていたオニキスプレートって奴じゃない？」

オニキスプレートとは傭兵達――否《いや》、傭兵だけでなく商人や盗賊といったこの世に住まう全ての人々の間で伝説となっているレア・アイテムである。

「そ、それは……」

師匠が目の色を変えたのがフォクシーにも分かった。

「あ、やっぱり本物なんだ!?　やった、凄《すご》いよ、コレがあれば億万長者だよ！」

喜ぶフォクシー。

だが師匠の手がぐいっと伸びてきた。

「ん？　いや、ちょっと待ってよ、ししょー。いったい何しようとしてるのさ！」

フォクシーはぐいっと伸びてきた手を笑いながら躱《かわ》す。

師匠はフォクシーの腕を押さえつけると、いささか乱暴にフォクシーからオニキスプレートをむしり取ってしまった。

「これはお前達が手にして良い代物ではない」

「なんで？　それが本物だったら超お宝だよ！　みんなが幸せになれるんだよ！」

「こんなもので幸せになれるはずがない」

「どうして！　お金がたくさんあれば戦車の整備で悩むことだってないし、高価な弾薬だっていっぱい使えるし、美味《おい》しいご飯だって毎日食べられるし、嫌な仕事を無理して引き受けなくて済むんだよ！　嫌な奴の言うことをきかなくったって済むんだ！」

「悩みなんてものは金があっても湧いてくる」

「でも、世の中の大抵のことはお金があればなんとかなる。なんとかならない時はなんとかなるまでお金を積めばいいって言うじゃん！」

「ふん。そんな台詞《せりふ》、人生というものを知らん奴の台詞だな」

「だったら師匠は、これをどうするって言うのさ！」

「俺の捜し物の手がかりにする」

「捜し物って、前にも言っていた元の世界に還《かえ》る方法のこと？」

「それだけではないが、そういうことだ」

「それだったらあたしらにだって関係あるよ！」

「いや、関わるな！」

「なんでそんなことを言うの!?　同じ戦車のクルーなのに！」

「お前達を、あいつらと——俺の同僚達と同じ目に遭わせるわけにはいかない！」

師匠はオニキスプレートを握りしめると思い詰めた表情で立ち上がった。

「あいつらって、ナガセ達のこと!?」

二人の背後ではミミとカッフェが【ナナヨン】の点検をしていた。戦闘の後だけに破損箇所はないか。オイル漏れはないかを念入りに確認しているのだ。

師匠とフォクシーの間で何やら諍《いさか》い怒鳴り合いが始まったことは気づいていたが、どうせいつもの口喧嘩《くちげんか》だろうくらいにしか思っていないのだ。

「ちょっと待ってってって！　戦果はみんなの共有だろ！　独り占めすんなっ！」

立ち上がった師匠の手からオニキスプレートを取り戻そうとフォクシーが手を伸ばす。しかし師匠は全く取り合わない。

「ちょっと、何をしてるのさ!?」

師匠は【ナナヨン】に歩み寄るとその後部に積み上げた荷物の山へと手を伸ばした。

師匠は私物の詰まったバッグを担いだ。

さすがにミミもカッフェもこれが普段のじゃれ合いとは違うと気づいたらしく、こちらに注目している。

「シショウ。どシタ?」

「カッフェ、ミミ。二人とも達者でやれよ。フォクシーを支えてやってくれ。ミミ、【ナナヨン】のことを任せた」

師匠はそんな声を二人に投げかけてフォクシーに背を向けた。

「ちょっと、二人とも黙って見てないでししょーを止めてよ。カッフェ！　ミミっ！」

「何があったですの？」

「わからない。とにかくししょーが変なんだよ！　急に変になっちゃったんだ！」

仲間が当てにならないと知ってフォクシーは舌打ちする。そして全力で走って師匠の前に出ると両手を広げて立ちはだかった。

「どこにいくつもり!?」

しかし師匠はそんなフォクシーを振り払って歩みを進めた。

するとフォクシーも再度走って師匠の前で両手を広げる。

「答えろよ、ししょー！」

これを師匠は再度振り払った。

これを三度繰り返すとフォクシーはトシュカ・クトゥの構えを取る。

それを見た師匠が小さくため息をついた。

「お前にそれを教えたのは俺だぞ」

フォクシーが気がついた時には、その場に尻餅をついていた。

ただ師匠が首に提げていたドッグタグを握りしめているだけだ。どうやら交錯した瞬間に師匠の首からむしり取ったらしい。

師匠は地面に落とした荷物を拾い上げると歩き始めた。

「くそおお、わからないよ、わからないよ！」

たたき伏せられたフォクシーはその姿勢のまま拳銃を抜いて師匠へと向ける。この時、初めて師匠が足を止めた。

「何でなんだよ!?」

師匠はしばしフォクシーを見つめた。

「撃ちたければ撃て」

フォクシーは震える手で師匠に銃口を向け続けて、引き金に指をかけた。

指に力を込めようとする。しかし力が入らない。どうしても引き金を引くことができなかったのである。

「馬鹿野郎！」

師匠は背を向けたまま遠ざかっていく。

彼は最後まで振り返ることはなかった。

01

『工房都市バラクレル』では大隊商のデイトン・キャラバンがバザールを開いていた。

バザールには各地の珍しい品々・産物がずらりと並ぶ。それを目当てにした様々な種族の者達《たち》がバラクレルとその周辺から集まってくるのだ。

バザールを訪れた客は、まずキャラバンの用心棒をしている傭兵《ようへい》達が所有する戦車の列によって出迎えられる。

その光景はなかなかに威圧的だが、誰も怖がったりはしない。

彼らが護《まも》りを固めているから盗賊達が寄ってこないと知っているからだ。

キャラバンに属する『商人』達と、彼らの商売の安全安心はここに並んだ戦車と傭兵達が保障しているのだ。

そんな場所を通り抜けると自動車だまり、車だまりへとたどり着く。

車だまりとは要するに駐車場に指定された広大な空き地のことだ。

特大型・大型・小型のトラック、大型のバス、小型のバス、ワゴン車等々がずらりと並んでいる。

見ればどれもこれも継《つ》ぎ接《は》ぎだらけの穴だらけ。何十年も何百年も地中に埋まっていた物を発掘して再生したのだから当然と言えば当然で、形状も塗装色も、同じ物は一つとしてない。

そんな車があちこちからやってきて、空いているスペースを見つけるとそこに停《と》める。もちろん戦車だってやってくる。

そしてやってきた客達はみんなでバザールへと向かうのだ。

いや失礼、間違えた。訂正する。

全員でバザールに向かったりはしない。大抵は見張り役が一人か二人残される。

それも仕方のない話だ。車や戦車は貴重品なのだから。

うっかり目を離したら貴重な戦車や自動車はすぐに盗まれてしまう。

だから仲間が戻るまでは誰かが居残って見張るのだ。

残った見張りは何をしている？

大人しく黙ってじっとしている？　んな訳ない。

知った者同士で会話するのは当然。中には酒盛りやら賭博を始める輩《やから》もいる。おかげでバザールの陽気なお祭り騒ぎはこんな車だまりから始まってしまう。

「さあさあ、寄ってらっしゃい見てらっしゃい。青空市の始まりだよ」

遠路はるばるやってきたお客を迎えるのは詩を歌ったり、楽器を鳴らしたり、舞踊や見事な芸を披露して見物人から投げ銭をもらっているキャラバンお抱えの芸人達だ。

彼らの使命は陽気さと活気で非日常を演出すること。

次々と訪れる客達の財布のひもを緩ませることである。

もちろんそれぞれが投げ銭を貰《もら》うのも大事だが、キャラバン全体の売上高は彼らの盛り上げる雰囲気にかかっていると言っても過言ではないのだ。

バザールの中心街は屋根型や軒型の大小様々なテントがずらりと並ぶ。

そこでは穀物、豆類、香辛料、塩、砂糖、新鮮な野菜、新鮮な肉、そして果物、生きた牛、羊、豚、山羊《やぎ》などの家畜、鳥籠に入った鳩《はと》や雉《きじ》、鶏、ウサギ、食用の砂ネズミなどが売られ、無論これらの小動物は愛玩用にしても良い。

そして酒。酒の入った壺《つぼ》、樽《たる》、瓶が所狭しと並んでいた。

衣類、日用品、家具、調度品、陶器等々なんかも山のように積み上げられている。

そしてそれらの隙間にできた狭い空間で、店主とお客との間で丁々発止《ちょうちょうはっし》の値引き交渉が行われているのである。

そんな人混みの間を縫うように進み、ようやく最深部パビリオンへとたどり着く。

パビリオンとは巨大なテントのこと。直径一メートル、高さ二十五メールはあろうという柱を立て、それを支えに防水布でできた屋根を広げて巨大な空間を作る。

この中ならば砂混じりの風や、突然降ってくる塵《ちり》の混ざった黒い雨からデリケートな商品を護れるので、大小様々な商品を物見高いお客達に存分に披露することができるのだ。

巨大な天幕の中に入ってみると、そこは機械油と鉄の匂いで満ち満ちていた。

いったい何かと思ってみれば鉄材、鉄板、スプリングやら歯車等々方々の工房で作られた機械部品、あるいは鉱山から出土した銃砲、火器、弾薬類がずらりと並んでいた。

荒茫《こうぼう》大陸各地の工房や鉱山から産出、再生されたそれらを、工房都市『バラクレル』の技師や職人らが目の色を変えて物色していた。

エンジンの前では商人と技師が商談をしていた。

「ガシュの鉱山で出土した十二気筒Ｖ８エンジンだ。他じゃこんなに具合の良い品は絶対に手に入らないよ。どうだね、まとめて十基？　お買い得だよ」

「確かにこいつは良い品だ。でも、お高いんだろう？」

商人がパチパチとそろばんの珠《たま》を弾《はじ》いて見せる。

「これでどうよ？」

しかし技師はそれを見てうーんとうなった。

技師の顔色を見て交渉の余地ありと見た商人はパチッと珠を一つ下ろして尋ねた。

「んじゃ、これくらいでどう？」

「よし、買った」

すると互いに手を握って合意に達したことを喜び合う。

こんな感じのディープな取引がこのパビリオンの中で行われていた。


「え――――――、岩塩十二梱《こん》がたったの一〇ビス!?　そりゃないよローさん！」

さて、そんな商談を十六歳になったフォクシー・ボォルピス・ミクラがパビリオンの片隅で繰り広げていた。

師匠に置き去りにされて一年経過。それでも彼女達は、日々を逞《たくま》しく生き続けていた。

今日はデイトン・キャラバン傘下《さんか》のグループカンパニーの一つ、ローゼンバッハ商会に遠路はるばる運んできた商品を売り込もうと挑んでいた。

「嫌なら無理に取引しなくたっていいんだよ」

「だって、前に値段を見た時は一梱五ビスだったよ。十二梱なら六〇ビスじゃん！　だからコモートの岩塩鉱山で二〇ビスで仕入れてきたのに」

「一梱五ビスなんて、いったい何時《いつ》の話をしてるんだい狐のお嬢ちゃん？」

「確か——半年くらい前？」

「何馬鹿なことを言ってるんだろうねこの狐娘は。商品の値段なんてもんは日々刻々と動く。バラクレルでは塩が高い。そんな噂《うわさ》が流れて商人が半年もの間ほうっておくわけないだろう？　みんなが各地で塩を仕入れて運び込んでくる。不足していた商品はそうやって需要が満たされるのさ。さらに運び込まれ過ぎて、品物がだぶつくと値段はどーんと下がっていく。それが自然の摂理なんだよ！」

「でもさでもさ、あたしが買った値段は二〇ビスなんだよ。少しは買い取り価格に色を付けてくれたって……」

「あのね嬢ちゃん。塩に高値がついている時『仕入れ値がそれだけ安いんだから少しは負けてくれ』ってあたいが言って、あんたは値段を下げてくれるかい？」

「下げない。とことん高値で売りつけて儲《もう》けをがっぽり」

「だろ？」

「ああ——ん、でもさあ、小売価格はさあー!?」

「それもこれも全～部、マ・ゼンダのせいさ。フレグ家が阿漕《あこぎ》なせいで、うちのキャラバンに属している商会は軒並み大損をこいたんだよ」

「でもさあ、これだと損を一般のお客に押しつけてるだけじゃん」

「ごちゃごちゃうるさい娘だね。小商いの値段ってのは取引価格だけじゃなくって、諸々《もろもろ》の経費を全部ひっくるめた上で成り立ってるんだ。それが嫌だっつうなら取引しなきゃいい。とっとと帰っておくれ！」

「わかった。わああったからあ！」

　フォクシーは泣く泣く岩塩を十二梱、ローゼンバッハ商会に引き渡した。

「まいどありー！」

「働けど働けど我が暮らしちっとも楽にならず。じっと手を見る」

　手のひらに載ったわずか十本のビス銀貨を見て嘆くフォクシー。何もしなければ二十本あったはずのビス銀貨が半分に減ってしまった。

「塩なんて腐るもんでもないんだから値が上がるまで待ってれば良かったろう？　売り急ぐからこうなるんだよ」

「でも場所取りになるから処分しろって、みんながうるさくって」

　女商人ローゼンバッハは慰めるつもりなのかフォクシーの肩をポンと叩《たた》いた。

「本業でたんまり稼げばいいじゃないか。戦車傭兵の本領を見せてみな！」

「みんな簡単そうにいうけどさあ、戦車って金食い虫なんだよね。武器、弾薬、燃料、修理費、あとはみんなの食費か。雇兵料だけじゃ正直カツカツなのよね。これから先の人生、何が起きるかわからないし、少しでも蓄えて余裕を持っておきたいんだけど……」

「おやまあ、随分と傭兵らしからぬ台詞《せりふ》を吐くね」

「ひゃっはー、金が入ったから酔い潰れるまで飲むぞお、食うぞお、メスを抱くぞー、金がなくなってすってんてんになっちまったら仕事だあ、戦闘だあ～、ぶっころせ～、なんていう刹那的な生活をしてるとでも思った？」

「違うのかい？」

「違ってな～い。大方の戦車傭兵なんて、だいたいがそんな感じぃ。だけどさあ。そんなんじゃ先が見えないでしょ？　夢も希望も未来もないんだよね～」

フォクシーはどこへ向かえば良いかわからず、ただ日々の糧《かて》を得るためだけに闘っている自分達の境遇を嘆いて深々と嘆息した。

師匠がいた時はまだ気楽だったのだ。

彼が指し示した方角に向かって進めば良かったからだ。フォクシー達は何も考えなくても良かったのだ。しかし今は自分で自分達の舵取《かじと》りをしなければならない。

けど、どこに向かって進めば良い？

バザールの外を見やれば、ただただ不毛な荒野が広がっているだけなのだ。


そんな感じで大損をこいたフォクシーの足取りは重い。

背中と尻尾を丸めパビリオンを出ると人混みを抜けいかにも負け犬――負け狐といった風体で自分の戦車がある車だまりへと向かった。

車だまりの中でも戦車が止まっている辺りまでくると、傭兵達が車座になって酒を飲んでいたりサイコロ賭博をしていたりする。おかげで真《ま》っ直《す》ぐ進めやしない。

喧《やかま》しいし、臭いし、往来の邪魔だなあと思う。

しかしバザールを主催するキャラバンの運営も、そんな彼らを目当てにした酒やら肉の串焼きなんかを売る店を並べているから、こうした無秩序でデンジャラスな有様も公認なのだろう。少なくとも改善しようなんて動きは全くみられなかった。

「よお、白狐の坊主《ぼうず》。どうした？　賭け事に全財産を擦っちまったのか？」

顔見知りの年寄り傭兵がフォクシーを見つけて揶揄《からか》うような声を投げてきた。

「うっせぇ馬～鹿！　あたしゃメスだ！　嬢ちゃんと呼びな！」

顔見知りなのだから、フォクシーがメスであることも当然彼らは知っている。

要するにこの言葉は、ぱっと見で少年っぽい容姿のフォクシーを揶揄《やゆ》した挨拶だ。

これに対してフォクシーが中指をおっ立ててバッキャローと返し、互いに大笑いするところまでがお約束のやり取りだ。

「しかし本当にどうした？　マジで景気が悪そうなツラしてっぞ」

本気で心配する声色だったのでフォクシーも真面目《まじめ》に答えた。

「いやあ、実際に景気が悪くてさー大損こいちゃった。はっはー」

「スケベ心で商人の真似《まね》なんかするからそうなるんだ。俺達戦車傭兵は雇兵料を払ってくれる雇い主のために鉄の棺桶《かんおけ》に乗って命を張る。知り合い同士で同じ側に雇われたら肩を並べて戦って、敵対する側に雇われたら恨みっこなしで殺し合う。んで最期《さいご》は戦車を棺桶に火葬されて終わる。流されるまま命じられるままが俺達なんだよ！」

「いやあ、ほんとそうだよねえ。今回はホント向いてないって思い知ったわーあはは」

「ほら、辛気くさい顔するなっ！　そういう顔をしている奴《やつ》のところにには不幸の女神が忍び寄ってくる。さあ飲め、騒げ、憂いを忘れて陽気に過ごせ。それが幸運の神に好かれる秘訣《ひけつ》だ。なんなら、いいメスを紹介してやってもいいぞ。どうだ。これを機会に童貞とおさらばしちゃあ！」

「だから、あたしはメスだっつーの！」

「そうだったか!?　見て分からねえからすっかり忘れてたぜ！」

「今言ったばっかりだっつーの！　耄碌《もうろく》したのか爺《じい》さん？　ぎゃっはっはー！」

こんな感じで一斉に大笑い。こんなのが戦車傭兵達の日常。これが死ぬまで続くのだ。

戦車だまりには軽戦車の【アケロン】、中型戦車【ブッチャー】、重戦車【ポリヴィーク】等と共に【ザコット】（Ⅳ号戦車の車体に、エンジンばかりか、砲塔も全く別の戦車の部品を組み合わせて再生した中型戦車）、中戦車【モブシャ】等々、様々な戦車がずらりと並んでいる。

そんな中に【ナナヨン】があった。

そして【ナナヨン】の砲塔上には犬種の少年が一人、緊張の面持ちで座っていた。

「ザキ。異常は？」

身だしなみがちゃんとしているので見た感じでは清潔感があるが、この少年もまたそこいらにいる浮浪児の一人だ。年の頃は十か十一といったところだろうか。

「何もなかったよフォクシー。この戦車に興味がありそうな奴らが何人も近づいてきたけど、おいら言いつけに従ってちゃんと追い払ったからね」

ザキはフォクシーが不在中のことを報告しつつ、砲塔から飛び降りてぶっ太《と》い銃身の信号銃を差し出した。

それは、彼一人では手に負えないよう事態に陥った際に使うようにと渡したものだ。

フォクシーはザキと共に戦車の周囲を一回り。

「どうだい？　どこにも異常はないだろ？」

そして積み荷やハッチ等に開けた気配がないことを確認すると、財布からワッシャ一枚と粒銅数個を取り出した。

良い仕事には相応の対価を。それが師匠の教えだ。

「ありがとう」

ザキは手のひらで粒銅の重みを確かめながら礼を言った。

「そういえばナナヨン・カンパニーって乗員が足りてないんだって？　何だったら、おいらが新規メンバーに加わってやってもいいぜ。メスばっかりだと何かと心細いんだろ？」

「生《なま》言うなっつーの！　あんたにゃメッセンジャーの仕事だってあるんだろ!?」

「他人から言いつけられた仕事をして日銭を稼ぐのは飽きたんだ。自分で自分の生き方を選べるようになりたいんだ！」

「戦車傭兵だって雇い主の言いなりになるしかないっつーの！」

「でも、大きく当てれば誰に雇われるか自分で選べるようになるだろ!?　ウルフパックのブ・ラックみたくさあ！」

しかし少年は生意気に言い放つとフォクシーの蹴りをひらりと躱《かわ》す。そして再び戦車の砲塔へとよじ登って見張りを続けた。

「あんた頭が良いんだから、もうちょっとマトモな生き方を選びな！」

「マトモなやり方じゃのし上がっていけないんだよ！」

彼が請け負った見張り仕事の刻限はフォクシー『達』が不在の間だ。

つまりフォクシーが戻った以上はここで仕事を切り上げても良いのだ。

しかし少年は仕事を請け負う際の約束を厳密に受け止め、他の二人が戻るまでは仕事をやり通すつもりらしい。

そんな少年の生真面目《きまじめ》さにフォクシーは好感を持っていた。

それが数多《あまた》いる浮浪児達の中でザキ少年を重用する理由でもある。

折角《せっかく》少年が見張りをしてくれるのだからその時間を有効に使おうとフォクシーは、戦車の荷を開くと中からハンモックを取り出す。

ハンモックの片方を砲身に、片方を立木へと繋《つな》いで昼寝しようと横たわった。

「助けてー！」

しかし一息つく暇もない。

「誰かー！　助けてー！」

大きな麻袋を抱えたならず者複数名が通りかかったのだ。

この瞬間、フォクシーは嫌な予感がした。

ザキの生真面目さが悪い方に転がるかもしれない。

人身売買だの誘拐だのはここいらでは日常茶飯事だ。いちいち関わり合っていたら命が幾つあっても足りやしない。

だから大抵の人間は見て見ぬフリをする。

救いを求められても聞いて聞かなかったフリをする。それがこの世界の常識だ。それが平和のため。ひいては捕らえられた人質のためでもあったりする。

しかし、近くで起きた異常事態を報告するのは見張り役の役目だ。そしてそれを忠実に果たそうとするのがザキだった。

「フォクシー、人さらいだよ！」

少年の警声に、ならず者達が慌て始めた。

「うるせえ、早く荷物を黙らせろ！　目立っちまったろうが！」

「袋の中で猿ぐつわが外れちまったみたいで。でも、どうやったら……」

「ちっ。こうやって黙らせるんだよ！」

バンバンバンという銃撃音。

ほら悪い方に転がったとフォクシーは舌打ちした。

「フォクシー！」

「お前も喧しい！」

さらに数発の銃声。

「フォクシー！」

ザキの声が悲鳴になると、ようやくフォクシーは飛び起きた。

「てめえら、何しやがる！」

見れば地に放り出された麻袋には数個の穴があいていて、そこから真っ赤な血が滲《にじ》んでゆっくり広がっていた。

戦車を振り返れば、ザキ少年も地面に落ちて転がっていた。

いや、こちらは戦車から飛び降りて弾の回避に成功したらしい。

「ザキ！　大丈夫か!?」

「こんな奴らにやられるほど、おいら間抜けじゃないって！」

その傍《かたわ》らには加害者らしきならず者が五人いた。

ゴリラっぽい奴をリーダーに、犬、ネズミ、牛、ウサギのオスが五人。それぞれを今後モブ――もといA、B、C、D、Eとする。

「おいらの手伝いがいるかい？　果たし合いの助太刀《すけだち》は別料金になるけど？」

「いらねえって。巻き込まれたくなけりゃとっとと逃げろっつーの！」

「んじゃ、またねー！」

ザキ少年は立ち上がると戦車に立てかけてあったモペット（自転車に小排気量のエンジンを取り付けたもの）に飛び乗る。ペダルに全体重をかけて踏み込んだのでエンジンは軽快な音を立てて回転を始めた。

ザキ少年はすぐさまアクセルを開くと一目散に逃げていった。

残ったのは、ならず者A、B、C、D、Eの五人だ。

「おい、てめえら！　あたしの枕元で何をしてやがった!?」

フォクシーはハンモックから肉食獣の獰猛《どうもう》さでこの五人を睨《にら》み付けた。

「この糞《くそ》ガキが、生意気ほざいてんじゃねえぞ！」

そしてならず者達は、怒鳴られたり叱られたり向けられた敵意を受け流すことに全く不慣れなのか、そろいもそろっていきり立っている。

そもそもここはすれ違いざまに肩が触れただの、ぶつかったので喧嘩や殺し合いがいとも簡単に起きる場所。

近くにいた買い物客やら戦車乗り達は巻き込まれてはかなわないとばかりに足早に通り過ぎ、車やトラックの陰へと身を隠していく。

「ぶっ殺せ！」

ならず者達はフォクシーに向けて一斉に発砲した。

§　§

ナナヨン・カンパニーの装填手《そうてんしゅ》兼整備主任であるミミことミリル・ミリアリー・ドヴェルグは、バザールの中を道に迷ったかの如《ごと》く彷徨《さまよ》い続けていた。

「あー、見つからないのです！」

パビリオン内を二、三周もするとさすがに疲れたのか嘆きが口をついて出た。

「そこのドワーフのお嬢ちゃん。いったい何を探してるんだい？」

そんな時、手の空いた年嵩《としかさ》の髭親父《ひげおやじ》が声をかけてきた。困った様子のお客様に声をかけるのは客商売の基本だ。

「ゴムです」

「ゴム？」

「硬いアレに被《かぶ》せるゴムです」

「き、君が使うのかい？」

すると髭親父は驚き顔でミミを見た。

「はい、です？」

ミミは何故《なぜ》そんなことを確認されるのかがわからず首を傾《かし》げた。

「君はもしかしてマイクロ・ドワーフ？」

「そうなのです」

店員は改めてミミの肢体を上から下まで舐《な》めるように見て納得した様子を見せた。

どうやら店員は勘違いを二度したようだ。

まず背丈の低さのせいでミミを幼い子供だと勘違いした。

マイクロ・ドワーフは、ドワーフ種の中でもさらに小柄な種族だ。成長したとしても背丈は低いまま。しかし背丈の代わりに横に大きくなる。

男ならば腹、女ならば胸や尻にしっかりとした丸みを帯びる。張りのある乳房、働き者であることをよく示す筋肉はきゅっと腰を引き締め、ムチムチの臀部《でんぶ》を引き立てる。

このスタイルをちゃんと見れば、ミミが子供ではないことがわかる。

「そういうことか。君の探しているゴム製品はここにはないよ。医薬品扱いだからパビリオンの外で扱っているはずだ」

これが二つ目の勘違い。

医薬品と聞いてミミは店員がどのような勘違いをしたのか気づく。そして憤慨した。

「そ、そのゴムではないのです！　戦車の転輪に被せるゴムなのです！」

「ああ、なるほどなるほど。そういえば君はマイクロ・ドワーフ、職人や技術者の一族だね。ならばそっちの方だね」

店員の親父は度重なる失礼を誤魔化《ごまか》すが如くニコリと愛想笑いをした。

「ゴム？　ええ、扱ってますよ」

デイトンキャラバン傘下ジャウ商会グループ・アダモントカンパニー会頭と自己紹介した商人はミミについてくるよう告げた。

ミミが連れて行かれたのは黄色みを帯びた生ゴムの山の前だった。

「これがゴム？」

ミミは黄褐色の生ゴムの山を見てため息をついた。

「はい。――正しくは生ゴムと申します」

ゴムとは樹木の幹に傷を付けてにじみ出てくる粘稠《ねんちゅう》な樹液を集め、乾燥させ、炭素や硫黄《いおう》を配合してよく練り、成形して加熱して作った製品の総称である。樹液を乾燥させただけのものは生ゴムでしかない。

「生ゴムは、トラックやバスのタイヤ、ゴムチューブ、ゴム管、靴の底等々、様々な用途での需要がございます。しかし生憎《あいにく》とご要望の状態での在庫はございません」

「ないですか？」

「はい。理由は生ゴムに各種素材を混ぜあわせたまま加熱せずに放置いたしますと品質が急速に劣化するからです。そのためゴムは生ゴムという素材として、あるいは完成した製品という形でしか市場に出回らないのです。このたびは転輪用のものをご所望とのこと。そういった品についてはデイトンキャラバン傘下のカリス商会が品揃《しなぞろ》えも豊富に取り扱っているはずですので、そちらをご紹介できますがいかがされます？」

「もう見ました。希望するものがカリス商会の在庫になかったので困っているのです」

「なるほど。だからご自身で素材を集めてリペアを試みたいと？」

「はいなのです」

「しかしゴムの加工は難しゅうございますよ。用途に応じて配合する成分やその分量、加熱する温度、時間などなどは各工廠《こうしょう》の秘伝。そのためタイヤはタイヤ工房、エボナイトはエボナイト工房でしか加工はできないのです。悪いことは申しません、どこかの工房に再生をご依頼すべきです」

「では、どこか適切な工房をご紹介いただけますですか？　そのためでしたら多少の割り増ししたお礼くらいはお支払いできると思うのですよ」

「生憎、当商会では一見《いちげん》のお客様にご紹介はいたしておりません。もちろん上得意のお客様ですと話は全く別なのですけれど」

「それで、その上得意のお客になるにはどうしたら？」

「それはですね――」

　生ゴムを扱う商会の男は、ミミに対してニヤリと嫌らしそうに微笑《ほほえ》んだのだった。


　その頃、ナナヨン・カンパニーの操縦手カフェ・カミル・パンテルは、ミミと別れパビリオンの外に並ぶ青空市場で食糧調達をしていた。

　デイトンキャラバンの方針なのか、往来は狭めに設定されて品物は頭を越えるほど高く積み上げられている。そのため市場の活気と熱気は逃げ場を失って、そこかしこで濃度温度を増して渦を巻いていた。

　この熱気が客の購買欲をそそるというのだ。

　おかげで人の動きやその向かう先も無秩序になり、往来する人々はすれ違い行き交う際に肩や身体《からだ》を接触、交錯させてしまうことも少なくない。

「ティンブレッド《食パン》二包、バケット三本」

「あいよ。合わせて銀二ワッシャだ」

そんな環境で多発するのがスリ被害だ。

カッフェも市場に入ってから数度、被害に遭いそうになっていた。

財布を仕舞《しま》おうとするタイミングで人々の隙間から手を伸ばす、あるいはぶつかりながら懐に手を伸ばす等、手口は様々だ。

「何しやがる！」

「す、すみません！」

怒鳴り声に始まる騒ぎが発生すると往来する人々の意識はそこに集中する。

立ち止まった人、押された人がぶつかってぶつかり合って、多くの人がその衝撃でさらに身を退《ひ》くなどする。

すると、ちょっと程度に注意深い人間では意識が散漫になってしまう。

しかしカッフェはネコ科の尖《とが》り耳をピクッと動かして不自然な気配を察知。

「おっと、ごめ……！」

薄灰色の前髪に隠された瞳を輝かせ舞踊で身につけた合理的な動作と、黒豹《くろひょう》種独特のしなやかな身のこなしでスリの接近そのものを巧みに躱した。

ついでに爪先を軽く出して相手の脚を払う。

おかげでスリは、勢い余って彼女の目の前で盛大にすっ転ぶことになった。

「ドーシた？　他人ノ懐バカリ見てるカラ足元がお留守にナルんダゾ」

煽《あお》るような台詞はもちろん周囲の注目を集めるため。

大抵のスリは一度ないし二度挑戦して失敗したら身を退くがこの相手は三度、四度と繰り返した。

しつこい事この上ないので追い払いたかったのだ。

おかげでパン屋の店員も周りの客達も突然転がったスリに目を向ける。

するとそこにいたのは犬科の少年――十一、二歳の浮浪児だった。

「くそっ。馬鹿野郎！」

少年は悔しそうに舌打ちすると捨て台詞を残して逃げていった。

彼、一人だけではない。

怒鳴り声を上げた羊科少年、謝った猫科少女、スリ盗《と》った財布を受け取る役だろう猪《いのしし》っぽい奴等々――合わせて四名の子供達が、犬少年を追いかけるように走り去った。

「コーの奴とその手下共か。ホント懲りねえ奴らだぜ」

パン屋はお釣りのワッシャ銀貨を六枚差し出しながら嘆息する。

「知リ合イか？」

「あんたがそんな中身のずっしり詰まった財布を持ち歩いているのが良くない」

「稼グのガ悪イのか？」

「いや、勘弁してやってくれってことさ。彼奴《きやつ》らも生きるのに精一杯なんだ。懐の温かい戦車傭兵なんて奴らにとっちゃ格好の獲物だ。あんた戦車傭兵なんだろ？」

パン屋は確認するようにカッフェの姿を上から下まで舐めるように見た。

服装はそれぞれだが、戦車傭兵にはこれと決まった装備がある。

胸ホルスターに拳銃を下げ、指だしの革手袋と無骨な戦車靴。

さらに首にゴーグルをかけているとなればこいつは戦車に乗っている奴だなと分かる。

カッフェは首を傾げるようにして肯定した。

「奴らは戦車乗りを恨んでる。孤児になるきっかけには大抵が戦車が絡んでるからな」

「ソレをシタのはムナ《私》か？」

「分かってる。大抵がただの逆恨みの八つ当たりだ。なのに奴らは、戦車乗り全体を目の敵にする。全てはそれが間違いだ。当然、いつかはとっ捕まって痛い目に遭わされる。俺達にゃ親代わりに叱ってやることも注意してやることもできないんだ」

パン屋は後ろ頭を掻《か》きながらコー少年とその仲間達に心配そうな視線を向けた。

「奴らが破滅していくのを見ていることしかできないのさ」


パン屋、乾物屋、粉物屋、青果屋、肉屋等々を巡って約一週間分の食料品を買い込んだカッフェは、ずしりと重い大袋を抱えてバザールの人混みから脱出した。

「よお、ねぇチャン。重そうじゃん。手伝ってやろうか？」

ヨロヨロしつつ歩いているとこんな感じで下心混じりのオスが声をかけてくる。

すらりとしたこの容姿が若いオスを引きつける。美しさとは力であり、それに群がってくるのは彼らオスの本能なのだ。

たとえ蛾《が》が炎の明るさに惹《ひ》かれてたき火に集い、その身を焼かれてしまおうとも、それは彼らの勝手で運命で宿命だ。炎に全く罪はない。

「ならば疎《うと》ましく思うよりも、どうコントロールするかを考えなさい」

これが今は亡き母の言葉だ。

要するに下心につけ込んで上手《うま》く利用してやれということだ。この状況で言うならばこの糞重たい荷物を笑顔一つで運ばせてやれば良いということになる。

とは言えこれが面倒くさい。

利用すれば縁になる。縁ができれば相手もそれを手繰って距離を詰めようとする。

それがとても面倒くさい。

「Amui! ourubach!（おとついきやがれ！）」

そんな時にカッフェが選ぶのが、生まれつき身につけた言葉でまくし立てることだった。

「Euymoii! Hodunetta noerrim badewn gttha!（そんな下心見え見えの態度になびく女がいると思うなよ。この童貞野郎！）」

言い終わったらニッコリと微笑む。

礼儀正しく、相手の感情を害さないよう角を立てずにお近づきになりたくありません、と応じる以上に簡単な方法であった。

「べ、ベルベ語かよ」

ベルベ語はこの荒茫大陸の猫科種族の間でのみ使われるローカルな言語だ。

「あ、うっ」

言葉が通じないとなると大抵のオス連中も肩を竦めて立ち去っていく。

自分と意思疎通ができるようにベルベ語を学ぼうとするほどの熱意があるなら、距離を縮めることも受《う》け容《い》れてやっても良い。しかしカッフェのこれまでのさほど長くない人生で、その壁と段差を踏み越えてきたのは師匠達だけだ。

そして師匠が去った今、フォクシーとミミ、そして自分の三人と一両の戦車からなるナナヨン・カンパニーこそが家であり家族。戦友にして故郷なのだ。

しかしだ。この糞重たい食糧の山を抱えて歩くのもいささか辛《つら》い。いったいどうしてくれよう。どうしてくれようか。

そんな風に思っていると運良く腕力自慢の家族を発見した。

「ミミ！」

「あ、カッフェ」

黄色い生ゴムの山を抱えながらも力なく背中を丸めた彼女の姿に、返ってくる言葉をなんとなーく予想しつつも問いかけた。

「ドウダッた？」

ミミも大荷物を抱えている。彼女に荷物を押しつけるのは無理そうだと諦めた。

「ダメだったのです。応対に出た奴がとんだ銭ゲバ野郎だったのです。あいつ、ゴム加工工房を紹介するのに戦車の主砲が一門買えるくらいのお金を要求したですよ。生ゴムは手に入ったけど、どこかに修理工場を探さないといけないのです」

二人はそんな会話をしつつ車だまり——要するに駐車場へと向かった。

車だまりにはいろいろな車がある。

大型、小型のトラック、燃料を積載したタンクローリー、大型バス、小型のバス、ワゴン、小型四輪駆動車もどき。少し進むと、装甲車、武装がちょっと強めの軽戦車、さらに強い中戦車、もっと強いけれど動きの遅い重戦車。

こんなものに乗った奴らを大切な商品に近づけて大丈夫なのかと思うけれど、こういうのに乗った連中だってお客なのだから仕方ないのだ。

やがて戦車の列の中に【ナナヨン】が見えてきた。

そしてザキ少年がモペットに乗って走ってくる。

「あ、ミミとカッフェ！　フォクシーが大変だよ！」

少年が指さした方角を見れば、ナナヨン式戦車前から立木に向かって吊《つる》されていたハンモックに五人のならず者——ゴリラっぽい奴をリーダーに、犬、ネズミ、牛、ウサギ——A・B・C・D・Eが銃を向けていた。

カッフェは食糧の詰まった袋を放り出すとよどみない動作でチャクラムを投じる。

事情は知らんし分からんが、とにもかくにも危機的状況が発生したらしかった。

　銃が乱射されてハンモックは穴だらけ。

　ハンモックはネットでできているから穴だらけなのが普通の姿ではないか？　というのは誤解だ。ハンモックとは吊《つる》す寝床のことで、それがシーツ由来の布だろうとカーテンだろうと体重を支えられるほどに丈夫なら何でも良い。

　もちろん丈夫な糸を紡いだ網だってかまわない。

　しかしながらこのハンモックは厚手のフランネル布でできていた。しかも雨よけ虫除《むしよ》けとなる屋根代わりの防水フライシートまで付いていてなかなかの高級品だ。

　しかしそれが五人がかりの拳銃乱射であっという間に穴だらけ。

　ミミは小さな悲鳴を上げ、カッフェなんかもベルベ語の罵倒混じりの舌打ちをした。

「あれ、高かったのです！」

「Bullg!（こんちくしょう！）」

　フォクシーのことを心配している者は一人もいない。

　と言うのも、既にフォクシーは大地に舞い降り身を低く伏せていたから。いかにも四足の獣を祖とする者らしく地を這《は》って獰猛《どうもう》な紅瞳を輝かせ牙を剥《む》いていた。

　拳銃を構え直し、地に降りたフォクシーに銃口を向けるならず者Ａ・Ｂ・Ｃ・Ｄ・Ｅ。

　しかしその時、横合いからカッフェの投じたチャクラムが犬を祖先に持つならず者Ｂの右前腕に食い込んでいた。

「ぐあっ！」

仲間の悲鳴に意識が逸《そ》れるならず者達《たち》。

その隙を獰猛な女狐《めぎつね》は逃がさない。地を駆けてならず者達の群れへと飛び込んだ。

「野郎！」

慌ててフォクシーに銃口を向けるならず者達。しかし小柄な彼女の向こうには既に仲間の姿があって引き金を引くのに躊躇《ためら》った。

代わりにネズミ由来のならず者Ｃが咄嗟《とっさ》に前蹴りを飛ばす。

するとフォクシーはＣの前蹴りを腕で払って躱《かわ》す。そして懐に飛び込んでＣの脚を抱え上げながら胸を推す朽ち木倒しで転倒させた。

お前らの体格で殴り合ったら絶対勝てない。だから避けて通れが師匠の教えだ。代わりに教え込まれたのが『トシュカ・クトゥ』と呼ばれる技の数々だ。

「ぐっ!?」

背中から受け身もできずに倒れたＣは衝撃で呻《うめ》き声を上げる。

するとフォクシー、胸ホルスターからＳ＆ＷＭ３２７Ｒ８・２インチを抜くと銃口をＣの胸の中央に押しつけた。

銃口をぐいっと押しつけての三連射。

どんなにデカい筋肉ダルマもこいつを喰《く》らったらひとたまりもない。

「がはっ！」

Ｃは口から血を大量に吐いた。

「や、やりやがったな！」と牛を祖先に持つＤ。

「撃て撃て！」とがなり立てるゴリラっぽいＡ。

Ａの号令でフォクシーを撃つならず者達。

しかしフォクシーはＣの上を前転受け身で転がって、既にその場にはいない。

Ａ・Ｄ・Ｅが放った弾丸はＣの遺骸をむやみやたらと傷つけただけで終わる。

その間にフォクシーは次の獲物に牛っぽいＤを選んでいた。

Ｄとの間合いを前転で縮めて、肌が触れるような距離で眉間と胸に向けて発砲。これまた三発。

「撃つのー、撃つわよー、撃ちますからねー、当たっても知らないのです！」

その時、ミミがモーゼルを横に構えると目をぎゅっとつむって叫ぶ。撃つ三段活用の宣言で乱射された弾丸は当然ながら誰にも当たらない。

流れ弾となってそこかしこに駐車している戦車やバスに当たって弾《はじ》けて跳ね飛んだ。

物陰に隠れて覗《のぞ》き見ていた野次馬《やじうま》達もこれは危ないと気づいて焦《あせ》って逃げていく。酒盛りの瓶、賭博のテーブルを抱えた連中もこいつはたまらんと大騒ぎ。

ならず者Ａ・Ｂ・Ｅもまぐれ当たりが怖いのか大仰に避《よ》けて戦車の陰や物陰に。

その場に残されたのはＣとＤの遺体。

右腕を負傷したＢは左手で落とした拳銃を拾い、Ａは撃ちきった弾の再装填を始める。

その間にウサギ由来のならず者Eがミミへと銃口を向ける。

しかし既にカッフェが舞踏のような身のこなしで迫っていた。

ククリを左手で抜き、拳銃を持つ右手首内側を払い人差し指の屈筋腱《けん》を切断。

「ひっ！」

そのまま右上腕の下をくぐり抜けながら脇の下を切りつける。

「や、やられた！」

腋窩《えきか》動脈を分断されたならず者Eは大量の出血の恐怖と激痛に悶《もだ》えて転げまわった。

その姿を尻目にカッフェは、チャクラムを縦に空へと投擲《とうてき》。

その間に、フォクシーとならず者Aが拳銃を向け合った。

しかしわずかに狐娘が早い。

「ぐはっ」

眉間と胸部に、合わせて二発の弾丸を受けたAは仰向《あおむ》けに倒れた。

「ちくしょう、よくも仲間をやりやがったな。ちくしょうめ！」

犬由来のBがフォクシーに左手に握った拳銃を向けて発砲。しかし外れる外れる。利き腕ではない左手での照準はうまくいかない。

フォクシー、その隙に拳銃に左手を添えて弾倉を開く。

左の親指でセンターピンを押して薬莢《やっきょう》をころっと捨て去る。既に右手は胸のホルダーから弾丸八発を連ねたムーンクリップを摘《つま》み上げていた。

クリップの中心に中指を差し入れたまま、弾倉に向けると弾丸を放り込むようにして再装填。流れるような美しい所作でこの間わずかに一・八秒。

その間にBは撃つ、撃つ、撃つ。弾倉の弾が尽きるまで撃った。

しかし弾丸は全て地面に吸われてしまった。

そして空から落ちてきたカッフェのチャクラムがならず者Bの脳天を縦にかち割る。と、同時にフォクシーがBの心臓目掛けて一発発射。

「かはっ！」

頭蓋を割られ、胸に弾を喰らったBが倒れて戦いは終わった。

一瞬とは言えないけれど、速やかで流れるようで実にスピーディーな戦いであった。

フォクシー、油断なく周囲を見渡す。

しかしさらなる敵が現れる様子はない。全て終わってのオールオーバー。それを確認して銃をホルスターへと収めた。

カッフェもチャクラムを拾い上げ、こびりついた血を敵の衣服で拭って懐へ仕舞《しま》う。

緊張感が一気に散じたのか戦いの帰趨《きすう》を見守っていた野次馬達も安堵《あんど》のため息をつく。

みんな再び元の位置に戻って、椅子とテーブルを起こして、料理の載った食器を置いて、さっきまでしていた駄弁《だべ》り酒盛り賭博を再開。車だまりは再び喧噪《けんそう》に包まれた。

今ここで殺し合いが行われたこと。ならず者が死んだことに格別の関心を払う者は一人としていなかった。いや――。

「あいつら何者なんだろ？」

「さあな、俺は拐《かどわ》かしをするような奴《やつ》に知り合いはいねえし」

「顔の広いあんたが知らないってことは、奴らは流れ者ってことか？」

しばしの間、酔っ払いや野次馬達の世間話の題材にはなるようだ。

しかし、治安を護《まも》るような役目を帯びた者はここに来ない。

っていうかそんな者はこの荒茫《こうぼう》大陸のどこにもいない。

国家が崩壊して法律の意味がなくなって、法執行機関もないのだから仕方がない。こんな乱闘乱戦もそこかしこで度々起こる。

とは言えデイトン・キャラバンに雇われた護衛の戦車傭兵《ようへい》達がいる。程なくそいつらが軽戦車【アケロン】に乗ってやってきた。

「なんだ――。騒ぎの元はナナヨン・カンパニーか？　いったいどうした？　何があった？」

「絡まれたから撃っただけー」

フォクシーは悪びれもせずしれっと答えた。

戦車傭兵は、周囲と転がっている死体をじろじろ見渡す。

「封印を破ってねえだろうな？　ウチで仕切ってる車だまりで封印を破りやがったら？」

傭兵達は【ナナヨン】に歩み寄る。

砲や銃に貼り付けた赤い封印をさらっと確認した。

「罰金を取られるとわかって、んなことしないっつーの！」

この封印、ここの車だまりに停《と》める戦車の砲、車載機銃の銃口には全て貼り付けられている。これをつけないと警戒線を通過させてくれないのだ。

「で、こいつらは何だ？　盗賊か？」

「多分ね」

「終わったのか？」

「ン」

カッフェが頷《うなず》く。

「ならよし」

一通りのことを確認した護衛の戦車傭兵は、世は全て事もなしとばかりに背を向ける。

デイトン・キャラバンに雇われて彼らの商売と商品とを護るためにいる彼らにとって、客同士のトラブルは管轄外。

ここで倒れている連中が盗賊団の所属だったとしても、その後ろ盾になる親分から復讐《ふくしゅう》のターゲットにされるのはデイトン・キャラバンではなくナナヨン・カンパニーの娘っ子達。彼らには全く関係がない。

「こいつ、まだ生きてるけどどうする？　いろいろ聞けば答えるかもよ」

その時、フォクシーはうさぎ由来のならず者Ｅを指さした。

カッフェに脇の下を斬られたこの男は、多量の出血で弱っているがまだまだ十分に息があった。

地面に横たわりつつも傷口を必死に押さえて命がこぼれ落ちていくのを防いでいた。

「いずれ死ぬからほっとけほっとけ」

　しかし護衛の傭兵はさらっと言った。

　騒ぎがどんどん拡大して商売の邪魔にでもならない限《かぎ》り放っておく。それが彼らの流儀だ。基本的姿勢で態度だ。だって余計な手出しをして撃たれても補償なんてないのだから。彼らの雇い主が金を出すのはあくまでも自分と自分の商売を護る時だけなのだ。

　なのでＡ・Ｂ・Ｃ・Ｄの遺骸も放っておかれる。

　それでも明日かあさってには綺麗《きれい》に片がついている。

　そこらを徘徊《はいかい》している浮浪児達が衣服を脱がして剥《は》いで持ち去り、続いて腹を空《す》かせた獣達が死肉を喰らって骨にする。

　すると再び浮浪児がやってきて今度は骨を回収する。

　骨はナイフの柄になったり拳銃の握把に加工されたりする。そうでなかったとしても骨粉となって肥料に使われる大切な資源なのだ。

　この荒れ果てた大地に無駄な物は何一つないのだ。

　戦いが終わるとカッフェは買い出ししてきた食糧の紙袋を拾い上げた。

　しかし紙は破れて中身はドサドサこぼれ落ち、彼女のパールピンクの唇は情けなさそうなへの字にゆがんだ。

「ウ……」

一方、フォクシーはと言うと、ならず者達の懐をまさぐって所属なんかの分かりそうな物の有無を確かめていた。

「ミミ、カッフェ。こいつらの持ち物ショボいよー」

ついでに財布とか金目の物も探したが、どいつもこいつも持っている財布はぺちゃんこへニャンで中身が乏しい。

その間にモーゼル軍用拳銃に弾の再装填を終えたミミは、ならず者達の間に転がっている麻袋の前でしゃがみ込んだ。

一つは穴だらけ血だらけ。

中身は何かの生き物で、撃たれて死んだと見て分かる。

しかしもう一つは、もう一つの麻袋は激しく盛大に藻掻《もが》いていた。

「こ、これ、どうするです？」

「むー！　うー！」

呻いていた。唸《うな》ってすらいた。ミミはそれを見て思いっきり怖がり怯《おび》えて引いていた。

「な、中になんかいるです！　激しく悶えているです！」

「あ、開けてみたらどうよ？」

「わ、私は嫌なのです！　きっと中に獰猛な何かが入っているのです。がぶっと噛《か》みつかれるのです！」

「多分大丈夫だと思うけどねえ」

言いながらもフォクシーは拳銃を抜く。そして狙いを定め撃鉄を起こした。

「何かあったらすぐに撃つから、きっと大丈夫」

「いっそのこと動かなくなるまで撃って、それから袋を開けるのはどうですの？」

「あ、いいねえ」

そんな二人の会話が聞こえたのか袋の中身はピタリと動きを停めた。

何かに怯えて凍り付いたように動くのを止《や》め唸るのもやめた。

「あー、聞こえてるみたい」

「言葉が通じるですか？」

すると袋の中身がガクガクと曲がる。

それは中に人間がいて大きく頷いているような動きだった。

「もしかして人間？」

「そういえばさあ、あっちの袋が撃たれたのも、救いを求めたところをザキの奴が聞き咎《とが》めて叫んだからなんだよねえ」

「それを早く言うです」

ミミが慌てて前に出た。

「今から解《ほど》きますからね。暴れないで下さいなのです」

そうっとゆっくり手を伸ばし——一応、万が一に備えてフォクシーを振り返る。

フォクシーは何時《いつ》でも撃てるよう拳銃を構えていた。

ミミはゆっくりと紐《ひも》を解いていく。

すると麻袋の中から金髪ライオン種の娘が現れた。

むすっとぶすっとした表情の金髪ライオン女がいた。

長い頭髪はいわゆるライオンヘアー。長身で肌は抜けるような白。超がつくような美人。瞳の色は「キトゥンブルー」と呼ばれる灰色がかった深い青色。

年齢は見た感じ十八～二十一歳といったところ。

だが胸がボンと出て腰はキュッと締まって臀部《でんぶ》周りがまた良い感じに豊か。十分以上の性的魅力が育っていた。

そんな娘がいかがわしい荒縄を用いていかがわしい縛り方で拘束されていた。

猿ぐつわもぎっちりきっちりはめられて口もきけない。とは言え、表情だけでも十分に雄弁でムッつりブッすり今この瞬間の彼女の心情をかくも見事に示していた。

「うわっ、不機嫌そう」

「そりゃ不機嫌にもなるのです」

ライオン娘はフォクシーとミミの会話をじいっと見ていた。

不快そうに苛立《いらだ》った空気をまき散らしながらじいっと見ていた。

じいっと見ていた。

じいっと。

「あ、今解くのです」

その視線が催促であることに気づいたミミは、慌てて手を伸ばして固く結ばれた猿ぐつわから外していった。

続いて身体《からだ》をいかがわしい感じで拘束するいかがわしい荒縄の結び目計四十八カ所を、手間暇かけてゆっくり丁寧にほどいていった。


「はい。解き終わりましたのです」

「ありがとう」

ライオン娘は折り目正しい言葉遣いで言った。ちゃんとお礼の言えるよい子であった。

「いいえ、どういたしましてなのです」

するとライオン娘は大きく息を吸い、叫ぶ。

「マーレ！　マーレはどこですか!?」

これまで我慢していた、こらえていた何かを、思いっきり吐き出すように叫んだ。

「マーレって何なのです？」

「さあねえ」

ライオン娘は、ぶんぶんと連獅子《れんじし》の毛振りみたいな勢いで左右をみる。

あちこちに転がるならず者達Ａ、Ｂ、Ｃ、Ｄの遺骸。遺骸、遺骸。すると、それらの間に転がっているもう一つの麻袋を発見。

「マーレ！」

慌てて駆け寄り抱き寄せる。

中から滲《にじ》み出てくる血の色で、手や衣服が汚れようとも躊躇うことなく迷うことなく縋《すが》り付いてしばし泣きついた。

そして麻袋を開こうとする。けれど結び目がきっちりがっちり硬く縛られライオン娘の細い指ではなかなかほどけない。

「ン」

するとカッフェが腰からククリ・ナイフを抜いて差し出す。

「あ、ありがとう！」

ライオン娘はそれを受け取ると麻袋を切り裂く。縦に大きく切り裂いた。

「おおうっ」

中から羊の少女が姿を現しフォクシーは思わず唸った。

そこにいたのは、ふんわりぽっちゃり・なごむ系の美羊女だったのだ。

「ああ、美味《おい》しそうな美羊女が。もったいない。可哀想《かわいそう》に」

「ウィ」

黒豹《くろひょう》種のカッフェも狐のフォクシーも種族は違えども肉食系だけに同意見のようだ。

ライオン娘は目を閉じて息をしていない羊少女にしがみ付く。

「マーレ！　マーレ！」

その泣きっぷり嘆きっぷり見てフォクシーもミミもカッフェも理解した。

可哀想に身体のあちこちに弾を受けて息絶えたこの少女の名前がマーレなのだと。

「ちくしょう」

ライオン娘がぽつりとこぼす。

「こん畜生！」

さすが百獣の王のメス。

どうしてくれよう、殺してくれようと腹の底から湧き出る恨みと憎しみにまみれた唸り声に、フォクシーやミミ、カッフェは襟足をつうっと撫《な》でられたような総毛立つ思いに身震いした。

「わたくしの大事な友達をよくもやってくれましたわね、こんちくしょうめ！」

もちろんまだまだ息のあるならず者Ｅに至っては死に物狂いとなっている。

やばいやばい、ここで見つかったらきっと絶対殺される。

彼は、必死の思いで逃れよう助かろうと立ち上がり、蹌踉《よろ》けてつまずき転がって、立てそうにないと分かると少しでも遠ざかろうと地を這いずった。

「よく見たら、まだ息のあるお方がいるじゃありませんか？」

しかしたちまち見つかった。

ライオン娘は獰猛な肉食獣の笑みをならず者Ｅへと向けた。

「ひ、ひぃ。頼むから殺さないで！」

「うふふふふっ、お三方ってホントご親切ですね？　わたくしのために、わざわざこんな生贄《いけにえ》を残しておいて下さって」

フォクシーやミミやカッフェは盛大に頭《かぶり》を振った。

そんなことは全く全然、本当に意図していなかったと否定した。

「さあ、ご覚悟はできておいでですか？」

けどライオン娘は聞いていない。聞いちゃいない。

「頼むから撃たないで殺さないで！　わあああああああああああ！」

そこらに落ちていたならず者の拳銃を拾って、Ｅに向けて、引き金を引いて。

カチンカチン。

「あらら？　どうしたのかしら？」

虚《むな》しく撃鉄が空薬莢を叩《たた》く音がした。

「どうしたら良いのでしょう？　どなたか教えて下さいませんか？」

ライオン娘にじぃと見られた三人は、あんた行け、いやお前が行け、いや貴女《あなた》の方が適任だと押しつけ合ってなすりつけ合って結局フォクシーが嘆息しながら前に出た。

フォクシーは転がっていたならず者Ａの銃を拾う。

いかにもならず者が使いそうなデカけりゃいい的な大口径の自動拳銃。

その弾倉を引き抜いて残弾をチェック。すると期待通りにリロード済み。

「どうやって撃てばよろしいのでしょう？」

「銃を撃つのが初めてなら、こう構えるといいよ」

両手で握把をしっかり握らせて脚を踏ん張らせ――。

「頼むから助けて！」

Eは必死の思いで泣き叫ぶ。御願《おねが》い撃たないで撃たないで助けてと命乞い。

しかし、ズドン。

「ぐあっ！　痛てえええええええええええええええええええ！」

弾はならず者Eの太腿《ふともも》に当たり、ライオン娘はクスリと微笑《ほほえ》んだ。

「あなた、これまでに一度としてそうやって命乞いする者を助けたことがございまして？」

「い、いてぇよお。助けてくれよお」

「これを因果応報と言うのです。うふっ」

ライオン娘はニヤリと微笑んだ。

03

ウサギ由来のならず者Eが絶命するまで、都合十二発の弾を必要とした。

よく構えて狙って撃って、あたったのが足とか、腕とか、肩とか、腹部とか長い耳のど真ん中とか、なかなか致命傷に至らなかったのだ。

最後にようやく眉間に命中してEは苦しみから解放された。

わざと狙ってしたことならば、いささか怖くなってくるが、ライオン娘が拳銃を握ったのは今日が初めてだと言うから全ては偶然、たまたまの結果だろう。

とは言え、さすがのフォクシーも正視に耐えなかった。

カッフェもミミも、普段ならば盛大に囃《はや》し立てお祭り騒ぎにする野次馬《やじうま》すらも、視線を逸《そ》らして見ないようにしていた程だった。

しかし当の本人はこれで思いっきり気が晴れたようだ。

「ざまぁみろ！」

中指立てた腕突きつけて満面の笑みですっきりさっぱり言い放った。

誘拐の恐怖と絶望をこれでもかと味わわされた上、友達の命をいとも簡単に奪われたのだから、こんな復讐《ふくしゅう》もやって当然、やらなくては不自然なのだろう。

全てを終えたライオン娘は、弾の尽きた拳銃をぽいっと捨てると、注目を浴びていることにいまさら気づいたのか、振る舞いを取り繕い始めた。

「こ、こほん」

衣服の埃《ほこり》を払い姿勢を正し、自ら名乗るのが礼儀とばかりに自己紹介を始めた。

「お三方にはご親切にしていただき本当にありがとうございました。お名前、教えて頂いてもよろしいでしょうか？　わたくしはレオナ・レオ・ミグルンと申します」

その膝折礼《カーテシー》はなかなかに堂に入っており、育ちの良さが感じられた。

三人を代表してこれに応えたのはミミだ。

「私達《たち》はナナヨン・カンパニー。この狐《きつね》娘が車長にしてカンパニー代表のフォクシーなのです。灰色髪の黒豹《くろひょう》がカッフェ。私がミミなのです」

ミミの膝折礼もなかなかに堂に入っていた。

ライオン娘ことレオナも、まさか荒くれ戦車傭兵《ようへい》から、こんな気品漂う答礼をされると思わなかったようで目を瞬《しばたた》かせていた。

「別に、あらたまったお礼を言われる程では……」

一方、フォクシーは居心地悪そうに視線を逸らしている。

ザキが騒がなければ美羊女は死なずに済んだかも知れないという思いが脳裏を走ったからだ。もちろんそれがなかったら二人ともまだ捕まっていて死ぬよりも酷《ひど》い目に遭っていたかも知れない。どちらが良かったかなんて、誰にもわからないのだ。

「結果としてわたくしは助けられました。マーレも辱めを受けずに済みました。これは確かです。お礼をさせて下さいませ」

「具体的に形のあるお礼を期待しても良いのかな？」

「わたくし部屋でマーレと寛《くつろ》いでいる中を突然、拐《かどわ》かされてきたのですよ。財布を持つ間なんてありませんでした。ですが、屋敷に戻ればお礼に足りる額をご用意できます」

「それって要するに？」

「お礼を受け取りに家までおいで下さい。事のついでにわたくしとマーレをお家まで運んでください、という意味です」

「なるほど、そう来たか」

このライオン娘は友人の遺骸諸共《もろとも》放り出されて困っている。

帰宅の脚をなんとしても確保しなければならないのである。

しかし問題は、このライオン娘がならず者の手で誘拐されどこかに連れ去られる途中だったという事だ。

当の犯人は動かぬ死体と化したが、他に仲間がいたらそいつらが追いかけてくる可能性が高いのである。

そうなったら戦いになる。

戦いは常に勝つとは限《かぎ》らない。負ければ命を失う。なのに「謝礼を受け取るため」と称する何かのついでという扱いで無料《ただ》にされてはたまらない。

「今回のことのお礼と、これからお家まで送り届ける仕事の費用は別の話ってことで良いかな？」

フォクシーが念押しするとメスライオンは獰猛《どうもう》そうにニヤリと微笑んだ。

「そこにお気づきになるとは、フォクシー様もなかなかにやり手でらっしゃいますね？」

「危《あ》っぶなー！　このメス・ライオン！　気づかなかったら無料であたし達をこき使うつもりだったよ！」

しかしライオン娘は悪びれることなく肩を竦《すく》める。

名家のお嬢様のようだが中身はなかなかの商売人だ。

「それでは商談と参りましょう……」

レオナが口を開くとフォクシーはかぶり気味に返した。

「ライオンさん、あんた自分の命にいくらの値を付ける？」

「そうですわね。わたくしの身柄ならば……これくらいが妥当でしょうか？」

レオナは片手を開いて出した。

「五ビス？」

「まさか」

「んじゃ銀五〇ビス？」

レオナは悲しそうな顔をした。

「あなたの目には、わたくしがその程度にしか見えないのでしょうか？　身なりにそれなりに費用をかけているのですが、今、わたくしは真剣に自信を失いかけておりますわ」

「おっと……」

これにはフォクシーも驚く。五〇〇ビスとはなかなかに良い値段だったからだ。

戦車一両を有する傭兵の雇兵料だってこの金額に至ることは滅多《めった》にない。

「次はお家まで護送する依頼の雇兵料についてだね。まず、あんたんチ遠い？」

「あの、ここバラクレルに来ておいて、カーリェ鉱山のミグルン家を全くご存じないのですか？」

するとミミが身を乗り出した。

「えっ、あのミグルン家ですの!?」

そして『工房都市』バラクレルを構成する十二洞（坑道）のカーリェ鉱山の支配主にミグルン家があると説明した。

「はあ、そんなすごい名家の生まれ育ちなんだ。——なら取りっぱぐれを心配する必要もないってことかな？」

支払いの確実性は値段の見積時に依頼主にとって有利な条件となる。

「なので、その分も考慮した値段をご検討いただけると嬉《うれ》しいのですけれど？」

レオナはそう言ってあくまでも経費を安く抑えようとする。

しかし逆に富豪というのは値引きの必要性が無いという意味でもある。

「そんな名門の家の娘がさあ、どうして誘拐されたのさあ？」

「えっと、そのー、なんででしょうねえ？」

「ならず者達の目的は身の代金目的の誘拐とかじゃなくって、もしかして名家同士の勢力争いかな？　実力有る家同士の抗争とかだと、襲ってくる連中もそこらへんのならず者や盗賊と違って戦車傭兵のカンパニーとかになるよね？」

「あの、いや。その……お手柔らかにお願いいたします」

フォクシーが次々と並べはじめた依頼料を高騰させる悪条件の数々には、さすがのライオン娘も余裕の笑みを引きつらせたのだった。

「では、決を採ります。この仕事を引き受けることに賛成のひとー！」

一通りの依頼条件が確認されるとフォクシーがミミとカッフェに問いかけた。

フォクシーは車長として、カンパニーの代表としてリーダーシップをとる立場だが、仕事の依頼を受けるかどうかは必ず他の二人に確認しているのだ。

「問題ナい！」

早速、操縦手カッフェが親指を立てて同意を示した。

しかし装填手《そうてんしゅ》兼整備主任のミミが申し訳なさげに手を挙げて異議を申し立てた。

「今、護衛仕事を引き受けるのはちょっとばかりよろしくないのです」

「ドシて？」

「転輪のリペアがまだ済んでないからなのです」

「あちゃー、なるほど。それがまだだったかー」

フォクシーも戦車の転輪のゴムが長年の使用によって削れて薄くなり、そろそろ剥《は》げようという頃合いだという報告は受けていた。

このまま何の対処もせずに使用を続けると転輪と履板（接地プレート）の金属同士が直接ガリガリと擦《こす》れ合って削り合ってしまう。一度そうなったら修復にかかる費用も手間も今以上になってしまう。

「設備があればリペア程度はできるけど、問題は設備を借りる宛てがないことなのです」

「ムムム、これは大変な決断になるかも知れない」

フォクシーは腕を組んでうんうん唸《うな》った。

するとその時、レオナが割って入って言った。

「三人とも深刻な顔してどうなされたのです？　わたくしお返事をずうっと待ってるのですが」

「ごめんなさいなのです。実は事情があって戦車を走らせたくないのです」

「何故《なぜ》ですか？　はっ、まさかこの戦車、壊れているんですか？」

レオナは手を伸ばして【ナナヨン】の車体に触れた。

「壊れてないって。ちゃんと動くっつーの！」

「けど、よく見るとあちこちが随分と古びてますわね？」

そんな風に見えるのは砲弾の破片に引っかかれた痕跡が無数に残っているからだ。

「それはあたしらナナヨン・カンパニーがこれまでに参加した戦いの数を物語ってる。歴戦の証拠だっつーの！」

「そうでしょうか？　使い古しのポンコツなのではありませんか？」

「老戦士の風格があると言えっつーの！」

フォクシーの言い分にはいささか無理があると思ったのかミミは苦笑いする。

するとレオナが言った。

「良いでしょう。そういうことでしたら、この戦車の整備、わたくしの家で面倒見させていただきますわ。格安にいたしますわよ」

「え？　整備廠《しょう》があるんですの!?」

「あるに決まってます。我が家はカーリェ鉱山ですのよ」

「うわあ助かりますのです！　部品とかも手に入るですか？」

「それはちょと、在庫を確認させませんとお返事いたしかねますけど」

「整備廠を貸して貰《もら》えるだけでも仕事が捗《はかど》るのです！　とても有り難いのです！」

「では、部品探しのお手伝いもいたしましょう」

「わぁ、助かるのです！」

「ちょ、ちょっとミミ、少し遠慮しようよ！」

「そうやっていつも最小限で引き延ばしてきたからこの有様なのです！　これまでがめつく稼いできたのは今日この日のためなのです！　重整備をする機会は滅多にないんだから遠慮なんかできないのです！」

「だけどさあ、蓄えがなくなったら明日《あした》が心配になっちゃわない？」

「お金が残ってたって整備不良で死んだら意味ないのです！　溜《た》め込んだ分、戦利品を漁《あさ》る敵を喜ばしてやるだけなのですよ！」

整備の責任者からこう捲《まく》し立てられたら、いかにフォクシーとて返す言葉が全く思いつかない。


満場一致で受任が決議された。

「んじゃ話は決まったね。みんな乗車！」

フォクシーの合図で荷物を積み込んで、カッフェが操縦席に飛び込む。

ミミも転輪に足をかけて車体、車体から砲塔へとよじ登ると、装填手用ハッチから潜り込みハッチから頭を外部へとさらした。

フォクシーは車長用ハッチだ。

ではお客のレオナはどこに腰を下ろすかと言うと、車長用ハッチの後ろであった。

「落ちないように十分に気をつけるのです」

具体的には戦車の砲塔の上にあぐらで座るのだ。

もちろん転げ落ちないように安全帯を腰に巻いて車体にしっかりと繋《つな》ぐ。ミミがレオナの腰に装着したベルトやロープに緩みや異常がないかの確認をきっちり行った。

「わ、わたくし一応お客様なんですけど？」

しかしミグルン家のお嬢様はこんな扱いがどーにも納得できないらしい。

砲塔の後ろには増加バスケットが設置され、各々の私物の入ったバッグやら天幕やら野営機材、工具等々が山盛りになっているから存外に狭っ苦しいのだ。

「この戦車がふかふかのソファーのついたリムジンか何かに見えるですか？」

「いいえ、戦車です。カチコチの鉄の塊ですわ」

「ならば貴女《あなた》の目は正常なのです。そんな戦車に快適さなんて求めても無駄なのです」

「んじゃいくよ！　前進よーい。前へ」

そんなやりとりをしている間にも準備が進みカッフェがアクセルを踏み込む。

エンジン音が強くなったところでクラッチを繋ぐ。すると【ナナヨン】は履帯《りたい》の音を上げながら前進を開始した。

バザールの車だまりに設けられた通路は狭い上に、大勢の人が行き交っている。

そのため絶えず右に左に進路を微修正するので車体は都度都度ガクガク揺れた。

「け、結構揺れますね！　お、おお、落ちそうになっちゃいます！」

「何、何、お嬢様は戦車に乗るの初めて？」

「そんなことはありません。戦車の操縦くらい嗜《たしな》みとして一通りできますわ。ただ、座席ではないところに座るのが初めてでして」

「大丈夫。安全帯をつけてるから転げても安心なのです」

しかしフォクシーもミミも、気休めを言うばかりでレオナの不安に全く取り合おうとしなかったのである。


さて、ナナヨン・カンパニーが立ち去ると――。

どこからともなくその跡地に浮浪児達が集まった。

その中にはカッフェから財布を掠《かす》め取ろうとしたコーとその仲間達の姿まであった。

「そっちを引っ張れ！」

「無理すんな！　破れるだろ！」

彼らはならず者達の遺骸から身ぐるみを剥いでいった。

どれもこれも古着ばかりで、物によっては穴が開いて血で汚れていた。

しかし持っていくところへ持っていけばこれとて粒銅の一個か二個くらいにはなる。

「いいもん拾った！」

「よこせっ、それは俺んだ！」

「馬～鹿。それは最初っから俺のなんだよ！」

その傍《かたわ》らでは転がっていた拳銃を巡っての奪い合いも起こった。

そんな争いをする少年達の中にはコーの姿もあった。

他に体格の大きな子供が三人ほど集まって揉《も》み合い奪い合いとなっていた。

そんな状況を見て周囲の大人達はいったい何をしているのかと思うところだ。

「やれーもっとやれー！」

「がんばれー！」

しかし彼らはただ見ているだけだ。それどころか囃し立てる者までいた。

大人達の間にはモペットに跨《また》がったザキの姿まであった。

「おい、ザキ。お前はアレに加わらなくて良いのか？」

「やめてよ。おいらあいつらみたいに馬鹿じゃないぜ。見なよ、奴《やつ》らは弾丸の入った拳銃を奪い合っている。そんなことしたらどうなるか。ちょっと考えれば分かるだろうに」

拳銃を我が手に掴《つか》もうと殴り合い、銃を握って、掴んで、力任せにむしり取ろうと引っ張っていた。

そんなことをしていれば当然、引き金に指もかかるし、銃口がどこを向いているかの注意だってできやしない。

おかげで暴発事故なんかも普通に起きる。

突然の発砲音に野次馬達は首を竦め、子供達はパッと離れた。

「ジェッツの奴が!?」

すると熊系の子供が弾丸を喰《く》らっていた。

その場に呻《うめ》いて蹲《うずくま》って腹を押さえてジタバタ泣き叫んでいた。

「くそっ、コーの野郎、やりやがったな！」

拳銃はコーの手の中に残った。

どうやら浮浪児グループにはいくつのか派閥があって対立しているらしい。仲間を傷つけられた浮浪児グループがコーの周囲を取り囲んだ。

だが拳銃を手にした少年コーも負けてはいない。銃を構えて近づくのを許さなかった。

「これは俺んだって言ったのに、ジェッツが横取りしようとするから！」

「こんなことをしてただで済むと思うなよコー！　俺はなあ、ウルフパックのギャッキさんに可愛《かわい》がって貰ってるんだぞ！」

「ギャッキ？　誰それ？」

偉くて強いらしいどこぞの誰かの名前を出されてもコーには全く通じない。

「そんなに可愛がってもらってるなら、今すぐそのギャッキさんを連れてこいよ！　ほらあ、今すぐ呼べよ！　ギャッキさ～ん、助けてよ～って泣きついてこいよ！」

コーに煽《あお》られて敵対浮浪児グループの子供達は悔しげに歯がみした。

無理だからだ。

今この瞬間、頼りにしているギャッキは近くにはいない。

そして彼らにとっての最大の脅威、最大の危険は今コーの手の中にある拳銃だ。コーがその気になったら今すぐにでもジェッツみたいに撃たれてしまう。

「おい、他の拳銃は？」

「弾が入ってる銃は残ってなかったよ」

「くそっ！　仕方ない、行くぞ！」

浮浪児グループは傷ついた仲間を抱え上げるとその場から逃げていった。

後に残ったのはコーとその仲間達だ。

「文句があるなら直接言いに来やがれってんだばーか！」

「やったねコー」

「奴ら逃げていったぜ。ジェッツの奴死んだかな？」

「これで俺達の天下だぜ」

勝ち誇った仲間達がコーの活躍を賛美し褒めそやす。

しばらくの間は、自分達が勝者で優者だ。このあたりでは胸を張って肩で風切って堂々と歩ける。そう確信した皆はあちこちに残った戦利品を掻《か》き集めていった。

しかし拳銃を握りしめたコーの手は彼の心を表すかの如《ごと》く小さく震えていた。

「くそっ」

そしてそんな自分に少し離れたところから蔑むような視線を向けてくるザキを見つけ、コーは忌々《いまいま》しそうに舌打ちしたのだった。

04

赤茶けた土色の山岳部に、日干しレンガでできた建物が並ぶ集落が形成されている。申し訳程度に薄っぺらい周壁を構築して城塞都市の体裁こそ取っているが、住民の暮らす住《す》み処《か》の数は少なくて規模としては郷村あるいは小規模な町といった程度。

とは言え中心部はなかなかに賑《にぎ》わっていた。

地中奥深くから掘りだされた土が積もり積もって小山を成し、傍《かたわ》らには鉄管の張り巡らされた製油と貯蔵の施設がずらりと並んで煙突からは黒い煙が立ち上っている。

そしてさらに発掘された機械製品を整備、加工、組み立てする大小様々な工廠《こうしょう》群が所狭しと立ち並んでその勢いが盛んな様を見せている。

そんなカーリェ鉱山を支配するミグルン家の屋敷は、発掘孔や工廠群から離れた煤塵《ばいじん》の影響が少ない風上にあって建物の外壁を周壁の一部としていた。

その敷地も広くとられていても花壇なんかもある。

荒野ではなかなか目にできない緑の葉がついた樹木や草花なんかも植えられていた。

しかしその屋敷も今や物々しい警備で殺気立っていた。

敷地の内外には【モブシャ】や【ザコット】【ガラクタック】といった中型戦車が二十両ほどが

屯《たむろ》して、屋根、バルコニー、そして城門の周辺には銃をもった傭兵《ようへい》が立って警戒の視線を周囲に放っていた。（【ガラクタック】とは、M4シャーマン戦車と呼ばれる中型戦車の車体に別の戦車の砲塔を組み合わせた戦車である）

ミグルン家の令嬢とその側《そば》付きの少女が忽然《こつぜん》と姿をくらましたからだ。

それまでの生活ぶりや言動から二人が自分の意思で失踪したとは思えない。

つまりは何者かが二人を掠《さら》っていったのだ。そのため、屋敷の下働きの男が傭兵の一人に厳しく責め立てられていた。

「レオナ様とマーレはどこにいる!?　貴様知ってるだろう！」

屋敷の警備はそれなりに厳しい。そこに侵入して二人を掠うのは容易ではない。

当然、誰かの手引きがあったはず。この過酷な取り調べはそんな発想で行われていた。

「知りません！　俺にはわかりません！」

しかし下働きの男の答えは自分ではないの一点張りだ。

下働きの男は既に全身が傷だらけだ。取り調べ役の傭兵に何度も何度も繰り返し殴られ、蹴られている。それでも自分は無関係だ。冤罪《えんざい》だと叫んでいた。

そんな拷問の様子をこの屋敷に仕える従僕達《たち》が固唾《かたず》を呑《の》んで見守っていた。

その数は老若男女がおよそ五十名。みんな仲間が痛めつけられる光景を苦しげに見ていた。あるいは正視できずに顔を背けていた。

すると恰幅《かっぷく》の良い壮年のライオン種の男が前に出た。

「では質問を変える。レオナの居所を知っていそうなのは誰だ!?」

ライオン種の名はガレス。このカーリェ鉱山を支配するミグルン家の館主であった。

「わたしは、わたくしは本城のバザールに取引に出ておりましたのでお嬢様達の姿を見てないのです！　信じてください！　信じてくださぁい！」

傭兵が男を再度殴りつけると下働きの男はついに気絶した。

「どう見る？」

取り調べ役の傭兵はすぐに答えられなかった。

誰かを殴る蹴るするのだって相当に体力を使う。傭兵だって息を整えるのに相応の時間が必要なのだ。

「館主。この男は、本当に知らないのでしょう」

代わりに傭兵達を束ねる頭分のリザード種が前に出た。

「ワッツマンか。ではどうすればよい？」

「白状する者が現れるまで、端から順番に拷問していくしかありませんな」

ワッツマンの冷酷な宣告に従僕達は一斉にどよめいた。

不安と恐怖で悲鳴を上げて後ずさる者までいた。しかし、この時既に周囲は武装した傭兵達によって取り囲まれていて逃げる余地がなかった。

ワッツマンは次の犠牲者に中年女性を指名した。

「マドモン。お前は、昨日お嬢様とマーレの近くにいたな？」

「いやあああ、知りません！　私は知りません！　本当に知らないんです！」

さすがにやり過ぎだという抗議の声が上がって中年女性を庇《かば》おうとする者が現れた。

山羊《やぎ》を祖に持つ種族の老人、ゴートだ。

「男ですら耐えきれずに気絶する暴力に晒《さら》されたらマドモンが死んでしまうぞ」

しかし銃口を突きつけられるとゴートの言葉も力を失う。

マドモンは傭兵達の手で群れから引っこ抜かれて引きずられていった。

「こんなことをして、きっと後悔するぞ」

ゴートはワッツマンに囁《ささや》いた。

「黙って見ているがいい、そうすれば全てがわかる」

すると従僕達の中から男が一人突然走って逃げた。

ネズミ種の軽快な身のこなしに警備の傭兵達も咄嗟《とっさ》に対応できない。

「その男だ。捕らえろ！」

ガレスが叫ぶ。すると少し離れた柱の陰からネコ種の傭兵が姿を現した。

待ち伏せていたかのような猫パンチ一閃《いっせん》。ネズミ種男はたちまち捕らえられた。

「どうやら貴様が真の下手人《げしゅにん》のようだな？　いったい誰に唆《そそのか》された？」

逃げ出したネズミ種はガレスの前に引きずり出された。

「はっ、絶対に喋《しゃべ》るもんか！」

「どうせフレグ家の仕業だろう？　お前はこれから暗い地下室で、本当のことを話すまで苛烈な拷問に晒されるのだ」

ガレスの宣言で逃げ出した男は傭兵達の手で引きずられていった。

そんな男と傭兵達を見送り終えるとガレスは突然表情を温和なものへと変えた。

「二人ともなかなかの演技だったぞ。おかげで真の下手人を焙《あぶ》り出すことに成功した」

すると気絶していたはずの従僕がぱっと目を覚まして起き上がり、その様を見た従僕達は一斉にどよめいた。

「いいえ、旦那様。お嬢様とマーレの行方《ゆくえ》を捜すためならば、何だっていたしますぞ」

その振る舞いはまるで怪我《けが》なんてしていないかのようだ。

「お前にも苦労をかけたな。わびさせてくれ」

マドモンも笑って答えた。

「なんともったいないお言葉なんでしょう。大恩ある旦那様のお役に立てるならば、こんなこと気にもいたしません」

拷問の順番を待っていた従僕達もここまで来てようやく悟った。

全ては芝居であったのだ。そしてねずみ男はそれに騙《だま》されて捕まったのだ。

「よし。茶番はこれで終わろう。お前達は解散して仕事に戻ってくれ！」

こうしてミグルン家の従僕達はホッと安堵《あんど》の息をつき、それぞれ自分の部屋あるいは仕事場へと戻っていった。

ゴートがワッツマンを睨《にら》み付ける。

「聞いてないぞ、ワッツマン」

「見ていれば全てがわかると言ったじゃないか？」

ワッツマンが人の悪そうな笑みを浮かべた時、屋根から外を警戒する兵士の声が響く。

「頭！　戦車がやってくる！」

弛緩《しかん》した空気が急激に張り詰めていって従僕達は走り出した。

「どこの戦車だ？」

傭兵達は吸い止《さ》しのたばこを投げ捨てるとそれぞれの配置へと向かう。

「それは、フレグ家のものか!?」

ガレスがワッツマンを飛び越えて直接問いかけた。

「待って下さい旦那！　まだ分かりません！」

「数は？」

「数は一。所属を示す旗指物《さしもの》はありません！　――いや、砲塔に白地に紅狐《きつね》の紋章！」

「白地に紅狐だと？　まさかナナヨンの奴《やつ》らか？」

ワッツマンのつぶやきをガレスが拾う。

「知ってるのか？　ナナヨンとはなんだ？」

「数年前に忽然と現れた超一流の傭兵カンパニーです。たった一両の小所帯ながらエグいくらいに強く、三千を超えた距離からでも初弾を命中させる。中戦車の癖にわずか数秒で最大速度まで加速するといったガセだと疑いたくなる話ばかりが伝わってきます」

「距離三千で初弾命中だと？　そんなことあり得るのか？」

「噂話《うわさばなし》なんてのは、とかく話がでかくなりがちですからねえ。とは言え、根も葉もない話ならすぐに消えていっちまうのがこの業界だ」

「それが何年たってても残ってるってことは相応の実績があるわけか。歯が立たんか？」

「まさか。数だけならこっちの方が圧倒的に多いんですぜ」

「戦いは数か？」

「戦車は数です。数の多い方が勝つ。まあ、多少は手を焼くでしょうが……」

フレグはそんなことを言うワッツマンの顔に緊張の色が混ざっていることに気づいた。見渡せば他の傭兵の顔色も悪い。おそらく犠牲が少なくないと予想しているのだ。

「良かろう。特別手当を出してやる」

「有り難い。それなら士気も上がることでしょう。おい、いくぞ！」

ワッツマンは手下を率いて自分の戦車へと向かった。

「この戦いには特別手当が付くことになった。てめえら気合い入れて行け！」

「うっす！」

現金な物で、傭兵達は一転して気合いの籠もった声を上げ戦車に乗り込んでいった。

車長席についたワッツマンが呟《つぶや》いた。

「【ナナヨン】が噂通りの性能だとすれば、きつい戦いになるかもしれん」

「いっそのこと逃げちゃいます？　良い戦車も貰《もら》ったし」

操縦手のコーカが進言してくる。

「【モブシャ】なんかで満足してどうする？」

「やっぱり超重戦車【ガルガンチュア】狙いですか？」

「たった一両の敵に怯《おび》えて逃げてみろ。【ガルガンチュア】があったって、どこも雇ってくれなくなるぞ」

「おまんまの食い上げは嫌ですねえ」

「ならば覚悟を決めろ！　命を張るのが俺達の稼業だ。全車エンジン始動！」

傭兵達の様々な戦車が一斉に黒煙を噴き上げエンジン音を轟《とどろ》かせたのだった。


「旦那様！」

ミグルン家の家宰が慌てた様子でガレスに駆け寄ってきた。

「お嬢様です！　近づいてくる戦車にお嬢様らしき女性が乗っています！」

「なんだと？　本当か？」

ガレスが確かめるように屋敷の屋根にいる傭兵に問いかけた。

「わからないっす。俺ここのお嬢様もマーレの顔も知らないっす！」

ガレスは舌打ちする。そして自分の目で確かめるべく母屋《おもや》の階段を駆け上がった。

母屋の外壁が街を護《まも》る周壁も兼ねているため、屋敷最上階のバルコニーは外敵への見張り台にもなっているのだ。

「アレでございます旦那様」

伸縮式単眼鏡を受け取るとガレスは指さされた方角へレンズを向けた。

「おおっ、アレは!?」

「レオナお嬢様でございますよ！」

戦車の砲塔に腰掛けたレオナがこちらに手を振っているのだ。

のどかな様子から察するに人質になっているわけではないらしい。

戦車も、砲を横へと向けていて車長以下の乗組員達も身体《からだ》を晒している。これは戦う意思のないことを示している。

「おおおっ、レオナだレオナだ！　ウチの娘が戻ってきた。よかったよかった！」

ガレスは家宰と抱き合って喜んだ。

雇い主のそんな姿を見たコーカが呟く。

「これってどういうこと？」

「要するに俺達は特別手当を貰い損なったってことだ」

ワッツマンはそう答えたのである。

§　§

フォクシー達ナナヨン・カンパニーは何事もなくカーリェ鉱山に入城し、レオナ・レオ・ミグルンを実家へと送り届ける依頼を無事に完遂した。

「戦車の上に剥《む》き出しに座らされた時は何事かと思いましたけど、こういう意味があったのですね？」

レオナの顔を認めるとカーリエ鉱山の人々も手を振って迎えてくれたのだ。

「敵だーって、いきなり撃たれるかも知れないからねえ」

「お父様！　ただいま帰りました」

「よく返ってきた！　よく返ってきた！」

砲塔上から飛び降りようとするレオナ。

「あ、待つのです！」

ミミが慌てて止める。しかし遅かった。安全帯を装着していることを忘れたレオナは、ロープに引っ張られて車体にぶら下がってしまった。

危うく車体に叩《たた》き付けられそうになるレオナ。だが館主ガレスによって抱き留められた。

「レオナ、良かった。レオナが無事で本当に良かった」

フォクシーは仲の良い親子の関係に若干の羨望を覚えた。

「お嬢様、マーレは？」

そんな館主と令嬢の姿に水を差すことを躊躇《ためら》いつつも、しかしそうせずにはいられないといった様子の老夫妻が声をかけた。

「おおっそうだ。レオナ、マーレはどうした？」

するとレオナは俯《うつむ》いて暗い表情を見せた。

マーレの両親はそれを見て良くない報《しら》せの前触れだと思った。父親は握りこぶしを作って、母親は泣きそうになって自らの口を押さえた。

レオナは無言でフォクシーを振り返る。

フォクシーはそれに応えて、安置されていた麻袋の口を開いてみせた。

「マーレ！」

娘の変わり果てた姿を見た両親の悲痛な叫びがその場に響いたのだった。


マーレの両親が物言わぬ姿となった我が子を抱いて去って行く。

その背中を見送りながらカッフェは呟く。

「感謝サレテシマッタ」

マーレの両親から敵討《かたき》ちをしてくれてありがとうと感謝されたのだ。

そんなつもりは全くなかっただけに心の籠もった言葉に居心地の悪さを感じた。

もちろんカッフェだけではない。ミミも、フォクシーも似た気分だった。

「いいではありませんか。素直に受け取っておいて下さいまし。マーレの両親にとってあなた方のして下さったことはそういう価値のあったことなのです」

再び【ナナヨン】の砲塔によじ登ったレオナは続ける。

「往来の真ん中に戦車を停《と》めたら通行の邪魔ですわ。そろそろ工廠に参りましょう」

「わかった。儂《わし》は先に戻って客を迎える支度をしておく」

「工廠って、あれですの？」

ミミが訝《いぶか》しげに煙突の立ち並ぶ工廠群を指さす。

「いいえ。あれは発掘した戦車にこびりついた泥や錆《さび》を落とし、洗って、分解する作業場です。戦車の整備はこちらのピットで行います」

　レオナはそう言ってひときわ立派なお屋敷を指さした。

「このお屋敷に工廠が？」

「戦車の発掘・整備と販売は我がミグルン家の稼業ですから」

　そうして向かったのはお屋敷の敷地内に設けられているガレージだった。

　そこにはなかなか見ることのできない珍しい型の戦車があった。

「あ、あれは【マウス】!?　旧時代に【マウス】と呼ばれた戦車なのです！　オリジナルは主砲に五十五口径の百二十八ミリＫｗＫ４４を搭載。Ｖ型十二気筒ＭＢ５１７過給器付きディーゼルエンジン搭載。空重量で約百九十トンだったそうなのです！」

　ミミは興奮のあまり諸元を諳《そら》んじる。するとレオナが言った。

「さすがにオリジナルと同じエンジンは出土してないので、ターバルのエンジンを搭載しました。これに百二十ミリ砲を積んで、父は超重戦車【ガルガンチュア】と命名いたしましたのよ」

　するとそれに共鳴したかのごとくフォクシーも声を上げた。

「完全品だったら、推定市場価格が二〇万とも三〇万ビスとも言われる【マウス】がこれなのかあ。噂には聞いてたけど本当にあったんだねえ」

「黒豹《くろひょう》さん。二番ピットが空いてるからそこに戦車を跨《また》がせて停めてください」

「ウィ」

カッフェはレオナの誘導に従い【ナナヨン】をガレージのピットの上へと進ませる。

ピットとは戦車を下から点検や整備をし易《やす》くする作業用の穴のことだ。

「お嬢！　こんな戦車、いったいどこで拾ってきたんじゃ？」

鉄の扉が閉じられ、【ナナヨン】のエンジンが止まる。

すると整備廠《しょう》の整備士達が集まってきてレオナ達を取り囲んだ。

みんなドワーフやらネズミやら、ゾウやらコヨーテやら白髪交じりのロートルばかり。いや、ここはベテランばかりと言い換えておきたい。

「これ、分解していいのか？」

「待ってください！　今回は設備をお貸しするだけなのです」

「なんじゃと？　こんな面白そうな戦車が目の前にあるって言うのに、ただじいっと指咥《くわ》えて見てろと言うのか？」

「んな、殺生な！」

「致し方有りません。この【ナナヨン】には専属の整備主任がいるんです」

「なんじゃと？」

「はん、どうせ素人が粋がっとるだけじゃろ？」

「ど、どこの誰が素人だと言うのです？」

老人達が振り返って抗議の声の主に注目する。

するとそこにミミが腕組み姿で立っていた。

「ほう？　マイクロ・ドワーフのメスか？」

「まだ小娘ではないか？」

老技師達を代表して腹の突き出たひげ面のドワーフが前に出た。

「まずは、名前から聞こうかの？」

「ミリル・ミリアリー・ドヴェルグ……なのです」

老技師達は一斉に響《どよ》めいた。

「なに？　ドヴェルグ？　それはポテン・シャージにあったドヴェルグ家のことか？」

「他にドヴェルグ家があるとは……聞いてないのです」

『ポテン・シャージ』は優れた技術をもつドワーフの工房都市だ。

そしてドヴェルグ家はそこで長い伝統を有する工匠の家だった。多くの秘伝と技術を受け継いでいるため、野の技術者にとっては畏敬と尊崇、そして嫉視《しっし》の対象でもある。

「どうせ騙《かた》りじゃろ？　ドヴェルグ家は盗賊団に襲われて全滅したと聞いているぞ！」

「その盗賊団で、技術奴隷として働かされていたのですよ」

「で、では、ご当主はまだご健在なのか？」

「いえ、末子の私を残してみんな死んだのですよ。酷《ひど》く酷使されて一人ずつ過労死したのです、あやうく私もそうなりかけていたのですよ」

「そ、それは……なんと言ったら良いか。気の毒じゃったな」

「し、しかし。盗賊団に捕まっておったあんたが今どうしてここに？」

「師匠やフォクシー達が盗賊団を壊滅させて救い出してくれたのです。以来、師匠から私が整備を任されているのです！」

「そ、そうか」

　老技術者達は集まって審議を開始した。結論は程なく出た。

「致し方ない。誠に残念な話じゃが、専属の整備主任がよそ者に戦車を弄《いじ》らせたくないという気持ちは大変良く分かる。その気持ちは尊重せねばならん。残念な話じゃがな……」

　戦車をガレージに置いて、フォクシー、カッフェ、ミミの三人は、まずミグルン家の応接間へと通された。外来者としては館の主《あるじ》にお目通りして挨拶せねばならないのだ。

　そこでは『工房都市』バラクレルを構成する十二洞のひとつカーリェ鉱山の支配者が峻厳《しゅんげん》そうな顔つきで待ち構えていた。

　家宰や従者、傭兵頭などを多数従えているのは恐らくは館主としての威厳を示そうとしているのだと思われる。しかしその試みはのっけから失敗していた。ガレスが娘の無事を諸手《もろて》をあげて喜んでいた姿をフォクシー達は見せつけられたばかりだからだ。

「何を格好付けているのですか？　お父様らしくありませんわよ」

　するとガレスも硬い表情をクシャッと笑みの形に崩した。緊張を強いる厳粛な空気感はたちまち霧散していった。

「君達がレオナを助けてくれたそうだね？」

「結果的にそうなっちゃっただけですよ」

「君達の滞在を歓迎しよう。ここを我が家とでも思って寛《くつろ》いで欲しい。しかしナナヨン・カンパニーは腕利き集団と聞いた。こんな若い娘達ばかりとは思わなかったぞ」

「うちの評判が良いのは先代クルーの業績です。あたし達は——並かなあ？」

「随分と謙虚なことだ。普通の傭兵だったらたとえ偶然であっても大げさに戦功を誇って、多額の礼金をせしめようとするところだぞ」

「そうなの？」

　すると世間一般の戦車傭兵を代表してワッツマンが前に出た。

「我々が金を稼ぐ機会はそれだけ貴重ということだ。ふっかける機会は我々にとって敵戦車をレティクルに捕らえた瞬間よりも稀少《きしよう》で、それを物にできるかどうかが腕前の見せ所となる。要するに戦いも商いも根っこの所では同じということだ」

　するとガレスが続けた。

「我々、金を払う側からすると、評判とはある種の保障だな。評判の良い者を雇えばそれだけの成果が期待できる。そういう意味では、評判とは傭兵にとって性能の良い戦車以上の財産なのだ。先代の努力の結果を穢《けが》さないようになさい」

「お父様？　もしかして今、とても良い気分に浸っているのではありませんか？　若い娘に教訓めいたことを垂れることができてよろしかったですわね」

レオナが揶揄《やゆ》するように言うとガレスは陽気に豪快にガハハハっと笑った。

「そんなことより問題は、今回の出来事がフレグのマ・ゼンダの仕業だということです」

「それは確かか？」

「わたくしを拉致したならず者が口走っていました」

「そのならず者は捕らえたのか？」

「あ、いえ……」

「それでは証拠にならん。抗議をしても言いがかりだと返されてしまう」

「くっ、あのウサギさんを殺さない方が良かったということですわね」

「まあよい。今回の件で、我が家とフレグ家との軋轢《あつれき》は抗議など意味がない段階へと進んだ。マ・ゼンダが直接行動に打って出た以上は、我々も実力で対抗せねばならん」

するとワッツマンが前に出た。

「お館様。戦力の速やかなる増強が必要です」

「数だな？　至急、傭兵を掻《か》き集めさせよう」

「数もですが質も重視すべきです」

するとガレスはフォクシー達へと視線を向けた。

「なに？　なに？　もしかしてあたしらへの仕事依頼？　安くないよ。良い？」

　するとワッツマンが口を挟む。

「お館様。彼女達を味方につけることができたら確かに心強いです。しかしできることなら我々に【ガルガンチュア】のご供与を願います」

「【ガルガンチュア】はわたくしが使いますと言ったでしょう？」

「お嬢様が乗っていては酷使できません。戦車は使い潰してこそ役に立つのですよ」

「ふむ。ウルフパックに対抗するにはあれが必要となるか。考慮しておこう」

「お父様！」

　するとゴートが弾薬箱を載せた運搬台車を運び込んできた。

「おお、待っていたぞゴート」

　まず弾薬箱が開けられる。そして中に銀色のビス銀貨が詰まっていることが示された。

　ゴートはじろりと若い娘達を一瞥《いちべつ》した。

「これはレオナとマーレをここまで護衛した仕事の雇兵料だ。ビス銀貨で二〇〇だ。そしてこちらがレオナ救出の礼金となる。手形になるが銀五〇〇〇ビスだ。受け取って欲しい」

「五〇〇〇ビスの約束手形!?　五〇〇〇ビスじゃなくて？」

「わたくしはそんなに安くないって申し上げましたでしょう？」

「気前がいいねぇ」

「評判は大切だと言ったであろう？　儂も気前が良いという評判は財産だと思っているからな。そのおかげで腕の良い人材が集まってくる」

ガレスはそう言いながらワッツマン達を振り返る。

さすが『工房都市』バラクレル十二洞（坑道）のカーリェ鉱山の館主とその娘であった。

§　§

日が落ちて夜になった。

ミグルン家の館ではマーレのための葬儀がしめやかに行われていた。

そんなカーリェ鉱山の周壁の外では、警備を掻《か》い潜《くぐ》って進むゴートの姿があった。

「む、戦車か」

周壁の外ではパトロールの戦車がゆっくりと巡回している。

Ｔ３４の車体を流用した【モブシャ】の中には、小型の砲塔と小口径の砲を搭載した偵察タイプの物がある。

それが探照灯を用いて周壁に近づく者がいないかを念入りに探っていた。

これまでなかった厳重さだ。

「いや、これまでが雑過ぎたのだよ」

ゴートは呟く。

しかしながらパトロールの注意はもっぱら周壁の外側へと向いていた。

おかげで内側から外へと向かう者への警戒は皆無なのだ。

ゴートは警戒網の隙間を縫うように進んでカーリェ鉱山から離れていった。


カーリェ鉱山の城市全体を一望できるところまで離れると、ゴートはそこで待機した。

そろそろ迎えが来る頃合いだ。

すると遠方からエンジン音が近づいてきた。

カーリェ鉱山では使っていない【オピーオン】だ。

【オピーオン】はパンターD型と呼ばれた発掘戦車の車体と砲塔を元にした戦車である。

砲の口径はオリジナルと同じ七十六ミリ。この口径の砲身はマルテーナ鉱山でやたらと多く出土しているため比較的安価に入手できるのだ。しかしオリジナルが有していたような電気式雷管や駐退復座装置がついていないため性能はオリジナルにはほど遠い。

とは言え優秀であることは間違いなく、この荒茫《こうぼう》大陸においては【オピーオン】はかなりの実力を有する強力な戦車として知られていた。

「森の猛禽《もうきん》、闇夜のフクロウ？　ティルティだよ」

約束の場所で停止した【オピーオン】の車長がティルティと名乗る。

「湖沼の狩人《かりゅうど》、夕刻のサシバ！　こちらはゴートだ」

合い言葉でお互いを確認し合ったゴートは【オピーオン】に飛び乗った。

もちろん戦車に客用の席などないから車体後部にしがみ付くことになる。

「おい、儂を振り落とすつもりか！」
とは言えあまりにも配慮に欠けていた。

あまりにも速く走り出したのでゴートは振り落とされそうになってしまったのだ。

「ごめんよ。でもパトロールに見つかるよりいいだろ！」

ティルティは乱暴に言い返した。

「それもこれもお嬢様の拐《かどわ》かしに失敗したせいだ。ミグルン家は警戒レベルを最大にまで上げたぞ」

「やっぱりそうなっちゃったか」

「無能のろくでなし共を雇ったりするからだぞ」

「そういう話はマ・ゼンダ様にしてくれない。あたしにされても困るんだよね」

「奴らは人質の前でフレグ家の名を口にした。ガレスは、もうすっかり腹を決めて戦う気になってる。戦車傭兵を増強することを決めた」

「しょうがないか。護りが大幅に強化される前に強襲することになるよね」

「穏便に済ませる方法はないのか？　噂の【ガルガンチュア】がやっかいだ」

「世界最大最強の超重戦車だよね。メスライオンの拐かしさえうまくいってればねえ。だけど失敗した以上はもう力尽くしかないよね」

ティルティの指示で【オピーオン】はさらに加速し夜の闇の中へと消えていった。

05

カーリェ鉱山の朝は早い。

まだ暗いうちから煙突のてっぺんから煙が立ちのぼって街全体が白い霧で覆われる。

そんな白い幕の向こうからやってくるのは乗り合いバスやらトラックだ。

寝ぼけ眼《まなこ》の労働者を満載して彼らの勤務先である鉱山あるいは工廠《こうしょう》へと向かう。

「おはよう！」

「今日も良い天気だな」

そんな挨拶を交わしながら様々な種族からなる作業員達《たち》がツルハシやシャベルを担いで鉱山入り口から坑道を降りていく。

スチームサイレンが鳴ると男達、女達、老いも若きもみんなが一斉に働き出す。

程なくして泥まみれの物体が鉱山入り口から搬出された。

壮年の技師がその物体の表面を軽く撫《な》でて表面を露出させるとハンマーで軽く叩《たた》く。

「こいつはパンター戦車のようだな。砲塔や砲は手がかかりそうだが、車体の方はなかなか具合が良さそうだ」

「よしっ。こいつを『洗い場』に送れ！」

こうして発掘された戦車は洗い場へと運ばれていった。

「こいつの発掘現場近くに接地プレートはなかったか？」

壮年の技師は、戦車を発掘してきた青年に尋ねた。

「四、五枚見つかったけど、それだけだったよ」

「仕方ない、履帯《りたい》は適当にでっちあげるか」

洗い場では掘り出されたパンター戦車を若い女性作業員が寄ってたかって洗った。

キャピキャピ騒ぎながら大量の水を浴びせてこびりついた泥や、装甲の隙間奥深くに潜り込んだ土を洗い流す。

その後、部品が丁寧に慎重に、時に大胆にハンマーで叩くなどして外されていく。

全ての部品が一個一個丁寧に洗浄されるのだ。

再生できないと判定された砲塔やら砲身などは、廃棄されて溶鉱炉送りだ。

洗浄された部品は技師がしっかりと点検する。錆《さ》びているようならば磨かれる。

もし罅《ひび》や傷、腐食が酷《ひど》く再使用に耐えないなら同じ形状の部品が複製される。

「問題はパワーパックだな」

壮年の技師が組み立ての始まった車体を睨《にら》みながら呻《うめ》いた。

エンジンは外からは無事に見えても中身の腐食が酷いという例が多い。

そしてエンジンを再生する技術を持っている工廠は極めて限《かぎ》られる。しかもその技術の多くは秘伝であるためしっかりと再生されたエンジンは高価だ。

「いいエンジンがあるぞ。ガシュで出土した十二気筒Ｖ８エンジンを再生したものだ」

「ほう、ガシュか。あそこは良い技術がある。何基、購《あがな》った？」

「十だ」

こうして地中で眠っていた戦車は新たなる戦車として蘇《よみがえ》るのである。

カーリェの工廠群が活動を始めた頃、ミミもまた菜っ葉服に着替えると借り受けた整備工廠で作業に取りかかった。

まずはハンマーを片手にピットに潜り【ナナヨン】の点検をしていったのだ。

【ナナヨン】は油圧懸架方式を採用したデリケートな戦車だ。性能を十全に発揮するにはそのデリケートさを常に維持しなくてはならない。

「この部品は交換、この部品も交換。……フォクシーがつむじを曲げるのです」

ミミは自分の書き上げた部品のリストの長さに嘆息した。

シナモンスティックを咥《くわ》えて深呼吸。

肉桂《にっけい》の刺激的な香りが口中から肺、そして鼻腔《びこう》を満たしていった。

鉄と油の匂いが満ちている中で香辛料の香りは実に心地が良い。

ミミの師匠は悪い習慣を持っていた。それはタバコだ。

もちろん彼も、悪癖だとわきまえていたらしく、喫煙はもっぱら車外でしていた。

しかしいくら外で吸おうとも、身体《からだ》にこびりついたヤニの匂いは簡単には消えない。

密閉された戦車の中に入ってくれば、鼻の良い種族であるフォクシーやカッフェは嫌でもその匂いを嗅がされてしまう。当然、ちょー臭い、不快だ、不愉快だという若い娘達からの苦情と罵倒の嵐が戦車内で吹き荒れた。

だがしかし、ミミだけはそうは思わなかった。不快に感じなかったのだ。

今は亡き父が喫煙者だったということもある。そして整備作業の合間に一服する彼の姿に、奇妙な憧れを覚えたからでもあった。

とは言えタバコは良くない。身体に毒、肌に毒だ。そこで代わりにシナモンスティックを咥えるようになった。

「ふぅっ」

シナモンスティックをパリボリと食べてしまうと周囲の様子を見る余裕ができた。

そこでミミは驚きの光景を見ることになった。

若い技師達が掘り出された砲塔の大穴を枠で囲うように鉄板を溶接していたのだ。

「え？」

枠を貼り付け終えると、そこに鉄粉・アルミ粉末の混合物を流し込んでいく。

いったい何をするつもりなのかと見ていたら、火を付けた。

炎は花火の如《ごと》き勢いで天井近くまで吹き上がった。

「あ、あああ、あれは何をやっているですの!?」

ミミは思わず近くにいた若い技師に尋ねた。

「見ての通りだよ。もしかして知らないの？」

「テ、テルミット溶接なのです!?」

「なんだ、知ってるんじゃん。その方が効率的だろ？」

「で、でも、あんなことをしたら装甲が焼きなまされて強度が低下してしまうのです！」

「ドヴェルグ家ではどうやって修理してたんだい？」

「溶接はするのです。するしかないのです。けれど弾痕とその周囲を綺麗《きれい》に成形して、同じ強度の鋼板を切り出してきて、はめ込んで、その間隙を溶接で丁寧に……」

「それじゃ手間ばかりかかって量をこなせないよ」

「せ、せめて弾痕の縁を綺麗に成形するとか。被弾したままのぐずぐずガクガクな表面に銑鉄《せんてつ》を流しても隙間に鬆《す》が生じて強度が……それって戦車としてはどうなのです？」

「もしかして君の親御さんって、その律儀さで盗賊共の戦車の修理をしてた？」

「それがドヴェルグの誇りを護《まも》る最後の一線だと父は言っていたのです」

「そんなことしてるから過労死しちゃうんだよ。それが、ドヴェルグの誇りっていうのなら尊重するけどね。けど、俺達にはとても真似《まね》できないなあ」

若い技師は笑い捨てながら去って行った。

さてその後である。

溶けた鉄が固まって十分に冷えると若い作業員達は鉄の枠や不要部分を中身の鉄ごとエンジンカッターで切り取った。

余分な盛り上がり部分はディスクグラインダーで綺麗に削って周囲と均《なら》していく。

グラインダーでお手軽に削れてしまう段階で、穴埋め部分と周辺の硬度はお察しの状態だ。しかし上からさび止めを塗装してしまえば見た目は分からない。

あとは砲を積み、各種の装備等を取り付けていけば綺麗な再生戦車の完成だ。

この荒茫《こうぼう》大陸で活躍している戦車の多くは、こんな雑な感じで再生されているのだ。


「我が家だと思って寛《くつろ》いで欲しい」

よく使われる社交辞令だ。

しかし本当に他人の家で寛いでしまう者はなかなかいない。

いたとしたらなかなか肝の据わった大人物だろう。だがフォクシーは、そんなことができる稀少《きしょう》な人物に分類される。

折角《せっかく》だからと応接室の長椅子に横たわって手足と尻尾を伸ばしていた。

カッフェも応接室の客人となったが、フォクシーほどは大胆になれず一人掛けのソファーに行儀良く腰掛けている。

ミミはそんなフォクシーの前にやってきて油と汚れにまみれた手でクリップボードを突きつけた。

「これが必要な部品のリストなのです。可及的速やかに調達するのです」

リストに並んだ膨大な部品量を見てフォクシーは悲鳴を上げた。

「うわあああ……」

そんなフォクシーの悲鳴にレオナが、何々どうしたと歩み寄ってきた。

「いったい何があったのですか？　若い娘が素っ頓狂な声を上げて」

「こ、こ、これ……」

「どれどれ？　こ、これはまた、随分とたくさんですね。あ、このウィンカー用のランプと、このグリースならば我が家にも在庫がありましてよ」

「ねえミミ。これって本当に必要？」

「必要に決まってるのです。これが揃《そろ》わないと【ナナヨン】は動かないのです」

「本当に？」

「私の技師としての判断を疑うですか？」

「うっ……でも」

「不完全な戦車で戦場に出て、泣くのはフォクシー、貴女《あなた》なのです」

フォクシーは受け取ったばかりの手形を取り出すと、あたかも恋人からの手紙のごとく頬《ほお》ずりする。

「あああ、五〇〇〇ビスの手形があ。できることなら君とはずうっとずうっとご一緒していたかった」

するとレオナが揶揄《からか》うように言った。

「そういえば、このような言葉があったのを思い出しました」

「ナニ？」

カッフェが首を傾《かし》げた。

「いつまでも、あると思うな親と金」

「それにしたって、貰《もら》ったはしからすぐに出て行っちゃうなんて腰が軽すぎだよ～！」

§　§

こうしてフォクシー、ミミ、カッフェの三人はリストアップされた部品の調達へと出かけることになった。

カーリェからバラクレルへの往復は、買い出しに行く商人のコンボイに便乗させて貰える。しかも行き来にミグルン家の戦車が随伴警備をしてくれると言う。

「何から何までどーも！」

フォクシーは商人の見送りに来たガレスに礼を告げた。

「いや、街の住民を養う食料調達に警護をつけるのは当然だ。フレグ家との武力衝突は避けられそうにない現状ではな」

すると何故《なぜ》かレオナも乗り込んできた。

案内も兼ねて三人の買い物に付き合ってくれると言う。

「部品探しをお手伝いしますわ」

フォクシーがガレスに囁《ささや》いた。

「もしかして、彼女があたしらに付いてくるのもそう言う感じっすか？」

おそらくきっと多分、自分達はレオナの護衛として当てにされているのだ。

「否定はしない。娘に気晴らしがてら同行しろと勧めたのはそういう意図もある。無論、そんなことまでは本人には話していないがな」

「どう思う？　まだ雇用契約を結んでないよ」

「別に良イのデは？　バラクレルを案内シテ貰エルなら持チつ持タレつ」

　どうせ何かあったら三人とも逃げることになる。戦うのはあくまでもミグルン家に雇われた戦車傭兵《ようへい》なのだ。

　フォクシー達はレオナを引っ張って逃げれば良いのだ。

「良い待遇をして下さっているのです。多少のサービスはしても良いのです」

　自分達は好待遇を受けている。野暮《やぼ》な指摘をして折角のご厚意を無下《むげ》にする必要もないだろうということになった。


　フォクシー達は工房都市バラクレルの市街へと入った。

　さすが工房都市の部品街。十二洞のそれぞれから発掘される機械部品がずらりと並んでいた。

「おおっ、これは凄《すご》い！」

　その品揃《しなぞろ》えの豊かさにフォクシーは感嘆の声を上げた。

「ミミ、これなんてどうよ？」

　フォクシーが振り返る。

　ミミはポケットからノギスを取り出すと部品に当ててサイズを測ったり、部品の肉厚を確認したりしはじめた。

さらに音叉《おんさ》を取り出すと鳴らしてから部品に軽く触れさせる。すると表情を不機嫌そうなものへとかえた。

「ううっ、ここにあるのはあまり良い品質とは言えないのです」

「使えればいいんじゃないのー？」

「確かに口金のサイズが一致して、全体が似た形状をしてるならば使用できるのです。でも性能は低下するし、すぐに摩耗して使えなくなるですよ」

「いいじゃん安いんだから。劣化したらどしどし交換すればいいんだよー」

するとレオナはフォクシーの意見に同意した。

「それも考え方の一つですわね。しかもこのあたりではそれが普通ですわ。ミミさんのような細やかな神経では技師を続けていくのは大変なのではありませんか？」

ここらへんにいる技師の多くは戦車に開いた穴はとにかく埋まっていれば良いと考える程度に大《おお》雑把《ざっぱ》だ。

そして傭兵達もそんな風に再生された戦車を当たり前と思って使用している。

そんなアバウトさで荒茫大陸の世界は回っている。

鉄の材質がどうとか、焼き入れがどうとか言ったところでそのあたりの技術や知識は失われているし、残っていたとしても秘伝として囲われているから仕方ないのだ。

「うー、でも師匠が」

「これ以上の品質をお求めになるなら、オーパーツから探すしかありませんね」

「そもそも【ナナヨン】はオーパーツの塊なのです。可能なら全部オーパーツを揃えたいくらいなのです」

「おかげであの子ったらお金ばかりかかるんだよねー」

「承りました。では【オーパーツ】のあるところへご案内しましょう」

レオナはそう宣言すると三人を連れてバラクレル市街の裏路地へと向かった。

「うわ、何ここ？」

そこはただの裏路地ではなかった。

裏のさらに裏。薄暗く怪しげな雰囲気が漂って若い娘が迷い込んだらたちまち襲われて身ぐるみ剥《は》がされた上に、売られてしまいそうな気配で満ちていた。

しかしそんな裏路地の奥にこそ目的地はあった。

「ここです」

店頭にジャンク品が並ぶ店へレオナは入った。

そして店長らしき男に何かを囁く。

店長は胡乱《うろん》げにミミやフォクシーを見た。

三人はしばらくの間、値踏みするような視線に晒《さら》された。だが男は大儀そうに立ち上がると「ついてきな」とさらに店内の奥へと迎え入れた。

「こ、これは!?」

店の奥に広がる異様に広い倉庫で、ミミは瞳を輝かせた。

「マグネター・スターターなんてものが何でここにあるですの!?　あ、エニモグのクラッチディスクなんて物もあるのです！　どこで手に入れたのです!?」

「さあな。どこかの工房の片隅で埃《ほこり》をかぶってたのが巡り巡ってうちに来ただけだ」

図書館の書架の如く几帳面《きちょうめん》に並べられた工廠用整理棚。

そこにはミミの求めるオーパーツ――様々な車両の純正部品が並んでいたのだ。

口の重い店主に代わってレオナが説明を続ける。

「オーパーツとは、そのような形で市場の陰を人知れず流れている物なのです。商人の手から手へと渡るウチにどれもこれも由来がよくわからなくなってしまいます」

「手に入れば出自なんてどうでも良いのです！　これまで再生品やら自作で乗り越えてきたオイルフィルターの新品がようやく手に入ったのですよ!!」

ミミは勢いに任せて倉庫片隅に置かれた台車を借りて陳列棚へと突進していく。

「ちょっとカッフェ。手伝うのです！」

「ウィ」

喜びに溢《あふ》れたミミの尻が躍動するのを見ながらフォクシーはレオナに囁いた。

「こんな店、よく知ってたねー」

「蛇の道は蛇。我が家のような事業を営んでいるとこういう伝《つて》も出来るのですわ」

「ふーん」

次にフォクシーは店主に歩み寄って囁いた。

「ここにあるようなオーパーツの出所を探して、五十くらいのおっさんが来なかった？」

「さあな、いろんな奴《やつ》がここに来る。五十くらいの男は毎日、毎週、毎月だって来る」

「ヒト種。黒目。白髪交じりの黒髪。多分短く切りそろえている。身長は百七十センチくらい。体重は六十七キロ。もしかすると黒いオニキスの板を見せたかも」

「……」

黒いオニキスの板――というキーワードで店主はフォクシーをジロリと見上げた。

「思い当たるみたいね。良かったらそのあたりの話を詳しく聞かせて欲しいんだけど」

フォクシーはそう言うとガバッと店主の首に腕をかけたのだった。


さて、支払いである。

ミミとカッフェは大量の部品を店主の前に積み上げた。

もちろん支払いはカンパニーの代表にして金庫番であるフォクシーの担当だ。

「手形で良い？」

「どこのどいつが振り出した手形かによるな」

するとレオナが横から口を差し挟んだ。

「我が家の振り出した物です」

「ミグルン家の手形なら割引なしで結構だ」

「割引って何なのですの？」

「手形とは、書かれた期日に、記された場所で、この額のお金を誰々さんに引き渡しますという証文ですわ。それをお金代わりに使おうとすると、普通は額面通りというわけにはいきません。手数料として一割くらい額面から値引きされます。酷い時は半分以下になってしまいます」

「釈然としない。どうして紙切れでの支払いをフォクシーは受《う》け容《い》れたですの？」

「銀五〇〇〇ビスですよ。現金だと重くて持ち歩くのが大変じゃないですか。受け渡しの際に偽金《にせがね》が混じる可能性もあります。そもそも数えるのにも二時間くらいかかってしまうでしょう？　対するに、手形だとそれがありません」

「確かに。言われてみれば便利なのです」

「ただし現金に換えるのに相応の時間がかかりますわ。場合によって不渡りになるかもしれません。手数料とはそういう諸々《もろもろ》のリスクを呑《の》む意味もあるのです」

「うー」

「ですが、ミグルン家の振り出した手形は違います。ここバラクレルでは十二洞家の手形は振り出された瞬間から額面通りのお金と同じ価値があるものとして通用します」

「何故ですの？」

「十二洞会議が裏書人として保証する制度があるからですわ」

　実際、見ている間にもフォクシーは手形だけで部品代の支払いを終えた。

「これでリストの半分は揃った感じですわね」

レオナはミミのクリップボードを覗《のぞ》き込むと半分くらいに横線が引かれていた。

「んじゃ残り半分。気合いを入れていっきにいくよ――」

四人はリストの残りを手に入れるべく別の店へと向かった。


裏街部品店で借り受けた台車をガラガラゴロゴロと押し歩くほくほく顔のミミ。

買い物を終えた四名は帰りのコンボイが待つバラクレル城内の広場へと向かった。

広場の一角では警護の戦車が警戒するなか、貨物トラックに商人達が食料品や各種の資材、物資等を積み込む作業をしていた。

それとは別に、新規募集に応じるべく集まってきた戦車傭兵の姿も見られた。

「戦車がないのだが、ミグルン家では身一つで戦車傭兵に応募できるって本当か？」

「ああ。貴様達でクルーを揃えたら戦車を貸してやる」

採用された戦車傭兵達がバスに乗って出発の時を待っている。

借りた台車の返却を終えるとレオナがぽつりと言った。

「出発の刻限には、まだ時間がありますわね」

「どうしたの？」

レオナは広場に面したとある店舗に着目していた。

店舗の前に掲げられている看板の数字が気になっているらしい。

「商品取引所ってなに？」

「要するにバラクレルでの物の値段が決まるところです」

「値段が決まる？」

「たとえば、あそこに生ゴムの値段が表示されてますよね？」

「ええと、生ゴムの値段は一梱《こん》で一五ビスで……」

するとミミがホッと胸をなで下ろした。

「よかったあ。値上がりする前に買えたのです」

昨日、市場で購入した時の値段が一二ビスだったので彼女は得をしたことになる。

しかしレオナは言った。

「安心してはいけません。ここでの値段は『今』の値段だからです。物の値は上がったり下がったりします。まだ時間がありますし、興味があるようでしたら一緒に中を見てみませんか？」

レオナの誘いで三人は取引所へと向かうことになったのである。

06

建物の大広間のあちこちに黒板に似た板が置かれていた。

そしてそれに向かって大勢のディーラーが屯《たむろ》していた。

「へえ、ここが取引所なんだ」

「『取引所』とはこの建物のことです。ここは『立会所』ですわ」

「競《せ》り市とは雰囲気が違うのです」

「そうですわね。競り市ですと売り手は一人ですからね」

レオナは壁際に張られた『板』の一つを指さした。

その『板』では『塩』の取引が行われていた。

売り手側の商人が木札に金額と販売希望数を記して場内の係員に渡す。

すると係員がそれを『板』の売り注文欄に掲げる。

売り注文欄には様々な金額と数量の木札が何枚も何枚も掲げられている。

それらは無秩序に並べられているわけはない。上下の高さが価格を表す。そして同じ金額の桁には早い者勝ちの順番で、注文札がズラリと横に並んでいた。

買い注文の欄にも、同じような札が、金額と数量、注文の順番で整理されている。

それらは『板』に次々と掲示され、時に移動され、あるいは取り除かれていった。

「競り市とは、売り手がつけた始め値を基準に、買い手側が買い値を競うことです。必然的に一方的に値上がりしやすくなります。しかしここでは売り手も複数人。売り手が他人に先んじて在庫を売りさばくには、買い手が現れる値段まで値を下げなくてはなりません。そして、買い手側も、競争相手に負けないよう早め早めに買い値を上げなければなりません。すると、その両者の真ん中辺りに値段が落ち着くのです」

しかし現在の『板』の上では買い注文、売り注文の双方がつけた値段に開きがあった。

これが一致しなければ取引は成立しない。

一致するには売り手側の誰かが抜け駆けして値を下げるか、買い手側の誰かが抜け駆けして値を上げるしかない。

「ちっ、誰か値下げしろよ」

「ケチケチしてないで、買い値を上げろよな」

売り手も買い手も互いに相手よ折れろと祈る。

そして双方共に、同じ側の人間に抜け駆けする者が現れないことを祈る。

我欲にまみれた利己心むき出しの欲望が異様な熱気で渦巻くのが立会所なのだ。

疑心暗鬼の待ち状態は続く。

ディラー達《たち》はこの状況を黙ってただひたすら見守っていた。

そんな中、係員が『板』の前へと進む。そして板の買い注文の札を一枚移動させた。

「おっ！」

値段が上がって売り注文と同じ高さに並ぶ。塩一梱《こん》が四ナットで十梱。約定が成立。

立会所にどよめきと舌打ちと、罵声が飛び交った。

しかしみんな、すぐに気を取り直して注文札を書き直し、立会人に差し替えを求めた。

変更した数値での取引はすぐに成立して取引価格がまた移動していく。するとさらに皆が札を書き換えるのだ。

取引が成立してまたまた取引価格が変化する。

「なるほど、これがひたすら繰り返されるんだね」

フォクシーが何かに納得したように頷《うなず》くと、レオナもそれに同意したのだった。


フォクシーが尋ねる。

「で、何しにここに来たの？」

「ちょっと確かめたいことがあるのですわ」

「生ゴムのスモークシート。一梱一六ビスで十玉、買い注文いたします」

レオナは必要事項を書き込んだ注文札を係員に差し出す。すると係員はそれを受け取って立会人のところへと持っていった。

「生ゴムの相場は一五ビスではなかったですの？」

板の上では生ゴムの値段は、買い注文が一五、売り注文が一六ビス二ナットと間が開いて、約定が成立してない状況がしばらく続いていた。

「まあ、見ていてくださいまし」

生ゴム『板』の買い注文欄の一番上一六ビスにレオナの注文札が表示される。

すると突如として売りポジションのディーラーの一人が一六まで下げた。

レオナの買い注文はたちまち成立。約定を示す札が係員の手で運ばれてきた。

それ以降は生ゴムの価格は一六ビスが上下動の中心となってそれ以下にならなかった。

売り手はもう一六ビス以下の値での取引を損と思うようになるからだ。

するとどうしても生ゴムが必要な者、あるいはこの勢いで値段が上がったら明日にはもっと高い値になってしまうから今買わないと損だと考えた者が、さらに高い値段で買い注文を出していった。

たちまち取引が成立していく。

「頃合いですね」

レオナは係員を呼んで注文札を渡しながら何かを囁《ささや》いた。

しかし『板』にはあちこちの商人の出した注文札が掲示されるので、この時のレオナの注文がどんなものかは当人と係員にしかわからない。

「一七ビス！」

立会人が約定金額を告げた。

こうして見ている間に一五ビスだった生ゴムの値段は二ビスも上がったのである。

やがてレオナの元に係員がやってきて取引が成立したことを示す約定札を差し出した。

「一七ビスで買ったですの!?」

「違います。先ほど買った生ゴムを売ったのです」

ミミは驚いたように目を瞬かせた。

「なんで!?　折角《せっかく》買った物をどうしてすぐに売ったりするですの？　ってかどうしてそんな値段で買う人がいるのです!?」

「生ゴムの値が今よりももっと上がると予測している者が多いからですわ」

レオナはそう言いながら受付へと赴き、二枚の約定札を差し出す。

「手仕舞《てじま》いします。精算してください」

「はい。本日の買い約定が一六ビスで十玉。合計して一六〇ビス。そして売りの約定が一七ビスで十玉。合計して一七〇ビス。それぞれの取引手数料がそれぞれ二ナットずつですから――」

受付の娘はレオナに差引残高九ビスと六ナットを差し出した。

「えっ――これだけ!?　たったこれだけで九ビス儲《もう》けたですの？」

ミミやカッフェは目を丸くしていた。

しかしフォクシーはひたすら何かを考え込んでいた。

自分が見聞きした事象、出来事を咀嚼《そしやく》してその味覚をよく吟味理解し、飲み下そうとしている。

そんな顔つきであった。

そしてフォクシーは目をキラキラと輝かせ声も高らかに宣言した。

「あたしも挑戦してみる！」

§　§

ここまでのあらすじ――。

戦車に乗って戦うケモミミ傭兵《ようへい》少女のフォクシー・ボォルピス・ミクラは、お金を稼ぐためデイトレードに挑戦した。

そして『ぬ』と『ね』の区別がつかなそうな顔になった。

「どうして塩相場に有り金全部突っ込んだのですか？　わたくしのことを見てましたよね？　まんま真似《まね》るんなら生ゴム相場一択ではありませんか？」

　レオナは詰《なじ》った。

「だって、今なら塩は底値だから後は上がるしかないって思ったんだもん」

「だから、どうして今が底値だって思えたのですか？　十二梱を一〇ビスで買って貰《もら》ったことがあるなんて何の根拠にもなりません。知り合いのご店主が厚意でちょっと高い値で買ってくれただけでしょう？　その目でしっかりと世間様をご覧なさいませ。世間様に流れている噂《うわさ》にその狐《きつね》耳をよっく澄ませてご覧なさい。塩相場はまだまだ下がっていく兆候でいっぱいじゃないですか？」

「わ、わかんない」

「わからなかったら買ってはいけません！　いいですか？　塩の値はまだまだ低いまま。下手するともっともっと下がるかもしれません」

「なんで？」

「そもそも、物の値段が上がったり下がったりする仕組みがお分かりですか？」

「需要と供給の関係？」

「わかってるじゃありませんか!?」

　フォクシーの問いにレオナは説明を開始した。

「以前、バラクレル周辺では塩の値が異常とも言えるほど高騰しておりました。それを見たキャラバンの商人達が、バラクレルに塩を持ってくれれば高く売れそうだと目論《もくろ》み、塩の産地でたくさんの塩を仕入れて運んでくる。この理屈はわかりますね？」

「わかる。あたしもやらかしたから」

「でも、実際に塩がバラクレルに運び込まれるまでには時間がかかります。今、バラクレルに来ているデイトン・キャラバンのような大規模な隊商ですと、この荒茫《こうぼう》大陸のあっちこっちを長い時間をかけて巡り歩くので一周するにも半年はかかります」

「でも、中小規模の隊商なら数日から一ヶ月《いっかげつ》くらいで」

「その通りです。普通ならばまず中・小の隊商の手で少量の――市場全体の規模から見れば少量って意味ですよ――塩が運び込まれます。大抵はそこで塩の値段は上げ止まるのです。それに遅れて大規模な隊商によって『大量』の塩が運び込まれてきて今度は値が下がりだすのです。そうして塩値の需給格差は解消され庶民の懐に痛くない程度に安くなっていくのです。これが自然の働きなのです。けれど、今回に限《かぎ》ってはそうはなりませんでした。そもそも塩が高騰していたのは、フレグ家のマ・ゼンダが暗躍していたからです」

「暗躍？」

「彼は塩を買い集めて、バラクレルに流通する塩の量を減らしたのです。そのせいで塩の値が上がってしまいました。塩は人間が生きるために必須な物。多少高くつこうとも買わないわけには参りません。そのため小商いの店主達は塩の高騰に困った庶民の怒りを真っ向から浴びることになりました。どうしても塩が欲しいという欲求を強く抱えることになります」

「ふむふむ」

「そんな時に、マ・ゼンダは商店主達のところに赴き内緒話を持ちかけます。今ならば塩をお安く譲ることも出来ます、と。これは日頃お世話になってる貴方《あなた》だけの特典です。ただし、我々は小商いはできないので取引の単位は百梱からになります。それでも良かったらいかが？　という感じですね」

　レオナはここで皆を見渡す。フォクシー達は興味を掻《か》き立てられたように身を乗り出した。

「商人は考えます。今、安い値で塩を仕入れることができたら大きな儲けになるはずだと。お客からも毎日塩はまだか、何故《なぜ》入荷しないのかとせっつかれています。ですからついついその話に飛びついてしまったのです。しかしマ・ゼンダの阿漕《あこぎ》なところは、この話をバラクレル中の商人にもちこんだことです」

「あれ、あなただけの特典――じゃなかったの？」

「そう。そこに嘘《うそ》があったのです。たちまち市場には大量の塩が氾濫して相場は大暴落します。結局大儲けしたのはマ・ゼンダとフレグ家で、商人達は大損してしまったのです」

「う、うわー」

「今はその余波が続いています。大暴落の情報はそう簡単には広がりません。高値を当て込んで遠いところから塩を運んできた商人が大損しています。デイトン・キャラバンも、フォクシーさん、あなたもです。そして塩を運んでくるキャラバンはまだしばらくは止まりません。この噂が広まりきるまで毎日毎日、どこかのキャラバンが高値を当て込んでこのバラクレルに塩を運んでくるのです」

「あああああ――」

塩相場暴落の理由を理解したフォクシーは頭を抱えながら呻《うめ》いた。

しかしひとしきり呻き終えるとレオナに生ゴムを買った理由を尋ねた。

「理由は二つあります。一つは生ゴムが軍需品だからです」

「……?.?.」

小さく嘆息したレオナはこの場に同席しているカッフェとミミをちらりと見て、分かっていそうな顔つきをしている方を指さした。

「ミミさん。説明してあげてください」

「ゴムは戦車、トラックのタイヤ、燃料のパイプ、各種の部品に使うものなのです」

「正解ですね。生ゴムは最近急騰しています。つまりゴムの消費量が急激に増えているのです。きっとどこかの誰かがこれまで以上の勢いで戦車やトラックを大量に準備しているのでしょう。ちなみにどこかの誰かの一角は我がミグルン家です」

「えっ!?」

「我が家は戦争に備えて保有戦車を増やし戦車傭兵をかき集めています。おかげで、生ゴムの需要は急騰しそれが相場に反映されているのです」

「あ、あああ……ああああああ、そう言う仕組みか!?」

カッフェが唇を尖《とが》らせミミが不満そうに頬《ほお》を膨らませると、レオナは首肯した。

「そう、ズルです。けれどそれを禁じる規則はありません。だからこの取引は合法です」

「なんと言うか……」

「阿漕なのです……」

「今回注目すべきはそこではありません。実は、生ゴムは以前から不自然な値上がりをしていました。バラクレルでの生ゴムの需要は戦車やトラック、タイヤとかそんなもの。そして、それらの日産量はここ数ヶ月、数年間ずーっと同じです。もちろん生ゴムの供給量もずうっと安定していました。なのに値が上がる理由は何でしょう？」

「ナルホド。誰かガ買い占めヲシテイタ、と？」

「そう言えば、似たような形で値段が上がり下がりした品物があったことを思い出しませんか？　それを考えたら裏で誰が暗躍しているのか見えてくる気がいたしませんか？」

レオナはそう言いながら塩の値段の上下を示したグラフに視線を向けた。

§　§

翌朝――

操業開始のスチームサイレンの音と共にミミが宣言した。

「部品も揃《そろ》ったので整備を開始するですよ！」

もちろんフォクシーもカッフェも駆り出されて菜っ葉服を着た。

整備とは何をするのか？

簡単に言えば外せる限り部品を外して洗浄し、磨き、摩耗していたり、寿命を迎えたりする部品があれば交換するのである。

「儂《わし》らにも手伝わせろ！」

「そうじゃそうじゃ！　金なんかいらんから手伝わせろ！」

整備が始まると老整備士達がわらわらと集まってきた。

ナナヨンの中身が見えてくるといよいよ技術者魂を抑えこめなくなったのだ。

「駄目なのです。お金をとらない相手は責任感に欠けるから整備仕事を任せることなんて怖くてできないのです！」

「無償では信用できんというのなら最低限の日当でいい！」

「そうじゃそうじゃ！　この歳になったら珍しい戦車に触れることが報償なんじゃ！　ドヴェルグの嬢ちゃん。あんたならこの気持ち、わかるじゃろ？」

「どうするのです？　フォクシー」

フォクシーもこれ以上は断り切れないと感じていた。

「レオナ、助けてよー！」

「お爺《じ》ぃ様達が個人ですることまでミグルン家は関知できません。好きになさったら良いのです。そんなことより【ガルガンチュア】の準備は進んでいますか？」

レオナは傍《かたわ》らの若い整備士に声をかけた。

「やってます。やってますけど、本当にお嬢様が乗られるのですか？」

「フレグ家が攻めて来たら女子供だからといって無事であるはずがありません。わたくしとて出るしかないのです」

「お館様はご承知なのですか⁉　乗組員は？」

「希望者を募るつもりです」

レオナは若手の整備士達と共に【ガルガンチュア】のある隣のピットへと向かった。

「せめてエンジンじゃ！　パワーパック周りだけでも頼む！　年老いた儂らにセミオートマとかいうものを見せてくれ！」

「そうじゃそうじゃ！」

老人達から両手を合わせて頼まれては断りようがない。フォクシー達は老整備士達の協力を受《う》け容《い》れることにした。

整備が始まった。

さすがはベテランばかり。彼らの手助けを得て作業は手早く進んでいった。

とは言え老人達も、興味には勝てないのかあちこち開けようとしたり弄《いじ》くろうとしたりする。ミミは彼らの行動を逐一見張らねばならず大変であった。

「ほほう、これが油圧懸架装置か⁉　砲の俯角《ふかく》を大きくするため車体全体を傾けようとはなかなか斬新なアイデアじゃな」

「おい、これ見ろ！」

「おおっ！」

「そ、そこは絶対に手を触れては駄目なのです！　レーザー測遠機や弾道コンピューターは、師匠にしか理解できない謎技術の塊なのです！」

その間フォクシーやカッフェは接地プレートや転輪の摩耗したゴムを削っていた。

ガリガリ、ぼりぼりと経年によって劣化した黒いゴムの塊を削り、さらには塗装なんかも剥《は》がす。

こうして綺麗《きれい》になった転輪はろくろのような機械に載せられてぐるぐる回された。

「これに硫黄《いおう》、炭素粉末、その他の薬品を練り混ぜた生ゴムを塗っていくのです」

老整備士がアルミニウム製の転輪にヘラを使って黒いドロドロのゴムを塗っていく。

それはケーキ職人が円形のスポンジケーキに生クリームを塗っているかのような光景だ。

そうしてできあがった物を今度は巨大な蒸し器に入れる。加圧加熱されることで生ゴムは炭素、硫黄、その他の薬剤と結びつき用途に相応《ふさわ》しい硬さのゴムとなるのだ。

「ぷはあああー。一日の終わりはやっぱりこれだわーっ！　これだよ、これだよねー」

男の子に間違えられることの多いフォクシーだが、その内面はちゃんと乙女である。

入浴するとなればちゃんと身体《からだ》に大判のバスタオルを捲《ま》いていろいろを隠すのだ。

ただし蕩《とろ》けるような表情をしつつよく引き締まった両手両足を大の字にぐいっと伸ばしたりするとそんな配慮も台無しになってしまう。

「Aamoung bug（極楽極楽）」

カッフェも大きく頷いて同意した。

カッフェはコーヒーを思わせる暗褐色の肌で、それが描く輪郭線はたおやかでいながら、無駄が全くない。

黒豹《くろひょう》を種族の祖にしているのに頭髪は灰色で襟足までのショートボブにしている。

前髪で顔貌《かおかたち》のほぼ半分までが隠されているためローズピンクの唇だけが引き立てられてそれが妙に艶《なま》めかしい。

「疲れを癒やすにはこれは最高なのですぅ」

ミミの髪は緑。普段は長い長い髪を太っとい三つ編みにしているが入浴時はもちろん解《ほど》いている。

そのためその長さの全貌が見える。

なんと立った姿でふくらはぎの真ん中辺りまでと実に長いのだ。

瞳は紫。顔立ちは整ってはいるが地味でソバカスがある。

身体はと言うと矮躯《わいく》ながら出るべき所は見事に凸《とつ》っていて締まるべきところはぐいっとくびれていた。

目立つのは全身に刻まれた大小様々な傷痕だろうか。

火傷《やけど》、切り傷等々ありとあらゆる種類の傷跡だ。人為的に加えられたであろう虐待の痕跡が、彼女がこれまで味わってきた艱難辛苦《かんなんしんく》を語っていた。

三人は風呂で一日の労働で全身にこびりついた汗と油汚れを落とそうとしていた。

風呂と言っても蒸気風呂――ミストサウナだ。

「あと十分。二人ともしっかりと温まるのですよ」

ミミは肌を飾る真珠のような汗の滴を軽く拭うと十分を示す大型の砂時計をひっくり返した。三人とも玉の汗を肌に浮かべながら我慢我慢と砂時計を睨《にら》み付けた。

「うぬぬぬぬ」

「グヌー」

そんな二人を見てミミが昔を思い出すように笑った。

「風呂と言えば、師匠は何かと湯に浸《つ》かりたがっていたのです」

この荒茫大陸世界ではそこいらを掘れば原油が簡単に湧いてくる。お陰で、井戸を掘ってもほとんどの水が油で汚染されていて飲用するには蒸留の必要があるほどだ。

そのまま飲用できる水は稀少《きしょう》で高価なのだ。

そのため入浴も、湯を満たした風呂桶《ふろおけ》ではなくて、このような熱い蒸気で満ちた室で汗を流すのが主流だ。

湯船になみなみと湯を満たしてそれに浸かるのはミストサウナ以上の快感が得られるが、非常に非常に贅沢《ぜいたく》な浪費であって、所によっては不道徳と見なされる。

しかしそんな行為を師匠はとても好んでいた。

酒や女には金を使わない男だったが入浴だけには金を惜しまなかったのだ。

「ししょーはヒト種だったからねえ」

「シショウは風呂ニ関シテハ、贅沢者ダった」

二人とも昔を思い出しているようだった。

「で——フォクシー。どうだったです？」

「何が？」

「オーパーツ屋で何やらひそひそと質問していたのです」

現在ミスト・サウナには第三者はいない。しかしながらミミとカッフェはあたかも内緒話でもするかのように、フォクシーを左右から挟みこんで座った。

「ああ、あの時か。二人ともパーツに気を取られてたように見えたんだけどなあ」

「フォクシーが何をするかなんてお見通しなのです」

「シショウの行方《ゆくえ》はムナも気にナッテイる。知リタい」

「どうもししょー、あの店に立ち寄ったことがあるみたいだねー。オーパーツを突きつけて、こいつをどこで仕入れたか尋ねられたって言ってた」

「店の主人はなんと答えたです？」

「オーパーツの出所を追っても無駄だって答えたって。それでもしつこく尋ねるから、自分が何処《どこ》の誰から仕入れたかまでは教えたって」

「ソノ誰カとは？」

「へっへー、もちろん聞いた。十二カ所のお店のリストを渡したって」

その時、不意打ちのようにミストルームの扉が開いた。

「あら、先客がいると思いましたらあなた方でしたか」

ひんやりとした外気と共に入ってきたのはレオナであった。


さて、レオナである。

百獣の王の系譜を引くだけあり威風堂々たる肢体の持ち主だ。

長身で抜けるような白い肌。金色の長い頭髪は、いわゆるライオンヘアーにして王冠の如《ごと》し。耳もももちろんライオン耳だ。

瞳の色は「キトゥンブルー」と呼ばれる灰色がかった深い青色。

スタイルも出るところは出ても引っ込むところは引っ込んでいる。

その意味ではマイクロ・ドワーフのミミも負けてはいないが、均整のとれた黄金律のスタイルという意味では一歩も二歩も譲ってしまう。

まさに完璧。非の打ち所がない性的魅力に満ちたエロバディの持ち主なのだ。

そんな凶器に等しい肢体を彼女は大判のタオルで隠そうとしていた。しかしはち切れんばかりのそれは布きれ一枚ではとても隠しきれるものではない。

レオナはミスト・サウナ内に三人を見つけるとニンマリと笑った。

「こんなところで三人身を寄せて何をなさっているのです？　まさかお三方で……いかがわしい行為でもなさってたんじゃないですわよね？」

するとフォクシーは言い返した。

「ふっふっふー。両手に花だ、羨ましいかー？」

レオナの冗談に合わせてカッフェとミミの腰に腕を回すと二人を抱き寄せる。

「あん」

「ウッ」

ついでに胸やら尻をなで回して二人に甘い声を漏らさせる。

「三人とも随分と仲がよろしいのですね」

「レオナもまざる？」

「あら、良いのですか？」

レオナがニンマリと笑いながら迫ってきた。

「え、え、えっ、レオナってそういう趣味の持ち主？」

「わたくしオスもメスもどちらもウェルカムでしてよ。今から冗談とか言っても許しませんからね。三人がどんな声で啼《な》くか、とっくりたっぷり楽しませていただきますわ」

レオナは自らの身体に捲いた大判のタオルをゆっくりゆっくりとご開帳するかのごとく解いていった。

「あわわわわ」

「オウっ!?　オウっ？」

これからいったい何が始まってしまうのか、とミミとカッフェも狼狽《うろた》えた。

降参しないと。早く降参しないとミストサウナの中で自分達の貞操がいろいろ危ない。桃色的なあれこれで大変なことになってしまうかも知れない。

しかし突然、三人の間に流れる空気が変わる。

「あれ？」

タオルがご開帳され、レオナの胸部の張りと言い形状と言い実に見事な膨らみの谷間に黒い長方形の板が見えたからだ。

「それって？」

外部から冷たい空気が吹き込んできたかの如く緩んだ空気が引き締まった。

「これですか？　巷《ちまた》でオニキス・プレートと呼ばれているものですわ」

「本物？」

「さあどうでしょう？　噂ではこの所有者には巨万の富が手に入ると言われております。けど、そんな良いことは起きたことがありません。きっとここにあるのは出涸《でが》らし。今では、母の形見というだけの価値しかありません」

よく見るとレオナの首にぶら下がるそれは、フォクシーがかつて手に入れたオニキス・プレートとは若干異なっていた。

以前、見たことがあるそれは墨のように真っ黒だった。しかしこれは透明感のある黒の奥に光り輝く筋模様――どこか迷路に似た模様が――透けて見えているのだ。

『ブォ――――――！』

その時、スチームサイレンの音が鳴り響いた。

密閉されたミストサウナ内なのでかなり音量は小さくなっているが獣系の彼女達には十分聞こえ

る音量であった。

「なに、この音?」

するとレオナがサウナの扉を開けた。

「敵襲です！　敵襲の警報ですわ！」

レオナはそう叫ぶと素っ裸のまま飛び出していった。

07

空が茜《あかね》に染まり、巨大な太陽が粉末化した錆《さび》鉄に覆われた大地に触れようとする頃。

戦車の群れがカーリェ鉱山を取り囲む周壁に襲いかかった。

中型戦車【ガミギーン】を先頭に、突撃戦車【アハイシュケ】と重戦車【ヴァリトラ】の群れが砂塵《さじん》を巻き上げながら突き進んだのである。

中戦車【ガミギーン】はポコルドタンク鉱山で発掘されたＴ５４Ａと呼ばれる車体にキンカーン工廠《こうしょう》製九十ミリ砲を搭載した物だ。

突撃戦車【アハイシュケ】は同じくポコルト産のＳＵ１５２に、クルースパックの百二十ミリ砲を搭載。

重戦車【ヴァリトラ】は、タンギレス産ＪＳ－２の車体にキンカーン産五十三・五口径百ミリ砲を載せていた。

カーリェ鉱山側から放たれた砲弾がそれらの車体をかすめるように着弾する。

しかし戦車傭兵《ようへい》のカンパニー『ウルフパック』の戦車は驀進《ばくしん》を続けた。

ウルフパック・カンパニーの第二大隊を率いる灰色狼《おおかみ》種のギャッキ・バローンは、降り注ぐ土《つち》塊《くれ》を浴びつつも中戦車【ガミギーン】のキューポラから身を乗り出した姿のまま配下の戦車に指示を飛ばした。

「いけいけえー！　足を止めずに打ち続けろ！」

彼の率いる三個中隊三十六両の戦車がそれぞれに射撃を開始した。

荒野を疾走している最中だ。凸凹《でこぼこ》道を走る戦車は否《いや》が応でも強い振動に晒《さら》される。

そんな中で砲を発射しても狙った的に命中するはずがない。

しかし今回の相手は動かない都市。どこに砲弾が落ちても牽制《けんせい》にはなる。

車長も砲手も、そして装填手《そうてんしゅ》も弾の行き先については半ば責任を放棄した気分で砲弾の装填を繰り返して主砲を放ち続けた。

城壁に砲弾が直撃して穴を穿《うが》つ。

数発は城壁を飛び越えてそのまま工場や民家の屋根を破壊した。

その爆発音と衝撃の人心に対する影響は絶大で、避難しようとしていた人々はそれだけでパニックを起こして街を走り回り逃げ回り、悲鳴を上げた。

ギャッキは無線に叫んだ。

「この勇ましい俺の姿を見ろウォリル、どうだ見直したろう！」

　しかし返ってきたのは『弾の無駄』『そんな態度が勇ましいと思っているところからして絶望的だ』という散々な評価だった。

「お前には聞いてないんだよ！　ティルティ！」

『これは親切からの言葉よ。ウォリル姉は心優しいから面と向かって本当のことを口にしたりしないの。だからわたしが代わって本当のことを言ってあげているだけ』

「黙れこのくそっ餓鬼。しょべん臭い餓鬼に、苦み走った大人の魅力がわかるはずがねぇんだよ！　おいウォリル、お前なら俺の良さはわかるよな！　わかるよな!?」


　多砲塔戦車【タランチュラ】は車体だけでも全長が九・七メートルに達し、五つの砲塔を有する巨大戦車だ。

　Ｔ３５と呼ばれるハリコフ・タンク鉱山から発掘された戦車を元にしているが、主砲を八十八ミリ砲に増強して火力不足を補い、代わりに副砲塔の砲二門を三十七ミリ砲にグレードダウンすることで全体のバランスを補っている。

　とは言え車体は重く速度も遅い。さらに言うと装甲も重戦車と言う割には普通だ。

　そのため『ウルフパック』では指揮通信車として、戦線から離れた後方に置かれていた。

　今回もこの多砲塔戦車は戦場の若干後方に位置して戦況の把握を行っていた。

『おいウォリル、お前ならわかるよな！　わかるよな！』

無線機のスピーカーからギャッキの声が流れてくる。

すると無線電信手は第一砲塔の砲手席に意味ありげな視線を向けた。

そこには『ウルフパック』の戦術指揮官でもあるウォル・キャニス・ウォーセが座っていたからだ。

灰色狼族のウォリルは部下の頭を軽く小突くと、ヘッドホンを外す。

「総隊指揮系の周波数で吠《ほ》えたら全部に丸聞こえでしょ。みっともない」

【タランチュラ】は前述したように巨大だ。

それでも戦車であるが故、内部は狭い。そのため、彼女の小さな呟《つぶや》きは隣にいる男に聞こえてしまった。

「ウォリル、そう言ってやるな。ああいう手合いを煽《おだ》てあげ上手に使うのも指揮官に必須の才覚だろう？　君にはそれができるはずだ」

「そう言ってマ・ゼンダ様はわたくしをおだてるのですね」

ウォリルは返しながらも自分の肩に置かれたマ・ゼンダの手に自分の手を重ねた。

「おだてているのではない。この戦いでカーリェ鉱山を得ればフレグ家の統領は私を重用せざるを得ない。私の補佐をする君には、今以上に役立ってもらいたいだけなのだ」

「相変わらず言葉ばっかり。少しは実のあるところを見せて欲しいものです」

「今は戦いに集中すべきだ。そうだろう？」

「……」

ウォリルは不満そうに唇を尖《とが》らせる。

しかしながら彼女の尻尾は機嫌良さそうに揺れていた。

ウルフパック第三大隊の【オピーオン】三十六両は、激しい戦闘が繰り広げられる戦場の外縁で待機していた。

第三大隊長のティル・キャニス・ウォーセがぼやく。

「わたしマ・ゼンダの奴《やつ》、嫌い。策士気取ってあの手この手を繰り出しても結局失敗して、結局はわたしらに頼ることになった癖になんか偉そうなんだもの」

「そりゃ雇い主だからねえ」

独り言なのに装填手のハニーが答えた。

「偉そう、じゃなくってホントに偉いのよ」

すると砲手のマギー、装填手のアン、操縦手のバーバラまでもが混ざってウォリルの性癖をネタにした雑談が始まった。

「姉貴が、こんな奴にしっぽを振ってるのを見るのが何か嫌」

「ウォリルからすると、だからこそ支え甲斐《がい》があるって感じてるんじゃないの？」

「あいつ、面倒見の良いメスだもんねえ」

「駄目男ほど可愛《かわい》いって思うタイプなんだよ」

「っつーより男を堕落させちゃうタイプでしょ、あれって」

『いいぞギャッキ！　その調子で右側から襲撃と後退を繰り返して、敵の戦車を城壁から引き剥《は》がえせ！』

無線機からは彼女の兄にしてウルフパックのトップ・リーダーであるブ・ラックの指示が矢継ぎ早に聞こえてくる。

すると激しい攻撃と突撃を繰り返すギャッキに対応するため、城壁周辺を守っていたミグルン家の戦車隊が渋々と言った感じで移動を始めた。

それを好機とみたマ・ゼンダが上級指揮官用の無線周波数を使って命令を伝えてきた。

『さすが、ブ・ラック君だ。攻防の呼吸を大変良く心得ている。私が狙ったとおりの展開だ。ティルティ君は私の計画通り攻撃を開始してくれたまえ』

「兄貴ぃ。金主様がこう言ってるけどどーする？」

雇い主とは言えどもカンパニーでは命令権者ではない。そのため従って良いかとティルティは専用周波数でブ・ラックへとお伺いを立てた。

『雇い主のご要望に応えてやれ』

「へいへい。んじゃ行こうか」

そんなことをしていたら、ウォリルが叱責してきた。

『ティルティ、命令の復唱がないけど聞こえてる？』

ティルティはトークボタンを押して答えた。

「はい、こちら第三大隊。感明良好、これよりマ・ゼンダ様の計画通り突撃を敢行——第三大隊のみんな、これから前進するよ。よーい、前へ！」

ティルティの号令に合わせて操縦手のバーバラがアクセルを踏みつつクラッチを繋《つな》ぐ。

そのままアクセルを踏み込むとキャタピラは引きちぎれんばかりに猛回転。中戦車【オピーオン】は地を引き裂く勢いで加速していった。

「止まれ！」

直後の急ブレーキ。

勢いのついた戦車は前方に向かって滑る。乗り組んでいるティルティ達《たち》も戦闘室の前方に身体《からだ》を押しつけられた。

「てっ！」

戦車が止まった瞬間を突いて砲手マギーがペダルを踏み込む。

砲弾は期待通りに狙いに向かって真《ま》っ直《す》ぐ飛翔《ひしょう》し、ミグルン家の戦車の装甲を直撃した。

「前進！　前へ」

ティルティはすかさず前進を命じた。

再加速の勢いが乗員達を襲った。

特に酷《ひど》い目にあっているのは装填手のアンだろう。

彼女は戦闘室後方へと押しつけられるだけでは済まない。前後左右上下の揺れで身体のあちこちを砲尾やら壁やら砲弾にぶつけまくっていた。

「もう勘弁して！　身体がガタガタよー」

ティルティも他の乗組員もその意見には大いに賛成だ。できることなら彼女の苦痛を減らすように動いてあげたい。

しかし彼女が悲鳴を上げるほどの急前進、急停止こそが生存確率を上げ、敵戦車の撃破数となるのだ。だからやめることは決してない。

彼女とその指揮下の大隊はミグルン家に雇われた戦車傭兵隊を横から突く形で食い破ると、その隊列を突き崩し隙間に割り込んでいった。


――カーリェ鉱山・戦車傭兵部隊指揮所――


カーリェ鉱山の守備隊は今や狼の群れに襲われた草食動物のようであった。

群狼《ぐんろう》に食いつかれ、守備隊戦車が一両、また一両と撃破されていく。

無線機には雑音混じりの悲鳴と救出を求める声が響いた。

「ちっ。素人ばかりじゃ時間稼ぎにもならんか」

悪くなっていく一方の状況にワッツマンが吐き捨てる。するとコーカが言った。

「掻《か》き集めの急増のカンパニーじゃ、無闇に敵に突っかかって無駄にやられていくばっかりです。数だけはあるので敵の前進を押しとどめているように見えてますが、ほどなく防衛線は破られてしまうでしょう」

「仕方ない。ミグルン家も、見切りの付け頃ということか……」

「いい雇い主だったんですがね。わたしはこの家も好きでしたよ。居心地よかったし」

「人の良さだけでは生き残ってはいけないってことだな。では、いくか」

「どちらに？」

「お目当ての物を頂戴する。そもそも俺達はアレを手に入れるためにこんなところまで来たのだ」

傭兵頭のワッツマンは部下達と共にミグルン家の屋敷へと向かった。

地下の塹壕《ざんごう》内に設けられた指揮所を出てみれば、あちこちで家屋が炎上し、石油の精製工場が爆発していた。今やカーリェの鉱山街全体が大混乱に包まれていた。

「【ガルガンチュア】の準備はどうだ？」

「いま、終わります！」

しかし整備廠《しょう》へと入ってみれば整備員達が戦車の全てを動かせるように走り回っていた。

意外にもミグルン家の当主ガレスがいて整備員達を陣頭指揮していたのだ。

「お館様！」

「おおワッツマンか。どうだ戦況は？」

「全く芳《かんば》しくありません。しかしながら強力な一撃を与えることが出来れば、敵を停《と》めることができるかも知れません――」

「【ガルガンチュア】ならばそれが可能だと？」

「兵器とは、結局は使う者次第です」

「わかった。貴様が使うと良い。娘には私から言い含めておこう」

「よろしいので？」

「ここまで来たら出し惜しみはなしだ。【ガルガンチュア】が必要なのだろう？　後は任せるので良いようにやってくれ。貴君の忠節と献身には感謝したい！」

ガレスはそう言うと、さらなる対応の指示のためにワッツマンに背を向けた。

「怪我人《けがにん》の収容はどうなってる⁉」

そんなガレスの後ろ姿を見てワッツマンは舌打ちした。

「くそっ！　物わかりの良い態度を見せられたら、やりにくくなるじゃないか」

「どうします？」

「とにかく【ガルガンチュア】だ。——許可は貰《もら》った。堂々と使わせて貰おう。おい、砲弾はもう載せてあるのだろうな？」

すると整備士が答えた。

「はい。燃料、弾薬共に、いつでもいけます！」

ミグルン家の整備廠にレオナが飛び込んできたのはその直後であった。

とりあえず搭乗服に袖を通し濡《ぬ》れたライオンヘアーを後頭部のところで縛りながら走ってきた。

よっぽど急いでいたのか搭乗服の前はきちんと留めきれていない。おかげで豊かな胸の内側半分が覗《のぞ》いていた。

「【ガルガンチュア】の準備はできていますか⁉」

「へ!?　お嬢さん。【ガルガンチュア】なら今出撃するところですよ！」

レオナの見ている前でガルガンチュアが整備廠から出て行こうとしていた。

「ちょっと待って下さい！　わたくしの戦車に乗ってるのは誰!?」

「傭兵頭のワッツマンです！」

「いったい誰の許可で？」

「お館さまです」

その時、整備廠が小刻みに揺れた。

【ガルガンチュア】が操縦をミスって整備廠の壁に激突、鉄扉をひしゃげさせたのだ。

揺れの原因はそれだけではない。すぐに外からかなり大きな爆発音が轟《とどろ》いた。

「何があった!?」

「石油精製工場の爆発です」

「消火班を出動させろ！」

ガレスは怒鳴りながら整備廠から出て行ってしまった。


「外から見るとでかいと思ったが、戦闘室に入ってみると、狭っ苦しさは他の戦車とあんまりかわらんな」

車長席に腰を下ろしたワッツマンの呟きに操縦手のコーカが答えた。

「こいつは何もかんもがでかい。おかげで車幅感覚がちょいとばかり狂いそうです」

周囲の見張りのためペリスコープにしがみ付いている装填手が言った。

「頭、あれ見て下さい！　戦車盗《と》られたお嬢様が髪逆立てて怒鳴り散らしてますぜ。おおおおおっ、なんて格好！」

「メス猫の色香に迷わされて事故るなよ」

ワッツマンが言っている間にも【ガルガンチュア】は整備廠の出口で壁を軽く引っかけて鉄の扉をひしゃげさせてしまった。

「ほら、いわんこっちゃない」

「すんません、つい目を奪われちまって」

コーカが申し訳なさげに言い訳する。

「あのメス猫を残していくのって、もったいない気がしますねえ。どうです頭。今からあのお嬢様を連れて逃げるって選択肢ありません？　呼べば来るんじゃないですか？」

「そりゃ、呼べば来るだろう。だがこの戦車を奪い返そうとするだろ？　そもそもあんなのを乗せたら煩《うるさ》いだけでやっかいだぞ」

「ま、そうでしょうね。なにせライオンだから」

そんなことを言っている間にも【ガルガンチュア】は戦場へと出た。

戦場では戦車と戦車が砲撃し合っている。

被弾した戦車は炎上し、あちこちで無残な残骸となっていた。

「で、どうしやすお頭？　すぐに逃げますか？」

　コーカが尋ねた。

「いや、敵にひと当たりして様子を見てからにしよう」

「もしかして情にほだされちゃいましたか？　様子見なんかで俺、死にたくないっすよ。敵についてる奴らってウルフパックの奴らなんでしょ？」

「【ガルガンチュア】の性能を確かめたいだけだ」

「実戦での性能試験ってことっすか？」

「そういうことだ」


　フォクシー達が整備廠にたどり着いた時、老整備士達が【ナナヨン】に群がって出撃準備を進めていた。

「バッテリーよし！」

「オイルよしじゃ！」

「ナナヨン式戦車、いつでもいけるぞい！」

「じいちゃん達！　準備してくれてたんだ？」

「おお、嬢ちゃん達。やっと戻って来たか!?」

「弾は？」

「もちろん積んどいたぞい！」

　そんなやり取りをしている間にもフォクシー達は戦車の周囲を一回りして点検する。塗装も乾いて全てが新品のようであった。

砲塔のほっぺ部分に描かれた紅色の狐《きつね》のマークも綺麗《きれい》に塗り直されている。

「ありがとう！　でもどうして？」

「君達に頼みがあるからだ――」

背後からの声に振り返るとガレスがいた。

「ガレスさん。もしかして契約のご相談ですかあ？」

「娘を頼みたい。あれを安全なところまで連れ出してやって欲しい」

ミミは不思議そうに首を傾《かし》げた。

「当人は納得してるですの？」

「それだと瞞《だま》すことになるのです」

「いや、教えてない」

「キット後デ怒る」

「仕方ない。これが親心というものだ。一時は怒るかも知れんがいずれわかってくれる」

「状況次第なので無事は約束できませんよー」

「出た途端、敵に包囲サレるナンテ事もアリエル」

「その心配はない。ワッツマンが囮《おとり》を買って出てくれた。あとは君達次第だ。引き受けてくれるね？」

「これによるかな？」

フォクシーはそう言いながら手でコインマークを作った。

「一〇〇〇ビスでどうかね？」

「すっごい破格の値段。もしかして手形？」

「いや、現金だ。屋敷中のビスを掻き集めさせたら五〇〇〇あった。こいつを残しておいてもマ・ゼンダの奴を喜ばすだけだからな。そのうちの一〇〇〇を君達に、四〇〇〇はレオナにだ」

すると整備士の爺《じい》さんが言った。

「空薬莢《やっきょう》に詰めて戦車の砲弾ラックに放り込んであるぞい！」

フォクシーは左右を振り返るとミミとカッフェに意思を確認する。

ミミは小さく頷《うなず》き、カッフェはぐいっと親指を立てた。

その時【ガルガンチュア】が整備廠の壁に激突、鉄扉をひしゃげさせると整備廠全体が揺れた。

何事かと思ったら爆発音が轟いた。

「どうした？　何があった？」

「石油精製工場の爆発です！」

「消火班を出動させろ！」

ガレスは消火作業を指揮するために整備廠から出て行ってしまった。

そんなガレスの背に何か声をかけているレオナをフォクシーは呼び止める。

「レオナ、何してるの！」

「わたくしの戦車をお父様が勝手に！　ああ、腹がたちますわ！」

「レオナ、それなら【ナナヨン】に乗って！　ガンナーが足りないんだ！」

「これに乗れとおっしゃるんですか？」

見ている間にもミミとカッフェは乗り込んでいく。

「今度は中に乗って良いんですね？」

逡巡《しゅんじゅん》していたレオナもすぐに頷いた。

「もちろん！　砲塔てっぺんの右側ハッチから入って奥に！」

レオナが車体によじ登って車内へと潜り込んだ。

しかし砲手席に腰を下ろした途端すぐに悲鳴を上げた。

「な、なんですのこれ！　こんなの、見たことも触ったこともありませんわ！」

そうしている間に今度はフォクシーが車長席に腰を下ろす。これでレオナが外に出ようとしても簡単には出られない。

「大丈夫大丈夫。座ってるだけでいいから」

フォクシーは宥《なだ》めるように言いつつカッフェに運転始めを告げる。

【ナナヨン】のエンジンが駆動開始し、マフラーから排気煙が勢いよく吹き出す。

「どうじゃ、いい感じで吹き上がるじゃろ？」

戦車の砲塔前、操縦手用ハッチの脇に座った老整備士が得意げに笑った。

カッフェはニンマリと笑って老整備士に答えた。

「じいちゃん。危ないから降りて！」

「おっとと！」

フォクシーの警告を浴びた老整備士達が飛び降り戦車から距離を取る。フォクシーはミミと共に周辺を見渡して安全を確認した。

「それじゃいくよ！　ナナヨン・カンパニー、前進よーい。前へ！」

戦闘は激しさを増す一方だった。

カーリェ鉱山を守る戦車傭兵部隊の戦車は、果敢に反撃に挑んでいたが次々と撃破されて、その数を着実に減らしつつあった。

「ギャッキ率の第二大隊、ティルティの第三大隊が敵主力の包囲を完成させました」

「こういうのを嬲《なぶ》り殺しというのかな？」

するとマ・ゼンダがうそぶいた。

「戦いとはこういうものです。戦車に乗って戦場に出てきた以上は覚悟はあるはず」

「ウォリル君の言うとおりだ。さっさと敵にとどめを刺してやるのが慈悲だろう」

「了解しました。こちらウォリル。ブ・ラック兄。出番だよ」

『おうっ！　待ちくたびれたぞ！』

後方に控置されていたブ・ラック率いる第一大隊が前進を開始。

重戦車【カブラカーン】を中心にした戦車隊の蹂躙《じゅうりん》が始まった。

重戦車【カブラカーン】は【ヴァリトラ】と同様にダンギレス・タンク鉱山から発掘した重戦車

JS－2を元にした再生戦車だ。こちらは【ヴァリトラ】と違って九十ミリ砲とターデンのディーゼルエンジンを搭載している。

「ちっ、ブ・ラックの野郎め、姑息《こそく》なことをしてくれるぜ！」

ギャッキは舌打ちするとブ・ラックに負けるなと第二大隊の部下達を叱咤《しった》した。

「てめえら腹が立たないのか!?　俺達が苦労して敵を痛めつけ、有利な態勢をようやく作ったんだぞ。なら勝利するのも敵を喰《く》らうのも俺達でなきゃ嘘《うそ》だろう!?　ブ・ラックの野郎に手柄を横取りされて悔しくねえのか!?」

ギャッキの宣言は部下達の戦意を煽《あお》った。

「進め進め！　俺達こそが勝者だ。俺こそが美味《おい》しいところをいただくんだよお！」

しかし彼の鼓舞はいささか効き過ぎた。

第二大隊の戦車の多くが喊声《かんせい》を上げて突進を開始、ギャッキの統制から離れて敵に突っかかっていったのだ。

「だ、大丈夫ですか？」

その無闇な突進ぶりはギャッキの部下達が心配するほどだった。

「気にするな！　大勢は既に決した。大丈夫だ！」

しかし前に出すぎた戦車が次々と撃破されていく。

「どうした？　何があった!?」

「【ガルガンチュア】です！」

重装甲と重火力を誇る超重戦車が戦場に登場したのだ。

「ミグルン家の奴らめ！　ついに【ガルガンチュア】を出してきたか」

その果敢な戦いぶりはウルフパック第二大隊の突進を跳ね返した。

「集中砲火だ！　集中砲火を浴びせろ！」

戦車の集中砲火を浴びせられる【ガルガンチュア】。しかし巨大な戦車の分厚い装甲は、多少の砲撃では小揺るぎもしない。

「なんちゅう硬い装甲なんだ！」

こうなると、ただやられる一方だった守備側戦車傭兵達の勢いも盛り返してくる。

連携を崩し無闇矢鱈《やたら》な突出を図ったギャッキ隊の被害は、時を追うごとに拡大していったのだ。

超重戦車【ガルガルチュア】は集中砲火を浴びても平気な姿で戦場を支配し続けた。

「さすが【ガルガンチュア】だ、頼もしいぜ！」

しかしその直後、車体側面に直撃を喰らった。

「っつう！　いったい何だ？」

「【カブラカーン】だ！　横から迫ってきてる！」

装甲がいくら頑丈でも中の人間は砲弾直撃の衝撃に晒される。

敏感な獣人ならばなおさらでみんな衝撃的な激音の連続に顔をしかめていた。

「うわっ、やばい。いくら車体は丈夫でも、【カブラカーン】に袋だたきにされたら中身の俺達はどうなるかわかんねえぞ！」

耐えがたい爆音の連続に乗員達が悲鳴を上げだした。

ワッツマンはペリスコープから外界の様子を確認する。そしてコーカに命じた。

「よし、転進だ！　前進するように見せて右へ旋回してずらかるぞ！」

「味方と連携しなくていいんですか？」

「俺達が奴らを守ってやらねばならない義理はない」

コーカは命じられるままに戦車を右へと転進させた。


「変ですね」

戦場に突然現れた【ガルガンチュア】のこの挙動は、戦場の後方に控える【タランチュラ】へと伝えられた。

「どうした？」

「【ガルガンチュア】の挙動が逃げ腰に見えます」

「ブ・ラック君の蹂躙戦に怯《おび》えているのかな？」

「戦車傭兵ならあり得ます。しかし戦場の要となる超重戦車をこの状況で逃亡を図るような者に与えるというのも変な話です。強力な戦車ほど忠誠心の篤《あつ》い者に託すはず」

「味方を逃すために最後まで居残ると？　そういえばゴートが持ち帰った情報では、ガレスは【ガルガンチュア】を令嬢のレオナに与えたらしいな」

「つまり、ミグルン家の跡継ぎが逃げようとしているわけですね？　畏《かしこ》まりました。ティルティの第三大隊に追跡させます。兄が出たことでも手持ち無沙汰のはずですから」

「頼んだよ、ウォリル」

　マ・ゼンダはそう言うとウォリルの肩に手を乗せた。


　手持ち無沙汰と言われたティルティの第三大隊だが、ひとしきり戦った後の彼女達が本当に何もしていないかと言うと――そう言うわけでもなかった。

　戦場の左側に位置して敵情の監視を続けつつ、損害状況の確認をして故障した戦車の回収、負傷した仲間を収容、履帯《りたい》が外れた程度の故障については応急の修理を施すなどをしていたのだ。

　健在な戦車とて、いつでも攻勢に移れるように装填手は使用済み薬莢を廃棄したり、装弾のし易《やす》い場所に砲弾を移したりの作業がある。

『というわけで【ガルガンチュア】を捕らえなさい！』

　なのに作戦指揮を担当する姉から予定外の命令が下りてきた。

　しかもその内容は超重戦車【ガルガンチュア】を拿捕《だほ》しろというものだ。

「簡単に言ってくれるね、姉さん。撃破しろじゃなくって捕らえろだなんて、あの超重戦車の【ガルガンチュア】だよ。いったいどうやって!?」

『黙って言うことを聞きなさい。これはマ・ゼンダ様からの命令よ』

すると突然、男声がウォリルとの通信に割って入った。

『違う。これは命令ではない。お願いだ』

どんなやり取りがあったのか少しの通信途絶の後、姉の声が戻ってきた。

『訂正します。これはマ・ゼンダ様からのお願い、だそうよ』

ウォリルはそう告げると一方的に通信を切ってしまった。

「どうするティルティ」

砲手のマギーが問いかけてくる。

「しかたない。やるしかないか。とにかくガルガンを追跡するよ！」

出たとこ勝負でやるしかない。ティルティはそう言うと隷下三個中隊のうち一個中隊を後始末のためにこの場に残し、二個中隊に前進を令したのだった。


ティルティ隊のこの動きは【ガルガンチュア】側にもすぐに察知された。

「不味《まず》いですお頭！　奴らが追ってきますぜ！」

「数は？」

「およそ二個中隊！」

「くそっ。さすがに見逃してはくれんか」

コーカが操縦しながら呟く。

【ガルガンチュア】、目立ちますからねえ」

「お頭、足の遅いこいつでどうやって戦場から離脱するんです?」

「四の五の言ってる暇があったらとにかく弾を込めろ。奴らを全部なぎ倒しちまえば、逃げられるだろうが!」

そう言っている間にも【ガルガンチュア】とティルティ隊の距離はジワジワと狭まってきていた。

「砲手!　足を止めた奴を優先して狙え!」

ワッツマンの指示で砲手が狙いを決めた。

「撃てっ!」

ガルガンチュアの百二十ミリ砲が火を放つ。

しかしながら走行しながらの砲撃では当たるはずがない。足を止めた戦車から少しばかり離れた位置にクレーターを穿つ程度で終わった。

とは言え足を止めたら狙われるという事実は恐怖を生む。百二十ミリ砲弾の威力は至近弾でもかなりの被害だ。直撃を喰らったら【オピーオン】であっても防ぎきれない。

おかげで【オピーオン】は寸刻も立ち止まることが出来なくなった。そのため狙いも正確性を欠き【ガルガンチュア】の至近で炸裂《さくれつ》するに留《とど》まり足を止めさせるに至らなかったのである。

このような状況のためこの追跡戦の勝敗はなかなか決しなかった。

後ろを追ってきた【オピーオン】の群れは【ガルガンチュア】の両側にまで進む。そして当たろうと当たるまいとどうでも良いとばかりに砲撃を放ち続けた。

ここまで近づいてくると不正確な射撃だろうとまぐれ当たりする砲弾が時折あらわれる。

数発の砲弾が後方へと砲を向けて走り続ける【ガルガンチュア】砲塔へと命中する。

砲弾は軽い傷を付ける程度だったが、強い衝撃が内部にいる者達を襲った。

「くそっ！」

「このままだとまぐれ当たりをエンジン部に喰らっちまうかも」

「足抜けするタイミングを間違ったかもしれんな」

ワッツマンがそう呟いた時だった。

【ガルガンチュア】を追跡、接近しつつあったウルフパックの【オピーオン】が突如炎上爆発、砲塔が吹き飛んだ。

「なに!?」

「お頭、二時の方角！」

コーカの報告に、ワッツマンは慌てて自分の右側を見る。

「違う、進行方向の右！」

そして方角が間違っていたと気づいて慌てて自分の左側を振り返った。

すると離れた位置にナナヨン・カンパニーがいた。その砲撃が追いすがる【オピーオン】を撃破したのだ。

「お頭！　あの【ナナヨン】から通信が入ってます」

「つなげ！」

途端ヘッドホンのコーン紙が破れそうなほどの大音声が鳴り響いた。

『こら――！　わたくしの【ガルガンチュア】を返しなさあああああああああああい！』

それはレオナの声であった。


『フォクシーさん、あっちですわ。あちらに向かってください！　わたくしの【ガルガンチュア】を取りかえすんです！』

コーカが呻《うめ》く。

「お嬢がこんな所まで追っかけてきやがった」

『だから無理だって！　駄目だよそんなことしちゃあ！』

聞こえたのはレオナの声だけではない。フォクシー達の声まで混ざっていた。

『なんでですか!?』

『だからあ、ワッツマンさんの犠牲を無駄にしちゃ駄目なんだって！』

『どういう意味なんですか!?』

無線を通じて漏れ聞こえてくる会話にワッツマンは首を傾げた。

「犠牲――俺の犠牲って何？」

「あーお頭、これってもしかすると俺達、やられちまったかも知れませんぜ」

「なんだと？」

「ガレスの旦那、お嬢様を逃がすための囮役を俺達に押しつけたのかも」

「だから気前よく【ガルガンチュア】を俺達に引き渡してくれたってことか？」

「【ガルガンチュア】は足が遅いですからねえ。逃亡の足に使うには適さないと思ったんでしょう。目立つ戦車を俺達に押しつけ、その間にお嬢様が【ナナヨン】でとんずらする――悪くないアイデアでしょう？」

「ちっ、くそっ。そういうことだったのか！」

「まあ奴《やっこ》さんからしてみると、俺達が全てを承知の上で囮役に志願したように見えてるんでしょうけどね」

「だからか!?　だから奴の最後の言葉が『忠節と献身に感謝する』ってぇかああ？」

そんなやり取りをしている間にも【ガルガンチュア】は砲撃を浴び続ける。

その多くは至近弾だが、ついに側面からの砲弾の一つが車体を貫通した。

不思議なもので一発命中すると二発、三発と立て続けに当たってしまう。

「やられちまったかあ!?」

エンジンが発火。【ガルガンチュア】の戦闘室内にも煙が広がりつつあった。

「よし、全員脱出。逃げろ！」

ワッツマンの号令で戦車傭兵達はハッチをこじ開けて次々脱出を図る。

四方八方からの攻撃を浴びた【ガルガンチュア】はこうして爆発炎上した。

【ガルガンチュア】が爆発炎上した。

「あっちゃー！　やっちゃったよティルティ！」

「拿捕しろって言われてたのに吹っ飛んじゃったよティルティ」

「どうします？　ティルティ」

「な、何よ何よ何よ!?　なんでみんなして、ティルティ、ティルティ、ティルティってわたしばっかり言うの？　もしかしてわたしが悪いって言いたいの？」

「指揮官でしょ」

「指揮官だからねえ」

権限と責任は一枚カードの裏表。けっして引き剝がすことは出来ない。

「せ、せめて情報をとって言い訳にしよう！」

ティルティは、中隊指揮用周波数で逃げ出した搭乗員を一人も逃さず生かして捕らえるよう配下へ指示した。

砲口や銃口を突きつけられてはワッツマン達も抗《あらが》いようもなくて、素直に投降せざるを得なかったのである。

「この中に、レオナってメスライオンいる？」

ティルティは銃を突きつけたまま問いかけた。

「見りゃわかるだろ？　レオナなんか知らん。お前ら知ってるか？」

ワッツマンは振り返って部下達に問いかけた。

わかりきったことをあえて問うそれは、部下達に対する箝口令《かんこうれい》を意味していた。

捕まったからと雇い主やその縁者の居所を口にするようでは印象が悪い。それでは万が一生き残れたとしても戦車傭兵として雇って貰いにくくなってしまう。

尋問されてもガンと口を割らなかったという実績があればそれだけ信用されるのだ。

「んな奴、最初から乗ってなかったぞ」

早速コーカ達が乗ってきた。

「ああ、俺は知らねえ」

ティルティは舌打ちするとマギーに尋ねた。

「どうしたらいいと思う？」

「こんなところでぼやぼやしてないで、他を調べた方がいいよ」

ティルティは頷くと部下達に「撃て」と号令。ワッツマン達を射殺してしまった。

全てを終えて振り返る。

「けど、他を探すってどこを？」

その時、アンが戦車内から声をかけてきた。

「ティルティ！　今、第二中隊の第三小隊が逃亡中の敵戦車を追跡中だよ！」


その頃、【ナナヨン】は戦場から遠ざかろうと荒野を爆走していた。

「【ガルガンチュア】がやられてしまいました」

レオナが呻き声を上げる。

ウルフパックの戦車が追ってくるので【ナナヨン】は砲を後方に向けている。そのため【ガルガンチュア】が爆発炎上する様子は、レオナが覗き込んでいる照準器からも見ることが出来たのだ。

車長用ハッチから上半身を外に出し耳を立てていたフォクシーが言う。

「そんなことより戦車が追ってくるよ。レオナ、数は見える！」

「薄暗くて車種がわかりません。多分ふたつでしょう！」

既に太陽は西の地平線に沈んでいる。

これまでは薄明かりを頼りに戦っていたが、それもさらに暗くなってできなくなりそうであった。

「フォクシーさん、やるんですか？」

「とまれ！」

カッフェがブレーキを踏み【ナナヨン】が急停止する。

フォクシーが戦闘室内に潜り込んでくる。身を乗り出すと砲手席のレオナの前にあるパネルを操作した。

「これ見てご覧」

レオナは言われるままに照準器を覗き込んだ。

すると暗視照準の視界の中に、敵戦車の姿がくっきりと浮かんでいた。

「な、なんですかこれ!?」

フォクシーは車長用照準眼鏡を覗き込みながら告げた。

「敵戦車【オピーオン】が三！　距離は二千二十、近づきつつある。距離千八百まで近づいたら射撃開始するよ！　装填手、弾種粘着！」

　すると主砲の砲尾部を挟んでレオナの左隣にいたミミが、砲弾ラックから砲弾を取り出すと砲尾から押し込む。

「安い弾、装填よし、なのです！」

　砲手の自分を無視して、戦闘の準備がどんどん進んでいくことにレオナは慌てた。

「ちょちょっと、わたくしこんな大砲の撃ち方なんてわかりませんわ！」

「レオナは大人しく見てて！　ミミ、撃ってからの連続しての装填よろしく！」

「全部お安い弾で？　お任せなのです」

「んじゃ、撃つよ〜〜てっ！」

　車長席のフォクシーがトリガーを引き絞る。

　すると砲弾が発射された。

　大音声と共に反動を受けた砲尾が後座。薬莢が排出されて戦闘室内に転げ落ち甲高い音を上げる。

「命中、次！」

　すでに砲弾ラックの次弾に手をかけていたミミは、力任せに砲弾を抱えて装填、閉鎖。

　この間、わずかに約三秒。

「てっ！」

「命中、次！」

　この作業をフォクシーとミミは合計三回繰り返した。

床に転がった薬莢の熱さが戦闘室内の体感気温を三度程上げた頃、フォクシーは告げた。

「命中！　敵戦車三両撃破。カッフェ、前進用意！　前方良し」

カッフェがアクセルを踏み込む。

しっかりと整備されたエンジンは軽やかに咆吼《ほうこう》音を上げた。

「前へ！」

カッフェがクラッチを繋ぐと【ナナヨン】は急加速で前進を開始した。

「追ってくる敵、いそう？」

フォクシーはキューポラから上半身を外界へと乗り出す。

目と耳とを敵がいる後方へ向けた。

ミミも装填手用ハッチから顔を出すとフォクシーと共に周囲に警戒の視線を向ける。

「ないと思うのです」

「んじゃ、行こうか」

「行くってどこに？　戦わないのですか!?」

「だって、あたしらの請けた仕事ってレオナの脱出だもの」

「な、なんですかそれ!?　聞いてませんわ」

「そりゃ、言ってないからねえ」

フォクシーは後ろに向けていた砲を前へと向け直す。

そして後ろを振り返って追ってくる敵がいないことを再度確認すると、余裕の速度で戦場であったカーリェ鉱山から立ち去ったのである。

08

フォクシーらは、夜半には工房都市バラクレルへとたどり着いた。

カーリェの鉱山街からさほど離れていないが、バラクレルは十二洞会議の統治する都市でもあるし、デイトン・キャラバンもまたフレグ家の息のかかっていない有力キャラバンだ。

どちらも商取引でマ・ゼンダに大損をさせられた遺恨があるので、進んでフレグ家に協力することもないだろう。

その懐に飛び込んでしまえば身の安全は確保できたと言える。

そして夜が明けた。

その頃にはフレグ家によるカーリェ鉱山強襲の件は噂《うわさ》となって流れていた。

それによるとガレス達《たち》は殺され、ミグルン家の跡継ぎは囚《とら》われの身になったらしい。

「ま、まさか……」

「いや、あくまでも聞いた話なんだけどね」

あちこちから聞き込みをしてきたザキ少年の説明によると、ミグルン家当主のガレスはウルフパックの戦車が街城内に突入してくると工廠《こうしょう》群諸共《もろとも》に壮絶な自爆を遂げたらしい。

「お父様が死んだと？　お父様……」

父の死を報《しら》されたレオナは悄然《しょうぜん》となってしまった。

「このメスライオン誰？」

「噂のレオナ嬢」

ザキはレオナの正体を知って驚いたように目を数度瞬《しばたた》かせた。

しかし意を決したように一歩前に出て優しい言葉を投げかけた。

「元気を出して下さいミグルン家のお嬢さん。噂だとあんたはフレグ家に捕らえられたってことになってる。けど貴女《あなた》は実際にはここにいる。つまり噂が間違ってたってことです。だったら貴女のお父様が亡くなったという噂も間違っているかも知れない」

「本当でしょうか？　希望を持って良いのですか？」

するとその時五人の傍《かたわ》らをデイトンキャラバンの戦車傭兵《ようへい》達が噂話をしながら通り過ぎていった。

「いやあ、あれは酷《ひど》かったぜ。アレで助かった奴《やつ》がいたら奇跡だろ」

「ウルフパックの奴らを巻き込んでの壮絶な自爆って聞いたぜ」

「あれは自爆というより石油精製施設の火災が収まらずに爆発したって感じだったなあ――要するに事故だよ事故！　あの現場にいて生きてる奴がいたら奇跡だよ」

男達は傍らに関係者がいることに気づくことなくそのまま歩み去っていった。

レオナはザキ少年に縋《すが》るような目を向ける。

だがザキも気休めっぽい言葉は簡単に口に出来なくなった。

「うわあああああああああああああああん！」

「ガレスさん、救助とか消火作業の指揮してたもんね」

「現場に最後マデ残ッテソウな人柄ダッタ」

「フォクシー、これからどうするのです？」

ミミに問われたが、フォクシーだってどうしたら良いかなんてことはわからない。

ガレスからの依頼はレオナを安全なところに逃がすこと。

しかしここにこんな状態のレオナを置き去りにして立ち去るのは不人情に過ぎる。

出会ってからそれほど時は流れていないが、彼女が安全だと分かるまでは守ってやりたいと思う程度には仲良しになっているのだ。

　こんな時に、彼女が指針として参考にするのが師匠の教えだ。

「悲しみに暮れた奴を急《せ》かしたところで良いことはひとつもない。復讐《ふくしゅう》とか、ろくでもないことを考えるようになるぞ」

　フォクシーも、ミミも、カッフェも師匠のそんな考え方の恩恵を受けて立ち直ってきた。だから今回もそれに倣うことにした。


　マ・ゼンダがカーリェ鉱山跡地を前に立ちすくんでいるとゴートが声をかけた。

「マ・ゼンダ殿。フレグ家から使者が来ている」

「来たのはエロウか。お小言を言われると分かっているだけに奴とは顔を合わせたくないな。勢いが余ったとは言え、今回はさすがにやり過ぎたからね」

　一夜明けて鉱山街の中心部にある工廠群は赤茶けたガレキと化していた。

「全てを再建するのにいったいどれだけの費用がかかることやら」

　建物や施設ばかりの問題ではない。鉱山の技師、各地へと繋《つな》がる人脈といった無形の財産までもが戦災で失われた。

「で、でもよ！　タンク鉱山は手に入ったんだろ？　フレグ家にとっての利益だろ⁉」

　ギャッキが言い訳のように言い張る。

「長い目で見ればね。しかし長老達はすぐにでも成果を上げろ上げろとせっついてくる」

「なら、どうしろって言うんだよ⁉」

「ほんとどうしたら良いんだろうね。君達ウルフパックへの雇兵料の支払いだってしなけりゃならないっていうのに、今回ばかりはさすがの私も困ってしまった」

　あはははとマ・ゼンダが空笑いすると皆の咎《とが》めるような視線がギャッキを襲った。

「なんだよ。オレが悪いって言うのかよ⁉」

「せめてフレグの長老達を宥《なだ》める材料があれば良いのだ。例えばミグルン家の財産だ。接収した金庫はどうだった？」

「金庫？　空だったぜ」

「では、ミグルン家の令嬢は？　彼女の身柄さえおさえてあればバラクレルにおけるミグルン家の権益が手に入る。十二洞会議の議席はフレグ家にとって分かりやすい利益だ」

ギャッキは背後のティルティを振り返った。

しかしティルティは肩を竦《すく》めた。

「メスライオンなら、【ガルガンチュア】には乗ってなかったよ」

「それで？」

「それでって……」

答えに困ったティルティは救いを求めるように兄や姉を見る。

彼女がお願いされたのは【ガルガンチュア】の捕獲でレオナの確保ではない。

いや、もちろんお願いの底意にレオナ捕獲があったことはわかっている。しかし明言されていない以上責任はない――ないはずだ。

「おい、ティルティ。メスライオンを探せよなあ」

「ギャッキ！　どうしてわたしが？」

「命令を失敗したのはお前《め》ェだろ？」

「待って欲しいなギャッキ君。あれは命令ではない。そもそも君達に命令できるのはブ・ラック君だけだ。私のあれはただのお願いで、それを聞くか聞かないかを決めたのはティルティ君だ。彼女が自分の権限と責任の範囲でそれを判断し、行動したに過ぎない。従って彼女は何の違背もしてないし失敗もしていない」

ギャッキはちらりとブ・ラックに視線を送ってその機嫌を窺《うかが》った。

「……」

しかし灰色狼《おおかみ》の頭目は相も変わらず無愛想なままだ。

今、彼がどのような感情を抱いているか大いに判断に悩むところであった。

ウルフパックの代表。カンパニーの最高指揮権者。

たった一両の戦車で立ち上げた戦車傭兵カンパニー『ウルフパック』を、ほんの数年で戦車三個大隊、数にして百を超える規模にまで拡大させた立て役者でもある。

その彼が、常日頃から声を大にして戒めていることがある。

それは指揮命令系統の厳守であり、権限と責任の明確化だ。

聞いてみれば当たり前の話だが、それがうまくいかないのが傭兵なのだ。

傭兵カンパニーは気の合う仲間内で立ち上げられることが多いからだ。そのため友達感覚で色々なことがいい加減に陥りやすい。長幼の序、気が強い弱い、目的意識の不統一等々、様々な要素が入り混じって我の強い人間がイザという瞬間、好き勝手をはじめる。

命のやりとりをしている最中のそれは敗亡や死に繋がる。そのためブ・ラックは身勝手な判断や行動を強く禁じた。

ブ・ラックが全権を握って、配下は絶対服従。違反者は射殺。

血も涙もない独裁者、冷血漢等々、様々な陰口が叩《たた》かれた。しかしそれを徹底することでカンパニーに鉄の掟《おきて》が行き渡っていった。そして常勝無敗の戦績を獲得したのである。

そんなブ・ラックが今、この場にいる。

いかに金主、雇い主であろうとも部外者たるマ・ゼンダが命令めいた指示を部下に下すことを彼が受《う》け容《い》れるはずがない。それが皆の認識であった。

マ・ゼンダが殊更「お願い」を強調するのもそのためだ。

「ふむ――」

しばし考えていたブ・ラックがようやく動いた。

「つまりマ・ゼンダ殿の次なる依頼は、レオナ嬢の捜索と捕縛、そしてミグルン家の財産を回収するということで良いのだな？」

「そういうことだ」

「了解した。費用について別途見積もらせて請求する。ウォリル――」

ブ・ラックの視線を受けたウォリルは軽やかに首肯した。

「お手柔らかに頼むよ。私の金庫は君の部下のせいで空っぽだ」

「手元不如意《ふにょい》だというのなら少しくらいは待ってやっても良いぞ。ギャッキのやり過ぎはこちらの瑕疵《かし》でもある。ただし損傷した戦車の修理は最優先だ」

「理解してくれて助かる。雇兵料は資金確保ができ次第、優先して支払うと約束しよう」

「ティルティ、ギャッキと共にミグルン家の令嬢レオナを探せ」

「えーっ、わたしがギャッキと!?」

「オレがこいつとか!?」

ティルティとギャッキが互いを指さし合った。

「命令だ」

「しょうがないなあ」

ティルティとギャッキは不承不承と言った体ながらミグルン家の令嬢捜索に出発した。

二人を見送ると、ゴートが恐る恐る声をかけてくる。

「で、マ・ゼンダ殿。エロウ殿をどうするね？　まさかレオナ嬢を捕らえるまで待たせておくというわけにはいかないのだぞ」

するとマ・ゼンダは深々とため息をついたのだった。

§　§

「やあ、待たせてすまない。後始末に手間取ってね。しかしわざわざ私を笑うために来るとは随分と暇を持て余しているね」

エロウはそれには答えず、廃墟《はいきょ》と化した工廠群を見渡した。

「随分と派手にやったな、ゼンダ」

「言わないでくれ。君が何を言いたいかわかっているつもりだ」

「カーリェ――折角《せっかく》占領したのは良いけれど」

「わかってるわかってる」

「操業再開にかかる費用をいったいどう捻出する？　全て復旧しようとしたらフレグ家の財政負担は莫大《ばくだい》な物になる。ただでさえ長老達は金食い虫のウルフパックを使い続けることにおかんむりなのだ。これ以上は面倒を見られないと見捨てられてしまうぞ」

「わかってるって言ってるだろう！」

マ・ゼンダはついに怒鳴ってしまった。

内側からこみ上げてくる感情をこらえきれず、ついに癇癪《かんしゃく》を起こしたという感じだった。しかし一旦怒鳴ってしまうと再び理性が勝ったのか「すまない」と恥じ入った。

「この程度のことで言葉を荒らげてしまうとは『ファシリテーター』たる職責は貴公には重過ぎるのではないか？」

「失敗は素直に認める。しかし私は自分の能力の不足が原因だとは考えていない。私は世界の管理者に仕える職責を十分に果たせると信じている」

「いい加減自分に見切りを付けたほうがいいぞ。今の地位に安住し、そこで人生を楽しむのは決して悪いことではないのだからな。身の程を知るというのは大切なことだ」

「君のようにか？　エロウ」

「君達が悪戦苦闘する様を舞台の袖から眺めるというのもなかなかに面白いものだよ」

「私は向上心を大切にしている。舞台に上がるならば主役を演じたい。そう思ってはいけないのかね？」

「向上心とは自己を高め、研鑽《けんさん》する意欲として使うものだ。決して背伸びをしたり、サイズの合わない服を着たりすることではない」

「私は子供ではない。自分の背丈も身体《からだ》のサイズもわきまえている」

「そうか。ならば立ち止まってないで、とっとと自負に相応《ふさわ》しいだけの成果を上げて見せるがよい。そうすれば評価も自然とついてくるだろう。そのためには――」

「まずはフレグ家でのし上がれ、と？」

「別にフレグ家でなくてもいいぞ。しかし野心に相応しい能力を示すにはフレグ家が一番だ。歴代のアドミニストレーターの多くは荒茫《こうぼう》大陸を彷徨《さまよ》うキャラバンから生まれる。地位や権限なんて代《しろ》物《もの》は、能力を示し続ける者に自然についてくるのだ。その試しを乗り越えた者だけが世界の秘密に触れることが許されるのだよ」

§　§

親しい友人を失い、父を失い、故郷や大勢の仲間を失ってレオナが悲嘆に暮れている。

そんな人間が再び立ち上がるには日にち薬が必要だというのが師匠の教えだ。

そこでフォクシー達は彼女が自然に立ち直るのを待つことにした。

「お金ならあるからねえ」

「これまで働きづめだったのです。少しばかりのんびりしても罰は当たらないのです」

フォクシー達は、ガレスから銀貨一〇〇〇ビスを得ていた。

カーリェ鉱山からの脱出に燃料費と数発の砲弾を使用したが、装備・人員共に損害はなし。経費分をさっ引いてもほぼ全額が利益だ。

つまりフォクシー達は大金持ちではないけれど、まあ小金持ち程度にはなったのだ。

これはなかなかに胸がワクワクしてくる状況だ。

お金がないからとこれまで諦めていた事や、欲しい物を自由に出来る。これからは好きな物を食べられるし、嫌な奴の言うことを聞かなくて良い。

嫌な仕事も無理して引き受ける必要がないのだ。

「ヨウスルに休暇ダネ」

そこでフォクシー達は代わり番こに休養をとることにした。

シフトは三人の間で可及的速やかに組まれミミ、カッフェ、フォクシーの順番で六時間毎に非番となることになった。

二日目の朝に非番となったフォクシーは、デイトン・キャラバンのバザールをゆっくりと歩くことにした。

するとバザールの景色がこれまでとは随分と違って見えた。

そこいらに並べられた商品のほとんどが、手を伸ばせば届くものとなったからだろう。

そんなフォクシーが最初に向かったのは銃を扱う店だった。

銃砲店といっても所詮はキャラバンのバザールだ。天幕の下に丈夫なテーブルを置き、その上に展示品の拳銃をずらりと並べただけである。

しかし品揃《しなぞろ》えはなかなかのものだ。

各地で出土した拳銃、小銃、散弾銃がずらりと並ぶ。

傍らには土嚢《どのう》を高く積み上げて囲った試射コーナーなんてものが用意されていて、そこから拳銃やら小銃の発射音が絶え間なく聞こえていた。

厳《いか》つい体格のオーク種の店主が、不気味なまでに愛想良い笑みで声をかけてきた。

「いらっしゃい坊ちゃん。今日のご用は拳銃？　小銃？　それとも弾薬かな？」

フォクシーが三五七マグナム弾の在庫はないかと尋ねる。

すると店主は淀《よど》みない動作で百発入りの箱を差し出した。

「三ビスだよ」

「高《た》っかいなあ」

「これでも安い方だよ」

「んじゃ、せめて検品させて。三ビスも払うんならチェックさせてくれなきゃ買わない」

「ふむ。見てくれは坊やだが、モノホンの戦車傭兵のようですな」

「嬢ちゃんと呼びな！」

フォクシーが肉食動物の眼差《まなざ》しで店主を睨《にら》みつける。

すると店主は肩を竦めた。そして慣れた手つきでテーブルの下からザルを取り出した。

フォクシーはそこに箱の中身をぶちまける。

そして弾丸一発一発を洗うようにかき混ぜながら指で拾い上げ、一個ずつチェックしては箱へと戻していった。

「これ、不良品」

彼女が摘《つま》み上げたのは、弾頭が薬莢《やっきょう》に真《ま》っ直《す》ぐ填《は》まっていない弾丸だった。

「この程度は良いでしょう？」

「あんた、あたしらのこと舐《な》めてる？」

フォクシーが冷たい目でオークを睨みつける。

「はいはいはいっ、好きにして下さいよ、もー」

フォクシーは弾頭に傷のある弾、薬莢に歪《ゆが》みのある弾、雷管の形状が歪《いびつ》な弾を次々と取りのけていった。すると十発が不合格となった。

「随分と厳しいですね。普通なら問題のない弾まで弾《はじ》かれていますよ」

「普通じゃ生き残れないんだって」

フォクシーはニンマリと笑った。

「不発弾が一発混ざってるだけで死ぬかもしんないっつーの！　弾選びも扱ってるお店選びも慎重にならざるを得ないんだ。戦車傭兵は噂話とかを判断の材料にするよ」

すると店主は悪びれることなく不合格となった弾丸の代わりを二十発差し出した。

不合格にした弾丸よりも多くなったのは口止め料の意味が込められているからだろう。

「店主さんさあ、不良在庫を減らすにしても相手は選んだ方がいいよ」

フォクシーはそんな助言をしながらピカピカの弾丸二十発を確認した。

合わせて百十発。さあ、お金を払おう。そう思ってポケットに手を突っ込む。するとその時、隣の試射コーナーで鳴り響いていた鉄砲の発射音が止まった。

灰色狼系の少女が中から地面を踏み抜きそうな勢いで出てくる。

そしてフォクシーの前に小銃を放り出して言い放った。

「店主、これ全然駄目だわ！　ブルパップって何？　耳元が喧《やかま》しいだけじゃん。臨機応変に左右を持ち替えられないし。不良品すぎ！」

それは機関部と銃床を一体化させ全長を短くした突撃銃だった。

「引き金は硬い。重心が偏ってて反動はガシガシくる。バットストラップの場所が高すぎる。薬莢の蹴出しも上手《うま》くいかなくてジャムる。こんなんじゃうちじゃ採用できないよ」

灰色狼の少女が店主に苦情を捲《まく》し立てた。

おかげでフォクシーの買い物は中断したままだった。

「ティルティ！　どこにいってたんです？」

「探しましたよ！」

そんな狼少女に声をかける者がやってくる。

灰色狼のメスが二人だ。二人は狼少女に駆け寄った。

「どうしたのマギー、そんな慌てて？　ギャッキの奴が暴れたとか言わないでよね」

「ギャッキの奴ならとっくの昔にどっかに行きましたよ。あーしらは手続きが終わったってことを報告をしようと思ってただけっす」

「手続きったってどうせいつもと同じでしょ。他人の戦車に勝手にベタベタ封印を貼り付けて、こいつを一枚でも破ったら莫大な罰金を貰《もら》うからなって脅しをかける奴」

三人の間で内輪話が始まると、フォクシーは店主に弾の代金を支払いながら尋ねた。

「この娘達ってなに？」

支払いにかこつけて店主に握らせるビス銀貨にナットを数個混ぜた。

するとオークの店主は機嫌良さそうにニンマリと微笑《ほほえ》んだ。

「最近何かと噂になってるウルフパックの灰色狼ですよ」

「ウルフパック？　バラクレルって中立のバザールだよね？」

「うちだって商売です。客として来る分には拒んだりしませんよ」

フォクシーはウルフパックがこのバザールにまで来ていると知って驚いた。

しかも三人の会話に次の言葉が出たのでさらに驚いた。

「で、メスライオンの捜索は進んでる？」

「うちの中隊とギャッキっとこと、合わせて二個中隊がバザールに展開してるっす」

慌てて周囲を見渡す。するとティルティと同じような灰色狼種のオスメスの姿があちらこちらに散見された。

戦車三両で一個小隊。三個小隊＋中隊長車の十両で一個中隊とする。

この荒茫大陸にかつて存在した古代王国の軍制の残滓《ざんし》だ。戦車一両の戦車兵を四人と計算すると、都合八十人がこのバザールに展開してレオナを探していることになる。

「ホントにこんなところにいるんすか？」

「わからないから探すんでしょ？」

まさかこの中立キャラバンのバザールにまで堂々とウルフパックが乗り込んでくるとは思わなかった。

レオナが立ち直るまで待ってあげたかったが、そんな時間は残されていないようだ。

フォクシーは、弾を受け取るとそそくさと銃砲店から立ち去ったのだった。


「店主さあ、あの白狐《きつね》とどんな話をしてたの？」

ティルティは店主に笑顔で問いかけた。

「もっぱら商品の話題ですぜ。あの白狐、弾の質に喧しいのなんのって………」

仕方なさそうにティルティはビス銀貨一個を取り出して店主に握らせた。

「……それとあんたらウルフパックのことが話題になりましてね」

「へえ、わたしらの素性を話しちゃったんだ」

「別に隠すようなことじゃないでしょ？　あんな大声で喋《しゃべ》ってたら誰だって気づく」

オークの店主は全く悪びれていない。

「それで、それを知った彼女はどんな様子だった？」

「そりゃもう、目の色を変えてましたよ。特に、あんたらがメスライオンがどうとか口にした時の動揺具合はなかなかの見物でしたねえ」

それを聞いた途端、ティルティは背後の仲間に強く言った。

「バーバラ達は白狐の後を追って。早く！」

「なんで？」

「メスライオンの関係者だからでしょ！」

「了解！」

バーバラとマギーは慌ててフォクシーの後を追いかけはじめたのだった。


「やっぱいなあ」

フォクシーはバザールの店舗の隙間を早足で進んだ。

しばらくすると自分についてくる者の気配に気づいた。

「あのオーク店主、あたしの事を売りやがったなあ！」

メスライオン＝レオナのことを知っていますと、大声で言ったも同然の反応を店主に見せてしまったのは明らかに失敗だったのだ。

このままレオナのいる【ナナヨン】まで尾行を引っ張って行くわけには行かない。かといって何《い》時《つ》までもこんな所には留《とど》まれないし、戦うわけにも行かない。

フォクシーはほとほと困り果ててしまった。

「フォクシー、こっちだよ！」

そんなタイミングでフォクシーに声をかけてくれる少年がいた。

少年は事情も問わずにフォクシーを商店の隙間が作る小径《こみち》へと誘う。

「困った時にはいつでも呼べって言ったろ！」

「ザキ！」

それはフォクシーが信頼をおく浮浪少年であった。

09

バザールを根城にする浮浪少年・少女達《たち》がいる。

それぞれの事情で親を亡くした彼らは、保護してくれる者もなく文字通り地を這《は》うように泥を啜《すす》る生活をしながら生きていた。

奪ったり盗んだり、掠《かす》め取ったり、騙《だま》したりは当然。なので少年・少女達はグループを形成する。力のある者に頼って己を守ろうとするのは野生動物としての本能なのだ。

「お前ら、何のつもりだ！」

そしてひとつの餌場にこんなグループが二つ、三つと形成されると、それぞれが角突き合わせて争い合うのもまた自然の摂理かもしれない。

「テメエらわかってるのか？　コーは拳銃を持ってるんだぞ」

「鉄砲が怖くないのかよ！」

コーの手下達が凄《すご》む。威勢をはる。懸命に声を張り上げた。

「それがどうしたって!?」

しかしコー達を取り囲む浮浪少年達はそれをせせら笑った。

「俺、お前達に言い聞かせたよな。俺達には有力な支援者がバックにいるって。なのに、お前は全然話に耳を貸そうとしなかった」

「それどころかバックの名前を聞いても、まるで馬鹿にしたように振る舞ったよなあ」

「今すぐに連れてこいって言ってたよなあ！」

コーは顔を伏せたまま答える。

「それがどうした？」

「だから連れて来てやったんだ」

「吠《ほ》え面かくなよな！」

「ギャッキさんお願いします！」

浮浪少年達がその名を唱和した。

「どーれって――俺は用心棒か何かか？」

ギャッキが笑いながら登場。乗りの良い彼はおどけたような振る舞いで笑った。

浮浪児達も追従して笑う。それは勝ち確定を見込んだ余裕がもたらす笑みでもあった。

「で、どこのどいつだ？　俺を名を嘲け笑ったって言う命知らずの餓鬼は？」

少年達が一斉にあいつですとコーを指さす。

「ほう、おまえか？　随分と舐《な》めた真似《まね》をしてくれるじゃねえか」

「……ぐっ」

コーの取り巻き少年達はギャッキの視線に怯《おび》えて竦《すく》んでたちまち尻尾を丸める。

「待ってたんだ」

しかし逆にコーはピンっと背と尻尾を伸ばしたまま一歩前へと踏み出した。

「何？」

「俺はあんたが出てくるのを待ってたんだ」

「ほう？　餓鬼がいっちょ前に俺と張り合おうってのか？」

「違う。あんたは——貴方《あなた》はウルフパックの大隊長。俺なんかがまともにやり合って敵《かな》う相手じゃない」

「それだったらどうして俺の名を穢《けが》すような真似をした」

「この俺を使ってみようって思いませんか？」

「んだと？」

「これしきのトラブルも独力で解決できずに、ギャッキさんの手を煩わせるばっかりの、この弱虫共の面倒を見ることに、ウンザリしてませんか？」

「何が言いたい？」

「俺だったら、あんたの役に立てる。一方的に面倒を見てもらうんじゃなくって、自分のことは自分で解決した上で、貴方の役に立ってみせますよ」

「それでいったい、お前にどんな得があるってんだ？」

「あんたが上に登ったら、俺のことも一緒に引っぱり上げて欲しい。俺はいつまでも地面を這いずり回るウジ虫でいたくない」

「いいねえ、その上昇志向。だが、お前が俺の役に立つなんてことが出来るのか?」

「このトラブルを独力で解決して実力を見せます。だから見てて下さい」

「ほう、お前はたった一人でこいつらをどうにかできるのか?」

ギャッキは自分を頼みにするばかりで役に立ったことのない浮浪少年達を見渡した。

「ギャッキさん!」

全員、自分達が見捨てられそうになっていると気づいて顔面蒼白《そうはく》となっていた。

「いいだろう。お前の実力ってものを見せてみな」

「承りました。ギャッキさん」

コー少年はニンマリ嗤《わら》うと懐から拳銃を取り出すと撃鉄を起こした。

フォクシーは身体《からだ》を横にしないと通れない露店と露店の狭い隙間を抜けながら言った。

「バザールなんて、キャラバンごとに作り方が違うのにあんた凄いね」

メッセンジャー——郵便配達人のザキはバザールの構造に詳しかったのだ。

彼はどこに人気《ひとけ》の少ない小径《こみち》があって、どこを通れば近道かその全てを把握している。おかげでフォクシーは追っ手をまくことに成功した。

「デイトンキャラバンだけじゃないよ。マグレブとか、デイトナとか、オレ、大きなところのキャラバンがつくるバザールのレイアウトをほとんど記憶してるんだ。凄いだろ」

大規模なキャラバンともなると所属する商店数も百や二百では収まらない。

配置場所を毎度変えては打ち合わせやら交渉が大変になるので毎回同じレイアウトになる。たとえ変更があったとしても若干の修正で終わるのだ。

「ちょっと待った……」

「うわっ、何これ？」

そんな裏道ばかり進むと人目のない裏の裏へと至る。

そこはキャラバンのバックヤードであった。傘下《さんか》の商会が商品や人員運搬、あるいは宿舎として使うトラックやらバス、ワゴン車なんかがずらりと停《と》まっていた。

どれも長年の酷使を感じさせる継《つ》ぎ接《は》ぎだらけの外見でガラクタとの区別が難しい。

塗装が剥《は》がれて錆《さ》びていたり凹《へこ》みがあったりするのは当然で、物によっては弾痕もあってそのままになっていた。

そんな車列の隙間に浮浪児達の遺骸が転がっていた。

「コーの野郎、ついにやりやがった」

ザキは見渡しながら呟《つぶや》く。

どの死体も鉄砲玉を喰《く》らっていた。ナイフなんかで切り刻まれた遺骸も見られた。

「この子達、ザキの知り合い？」

「知りあいというか――まあいいや。とにかく先に行こうフォクシー」

こんなところに足を止めていても何の意味もない。

フォクシーはザキに急《せ》かされるようにして先へと進むことにした。

程なくしてフォクシーは【ナナヨン】が待つ戦車だまりへとたどり着いた。

「ありがと、ここまででいいわ」

フォクシーはザキを振り返ると少し多めに心付けを渡す。

「いいのかい？　こんなに」

「ちょうど良いタイミングで助けて貰《もら》ったからね」

「んじゃ遠慮なく受け取っておくよ」

ザキはそう言うとビス銀貨をポケットに捻《ね》じ込み去って行った。

フォクシーは仲間の待つナナヨンに駆け寄った。

「みんな、出発するよ。準備急いで！」

「えー!?　何でなんですのお？」

炊事をしていたミミはもう少しでできあがるのにと不満を露《あら》わにした。

「ウルフパックの連中がここに乗り込んで来てた！　レオナを探してるんだ！」

「ヤバイッ！」

すると二人とも弾《はじ》かれたように片付けを始めた。

椅子やらハンモックやらを砲塔後部の増加バスケットに放り込み、適当に固縛する。ついでに無気力顔のレオナをせっついて砲手席に押し込む。

「もうちょっとで美味《おい》しくなったのにぃ」

ミミは料理中だったらしい。圧力鍋は荷物の隙間に挟み込むように置いた。

戦車の激しい挙動に耐えられるかとなると若干不安だが確実な固定に時間を掛けていられないのだ。


「まさか奴《やつ》らがさー、ここまでくるなんて思わなかったよー」

フォクシーは警戒の目配りを周囲に向けながら愚痴った。

「奴らハ、デイトンきゃらばんと諍《いさか》イヲ起コシテデモ、レオナを捕マエタがッテル？」

「レオナは美人なのです。きっと奴隷に売っぱらうつもりなのです」

ミミが決めつけたようなことを言うとそれまで無気力顔で砲手席に座り込んでいたレオナが深々と嘆息した。

「それ、間違っていますわね。彼らの狙いはもっと別のものですわ」

「どういうこと？」

「わたくしの身柄を欲しがってるのはフレグ家です。ならば狙いはわたくしの血についてくる『家督継承権』でしょう」

「家督継承権ってなに？」

フォクシーの問いにレオナが説明を始めた。

この荒茫《こうぼう》大陸には法律はない。従って人と人、工房やカンパニー、キャラバンとの関係性は個々の間で取り交わした『契約』や『前例』『習慣』で成り立っている。

　しかし人間はいずれ死ぬ。

　寿命で事故で、怪我《けが》や病気で、あるいは戦いで。

　約束を取り交わした当事者の片方が死んだらそれまで取引関係、約束事、貸し借り、売り掛け、買い掛けといった一切合切がご破算になってしまうのだ。

　そのため誰も彼も長い期間の約束ごとには躊躇《ちゅうちょ》する。

　常に現金での決済が求められて、取引はその場限《かぎ》りでしかできなくなる。

　しかしそれだと永続性がなく発展性もない。

　そこで約束事や関係を血縁で継承していく仕組みがつくられた。

　当主ガレスが死んだならばミグルン家があちこちと結んだ関係や約束事、権利・義務等は次代の当主レオナが引き継ぐのである。

　それが家であり、家督なのだ。

　無秩序無法が支配する荒茫大陸の大きな家同士の関係はそれで成り立っている。

　そんな権利や義務が結びつきを作っている中で、フレグ家が最も欲しているのは工房都市バラクレルの意思決定機関（議会）に出席する権利だ。しかしそれはミグルン家のものであり、力尽くでカーリェ鉱山を占領したところでフレグ家のものとはならない。

　だからこそレオナの身柄が狙われるのだ。

「それって良いことがあるの？　なんか面倒くさい感じがするんだけど」

「分かりやすいのは振り出した手形が割引なしで使えることですね」

「あ、パーツ屋で額面通りの手数料なしだった時みたく？」

「つまり家督継承権が手に入ったらフレグ家は約束手形を好き勝手に振り出せるわけか」

「ええと、そのあたりは制限とか色々とあるんですけど……まあ、素人さんですし、そんな理解でかまいません」

「でも、家督ってさあ、財宝とか物みたく奪えるもんなの？」

「どこかから獅子《しし》系のオスを見つけてきてわたくしにあてがい、わたくしにそのオスの子供を産《う》ませると言う手段があります。そうすればその子はミグルンの家督を継ぐ者となります。その後で、わたくしを絞め殺すか毒殺すればお家の乗っ取りが完了します」

「うわっ、あくどい」

フォクシーがミミやカッフェの抱いた感想をその一言で代言した。

「それが伝統ある名家に生まれた者の宿命です。でも、おかげでわたくしも決心がつきましたわ」

「何するの？」

「復讐《ふくしゅう》に決まっています。あちらがあくまでわたくしを追い回すつもりなら、こちらも相応に対処します。マ・ゼンダを、ぎゃふんと言わせてやらないと気が収まりません」

「でも、どうやって？　奴ら戦車を一杯もってるよ」

「それについては考えがあります。ですが、このまま行き当たりばったりに逃げ回っていては何も出来ませんので、まずは行き先を決めましょう」

「どこか行くあてがあるの？」

「ノガタル・キャラバンで御願《おねが》いします。今はトレッキルでキャラバンを開いているはずです」

フォクシーは「トレッキル……」と地名を反芻《はんすう》しつつニー・ボードの地図を開いた。

トレッキル――古代王国の地名表記だとトレッキル州ということになるが――荒茫大陸でも珍しいことに大地が汚染されておらず農業の行われている地域であった。

ここでは地を耕して種を播《ま》いて水をやれば芽が出て草が生えるのだ。

そのかわりに原油や機械が発掘されることはない。

そのため人々は麦などの食糧、綿羊を用いた繊維で衣類を生産、さらには木材などの森林資源を加工販売して生計を立てている。

「ノガタルには伯母がおります。デイトンにも負けない規模の隊商なのでわたくしを匿《かくま》うくらいのことはしてくれるはずです」

「そこで戦車傭兵《ようへい》を雇うの？」

しかしレオナは頭《かぶり》を振った。

「いいえ、戦車百両を擁するウルフパック相手に、まともに戦いを挑んで勝てるとは思っておりません」

「じゃあ、どうするの？」

「お金の力を使いますわ。わたくしが得意とするお金の戦場、お金の戦いでフレグ家のマ・ゼンダの足を高々とすくい上げてあげようと思っています」

「お金の戦場？」

戦車を用いた戦いならばフォクシーも知っている。

だが金銭を用いた戦いがどのようなものか、フォクシーには想像することができない。

「ど、どうやって戦うの？」

耳慣れない『お金の戦い』という言葉にフォクシーは五体の血が沸きたつのを感じた。

革袋にビス銀貨を詰めて殴り合うならばそれは武器になるだろう。しかしレオナが言っているのがそういうことではないことはわかる。

金銭には力がある。

金が有れば美味《うま》い物も、着たい服も手に入れることが出来る。

人間が抱くありとあらゆる種類の欲望は、金の力で大抵は満たすことが可能なのだ。

しかしそれはあくまでも金銭が欲しいという人間の欲望を介したものでしかない。

銀貨は金属の塊で食べられないし、それ自体には何の力もない。有力な敵を打倒するならば腕っ節に優れた傭兵をかき集めて高性能な戦車を数多く揃《そろ》えねばならないのだ。

そのために存在するのがフォクシー達、戦車傭兵なのだ。

なのにレオナは、あたかも金銭そのものが戦いの武器になるかのような物言いをする。

まるで金銭の力だけでマ・ゼンダをやっつけられると思っているかのようだ。

そんなことはあり得ないのに。

あり得るはずがないのに。

しかし同時に、それがフォクシーにはとても新鮮で魅惑的に感じられたのだ。

「何だと！　折角《せっかく》手かがりを見つけたってのに追跡を捲《ま》かれただと!?」

ギャッキの罵倒を浴びてマギーとバーバラはたちまち萎《しお》れた。

「す、すみませんギャッキさん。人混みの中で見失いました」

「仕方ないよギャッキ！　わたしらの仕事って戦車に乗って戦うことで、どっかの誰かを尾行をするような密偵紛《まが》いなことじゃないんだから！」

ティルティが庇《かば》う。しかしその時、マ・ゼンダが言った。

「ティルティ君。ブ・ラック君の妹である君がそんなことでは困るな」

するとウォリルも追従した。

「そうよ、困るわ。そのフォクシーとかいう白狐《きつね》をきちんと追跡できていたら、メスライオンを捕らえることもできたのよ」

「そんな器用なことが出来てたら戦車傭兵なんてしてないんですけど」

「そうですよウォリルさん。あーしらに出来るのは戦車の操縦くらいです！」

マギーとバーバラは自分達が責められる気配を感じたのか、真っ向に立って反論してくれるティルティへの援護射撃を開始した。

「んなこと自慢げに言うな！　あーもう、そんなだから、何時《いつ》までもしがない戦車傭兵しかやれないんだってどうして思わないかなあ！」

「しがない戦車傭兵って、何よその見下した言い方！　自分だって戦車傭兵の癖に！」

「ウォリル君」

「あ、はい……」

マ・ゼンダの言葉にウォリルは一歩退《ひ》いた。

「ティルティ君。君の姉が癇《かん》に障《さわ》る言い方をしたことは許してやって欲しい。しかし私は君達が戦車の操縦しか出来ないとは思っていない。だからついそれ以上のことを期待してしまうのだ。君達にはそれを是非、理解しておいてもらいたい。さて、問題はその白狐の素性だ……」

するとギャッキが手柄顔で言い放った。

「そのあたりのことは、オレが調べた！　奴らはナナヨン・カンパニーだってよ」

「ナナヨンだと!?」

その名を聞いて皆が響《どよ》めいた。

「有名なのかね？」

「伝説級の活躍をした連中だねえ」

すると部屋の隅にいてこれまで話を聞くだけだったブ・ラックが初めて口を開いた。

「先代のクルーはな。今のクルーは女子供ばっかりだと聞く」

「そうは言うけど、メスライオンを捕まえたイヨマンテの野郎を邪魔したのもナナヨンの奴らだろ？　奴らはそれでメスライオンとのつながりが出来たんだ」

「ギャッキ！　よく、そんな見てきたような嘘《うそ》をつけるね！」

「嘘じゃねえってウォリル。一部始終を見てた奴から聞いたんだから信じろよ！」

　すると皆の視線がギャッキが連れてきた見慣れない浮浪少年へと向かった。

「こいつは、俺の新しい使いっ走りのコーだ。覚えといてやってくれ」

　コーは黙したまま、挨拶代わりにぺこりと頭を下げた。

「ふむ。ゴートから得た情報でも、レオナ嬢をナナヨン・カンパニーを名乗る戦車傭兵が助けたという話があったな。コー君の情報は正しいと見て良いだろう」

　するとティルティが嘆息した。

「マ・ゼンダさん、頼みますよ。ゴートからの情報を先に伝えておいて貰えたら、わたしらにも動きようがあったんです。敵がナナヨン・カンパニーだって分かっていたなら、メスライオンじゃなく戦車そのものを探せば良かったんですから」

「それは申し訳ないことをしたね。当初はそれほど重要とは思わなかったのだ」

「それで、これからナナヨンを探せばいいの？」

　ティルティの問いにマ・ゼンダは頭《かぶり》を振った。

「いや、もう無理だろう。君達の尾行に気づく程の相手なら、とっくの昔にバラクレルから逃げ去っているはずだ」

「どこに逃げたか調べるくらいはできると思いますけど？」

「ギャッキ君。デイトンのバザールには監視員を配置しておいたかね？」

「もちろんだ。オレの部下はティルティんとこの無能とは違うんでね」

「早速調べます」

ティルティはそう言うとマギーとバーバラを連れて立ち去っていった。

「しかしレオナ嬢の身柄を押さえられなかったのは痛い」

ティルティ達の背中を見送りながらマ・ゼンダがぼやく。するとウォリルが問いかけた。

「フレグ家への体面の問題ですか？」

「手ぶらでは帰りづらいからね。君達に支払う雇兵料をどう捻出するかという問題でもある。バラクレルの十二洞会議と交渉はしてみるが、簡単に成果が出せるとも思えないからねえ」

「私、マ・ゼンダ様がお金のことであくせくしているところを見たくありません。金銭のことは意地汚い商人連中にでも任せておしまいになれば良いのです」

「適した人材がいるなら任せても良いのだが」

「私には無理ですよ」

「わかっている。収穫には少し早いが計画を前倒ししよう。その成果を手土産にフレグ家へ凱旋《がいせん》報告することにする」

マ・ゼンダとウォリルがそんな会話をしながら寄り添っていく様子を見て、ギャッキは憎々し気に舌打ちした。

「伯母上。お久しぶりです！」

ノガタル・キャラバンでは、伯母のマージャがレオナを見ると諸手《もろて》を広げて迎えた。

背が低くて小太りの貴婦人が長身のレオナを諸手で抱きしめようとする。しかし上手《うま》くいかない。そのままだとマージャがレオナの胸に顔を埋《うず》める形になってしまうからだ。

そのためレオナが少しばかり腰と膝をかがめる。これでなんとか抱き合う二人の姿は心温まるものになったが、同時にどこかユーモラスでもあった。

「まあ、レオナ。どうしたのです!?　あなた随分と美しく育ったわね」

「もう、十八歳なんですわ」

「時の流れを感じるわ。そんなことより、こんなところまで貴女《あなた》ひとりでどうしたの？」

「実は――」

レオナはカーリェ鉱山で何があったのか、自分の身に何が起きたのかを手短に語った。

「なんて悲しいこと。貴女も辛《つら》かったでしょう。いいわ、私がレオナの庇護者《ひごしゃ》になりましょう。今日限り悲しい出来事は忘れてしまいなさい。貴女はこれからここで楽しく暮らすのです」

「ありがとう、伯母上」

その時、ようやくマージャは背後に並ぶ三人の姿に気がついた。

「その者達は誰なのです？」

「もてなしてあげてください。この娘《こ》らはならず者に捕まったわたくしを助けてくれたのです。フォクシー、カッフェ、ミミ。ご覧の通り戦車傭兵です」

「歓迎します。良い傭兵のようですね？」

口とは裏腹にマージャは三人に胡乱《うろん》そうな視線を向けた。

その視線が意味するところを敏感に感じとったフォクシーも素早く反応した。

「それじゃあ、依頼は果たし終えたんであたしらはこれで……」

「待ちなさい。レオナをここまで連れてきてくれたお礼をしなくてはなりません。ホンクワ！　手提げ金庫を持ってきなさい！」

「いえ、もうお代は貰ってるんで」

「あら、誰から？」

「依頼主はレオナのお父上なのです」

ミミの言葉にマージャは納得したようだ。

「依頼料全額前渡しだなんて、貴女達はガレスお義兄《にい》様から信頼されていたのですね？」

「そんなことより伯母上、何か食事を出してくださいませんか？　わたくしも、この子達もお腹《なか》が減ってるんです」

「それは大変。早速、厨房《ちゅうぼう》に何か支度をさせましょう」

「違います。一緒に食事をしたいのです。この娘達はわたくしの友人なんですわ」

レオナの言葉にマージャは逡巡《しゅんじゅん》した。しかし――。

「良いでしょう。今日は身分に囚《とら》われない食事会にいたしましょう」

穀倉地帯のトレッキルだから食材が豊富なのか、それとも大キャラバンを所有する富豪の家で供された料理だからなのか。食卓を飾った料理は実に素晴らしかった。

練った小麦を薄くのばしたトルテ。

それにチーズやトマトのペーストから作ったソースを塗る。

そして火を通した黄、紅、緑の野菜や肉を包み込むのだ。

これらの野菜や肉をどう調理するかでも味の違いが発生する。香草や塩をタップリきかせても良いし、カリで煮ても良い。

フォクシー達は食べる度に異なる味わいに喜んだのだ。

おかげでマージャがそこかしこでチラつかせる鼻持ちならない尊大さも、気にならなかったほどだ。

「伯母上、デリックさんは？　わたくし相談したいことがあるのです」

「夫は、いま外出中です。仕事だと言っていましたが、実際はどこで何をしているやら」

「忙しいのは悪いことではありませんわ」

「ノガタル・キャラバンの代表なのですよ。巨大キャラバンの会頭なのです。些末《さまつ》な仕事は部下に任せ、でんと構えているべきでしょう？　なのに情けないことに細かなことにまでいちいち関わって忙しくしていないと安心できないなんて、随分と小心者なのです」

「仕事のやり方はそれぞれですわ」

「フォクシー、貴女ならわかってくれますよね？　貴女も小なりといえど傭兵カンパニーの代表なのでしょう？　小なりといえど経営の苦労を味わっているはずです」

何であたしに話を振るかなと思いつつ、フォクシーは大急ぎで口の中の物を飲み込む。

「あたしの場合は、仲間が支えてくれてるので」

「ほら、ごらんなさい。彼女も言ってますよ。部下に仕事を任せることができないのは、小心さの表れだって」

んなこと言ってないとフォクシーは心の中で叫んだ。

「伯父上は外からきた入り婿さんです。先代から仕えてきた生《は》え抜きの重役達をまとめるのにも相応の苦労があるんでしょう」

「入り婿なのです?」

ミミが尋ねると話がよくわからないですわよねとレオナは解説を始めた。

ノガタルは、レオナの高祖父が一台のトラックから立ち上げた巨大キャラバンである。

代を重ねるごとに規模が大きくなったが、レオナの祖父の代でちょっとした悩みが生じた。

娘二人がどちらも経営者には向かない性格だったのだ。

長子は口舌《こうぜつ》に棘《とげ》がありすぎたし、次子は経営に興味を抱かなかった。

そのため祖父はマージャに、これと見込んだ婿を迎えてキャラバンのトップに据え、次子——すなわちレオナの母をミグルン家へ嫁に出したのだ。

もちろんそれだけではない。

傘下商会をいくつかの集団に分割し、生え抜きで忠誠心に篤《あつ》い番頭達をそれぞれのトップに据えて強力な裁量権を与えた。

その番頭がパクレル、マークシー、アーリントなのだ。

彼らが全体を統括する婿養子のデリックを支えることになる。

祖父が能力を見込んで引き立てた番頭達三人は有能で、裁量権を与えられるとそれぞれ支配下としたキャラバンを巧みに経営して荒茫大陸の各地に活動の手を広げた。

ノガタル・キャラバンの規模と力はさらに拡大していったのだ。

しかしそれは同時にパクレル、マークシー、アーリントの力と勢いが、祖父が企図していた以上に拡大することを意味していた。

全体を統括するデリックの統制力は相対的に低下していったのだ。

「伯父上はなんと申しましょうか、穏やかな性格なのです」

三勢力の代表達はそれぞれに対立している。

おかげで全体を統括するデリックは、各勢力間の関係と利害の調整に奔走する毎日を送らねばならなかった。

「レオナ、あなた随分と詳しいのですね。本当にカーリェにいたのですか？　実はトレッキルのどこかに隠れて事情を探ってたんでしょ？」

「情報収集は商売の基本ですわ伯母上。このくらいの噂話《うわさばなし》は、遠く離れていても耳を澄ましてれば聞こえてまいります」

そんな話をしていると噂話の当事者が戻ってきた。

「今帰った」

「あら、あなたお帰りなさい」

マージャは腰を上げると夫を迎えた。

デリックは一人ではなかった。番頭にして傘下キャラバンの長であるアーリントを伴っていた。

「これはお嬢様。お久しぶりです」

アーリントは頭《こうべ》を垂れる。番頭にとってのマージャは幾つになろうとお嬢様なのだ。

「久しぶりねアーリント。今日はどうしたの？」

「アーリントがわざわざ知らせてくれたのだ。カーリェが大変なことになったそうだ」

「カーリェの件なら、ちょうどその話をしていたところよ」

「なんだと？　おお、そこにいるのはもしかしてレオナか!?」

デリックはようやくレオナの存在に気がついたのだった。


レオナは、ここに逃れてくるまでの経緯をデリックに語って聞かせた。

「それで、わたくし伯父上に相談したいことがあるんです」

「それは何だね？」

「わたくしのこれからのことです」

「心配することはありませんわ。私達で良い婿捜しをしてあげます。貴女ほどに美しいメスはきっと引く手あまたでしょう」

「うむ。我々で稼ぎの良い立派なオスをみつくろってあげよう」

「あ、いや、それはそれで大変に有り難いのですけれど……」

　レオナがやんわりと断ろうとする。しかしデリックは聞かない。

「どうだろうか？　ここにいるアーリントのところの長男は？　歳の頃合いもちょうど良かったと記憶しているが」

　するとアーリントも諸手をあげて賛成した。

「おおっ、それは光栄なお話ですな。レオナ様と我が子が結ばれたら両家の絆《きずな》はさらに深まる。両家はさらなる繁栄を迎えることができるでしょう」

「あら駄目よ！」

　しかしマージャは声高に反対した。

「何故《なぜ》です？」

「別に、貴方の家が駄目だと言ってるのではないわアーリント。誤解しないでね。私は御三家のどの家でも反対するつもりなの」

「ご懸念は理解しますよ。御三家のどこであっても特別な立場を手に入れるとグループ内のバランスが崩れるとお考えなのですね？」

「そうよ。しかも別の問題もあるわ。レオナはミグルン家の家督を継ぐ者です。フレグ家との間にもいろいろな意味で軋轢《あつれき》が生じてしまうでしょう？」

「あー、それを失念していたな。フレグ家はカーリェ鉱山を占領しているのだ。その宗主権を持つミグルンの家督をアーリントが手にしたら、外交的に気まずい立場になってしまう。アーリントはノガタルにおける外交官でフレグ家との取り次ぎ役だ。そんな立場で利害の対立がもたらされるのは得策ではない」

　自分の婿捜しから話題が政治向きへと変わってしまった。

　レオナは困惑しつつ、自分の企図した方向に話題の修正を試みた。

「伯母上、伯父上。わたくしは婿捜しよりも先にやらなければならないことがあります。まずは、その話から聞いて下さい」

「それは何かね？」

「フレグ家への復讐です。彼らに自分の行いの報いをくれてやらなくてはなりません」

　マージャは満足げに頷《うなず》いた。

「復讐ですね——それはとても大切です」

「うむ。やられたままにしておいては舐められてしまう。だが、フレグ家の隆盛は留《とど》まるところを知らず、配下として働く戦車傭兵のウルフパックは手に負えないほど精強だ。そんな奴らと、君はどうやって戦うと言うのかね？　今から戦車傭兵を掻《か》き集めるのか？　しかしそれだけのコネは？　資金はどうするね？」

「わたくしに考えがあります。それは——」

　三人が耳を傾けるとレオナは身を乗り出して金銭の力でマ・ゼンダの目論見《もくろみ》に味噌《みそ》を付けてやるという計画を語り出した。

　金の戦い、金の戦場。

この言葉に大いに興味をそそられていたフォクシーも、レオナの言葉に必死になって聞き耳を立てていた。

しかしレオナの言葉はもっぱらデリックやマージャ、アーリントへと向けられている。使う言葉の選択も、説明も、キャラバンの経営者としてベテランの域に達する二人に向けられている。おかげでフォクシー達にはさっぱり理解できなかった。

フォクシー、ミミ、カッフェはこの時、自分らの仕事が終了したと感じた。

自分達がレオナにしてやれることはもうないのだろう——と。そのため会話に参加することなく、ただひたすら食事を平らげることに専念したのである。


翌朝、フォクシー達はノガタルを辞すことにした。

ナナヨン・カンパニーが受けた依頼は、ノガタルに到着したことで完了したのだ。

レオナも名残を惜しんではいたが、フォクシー達を引き留めるまではしなかった。

もし「もう少しいてくださいませんか？」とか「身辺の警護が必要なのです」などと頼まれたら、それを理由に居座る選択肢も生まれただろう。しかし「三人をわたくしの復讐に巻き込むわけにはいきませんし、いろいろと居心地の悪い思いをさせてしまうのも気が引けます」と、ちらちらマージャを見ながら囁《ささや》かれては無理も言えないのだ。

「商売や投機とか、お金での戦いを教えて貰いたかったんだけど」

フォクシーはガレスから預かった餞別《せんべつ》金の詰まった空薬莢《やっきょう》を引き渡しながら言った。

「また来てください。わたくしの復讐が済んだ後なら、いくらでもお付き合いたします」

「約束してくれる？」

「ええ、きっと」

こうして別れの言葉のやり取りを終え、フォクシー達はノガタルを後にしたのだ。

「コノ後、何処《どこ》ニ行ク？」

金色に輝く小麦畑のあぜ道をナナヨン戦車がひた走る。

「ししょうの手がかりを追おうと思ってる。手がかりも手に入ったし」

普段ならば次の仕事を探して営業活動をするところだ。しかし今は懐に余裕がある。

「しばらくは整備の心配も要らないのです」

「ウム。シショウを探ス。賛成」

ミミもカッフェもこれに同意した。

「でも、仕事をしないのも何だか落ち着かない気がするんだよねぇ……」

仕事のない状態がどうにも据わりが悪いとフォクシーが呟く。

するとミミもカッフェも同じ気分らしくそろって同意した。

明日の燃料代、武器弾薬代、そして食費を稼ぐことにあくせくしてきた日々が長く続き過ぎたからだ。三人ともこの状態に慣れていないのだ。

マージャは自分の夫を忙しくしていないと安心できない小心者だと罵っていたが、フォクシー達もまた彼と同じく小心者らしかった。

10

「ってー！」

フォクシーの号令で【ナナヨン】の百五ミリ砲が火を放つ。

「ってー！」

百五ミリ砲が火を放つ。

「ってー！」

粘着榴弾《りゅうだん》が盗賊の操る軽戦車【ゴランド】を直撃。砲塔が石に落とした陶磁器のごとくいとも簡単に粉砕された。

しかしそれでも【ゴランド】はプスプスと音を立てながら走り続ける。

弾薬や燃料が燃えて煙と炎を吹き出しながらも戦車はまだまだ生きていた。

「次弾、準備良しなのです」

「待ッテ！」

フォクシーがとどめの一撃を放とうとするとカッフェが叫んだ。

【ゴランド】が土手に車体をぶつけて止まった。

すると車長や乗組員達《たち》が耐えがたい高温の蒸気風呂から飛び出すような勢いで逃げ散っていく。

後には炎と煙が立ち上るだけとなった。

戦いはどうやら終わったらしかった。


「大砲も砲塔も丸焼けだからなあ」

フォクシーはジャンク屋を相手に商談していた。

「砲は駄目、砲弾も駄目。回収できたのはエンジンが二つだけ――か」

ハイエナ種のジャンク屋はクリップボードに回収した品々のリストを書き込むとフォクシーに見積書を突きつけた。

「銀二〇ビスってとこだな」

「えー、エンジン二基でその値段？　ちょっと安すぎない？」

「これでもかなり勉強してる方なんだぜ」

カンダハレル――古代王国の地名表記に従えば、トレッキル州のカンダハレル郡とされる地域は穀倉地帯として知られている。

このあたりは土地は油で汚染されていないのだ。

そして地面を掘っても機械部品は出てこない。機械工業製品の産地から遠いため取引価格も輸送経費分は割高だ。だからこそ査定も高めとなっているとジャンク屋は語った。

「それでもこの金額なの？」

「何しろ【ゴランド】だからなあ」

【ゴランド】は戦車というより骨董品《こっとうひん》に分類すべき車体であった。元はビッカーズ6トンと呼ばれていた発掘戦車を元に、双砲塔型、単砲塔型と様々な種類が再生された。

戦車傭兵《ようへい》や盗賊が多用する【モブシャ】や【ザコット】よりも、さらに装甲が薄くて搭載している武装も三十七ミリ砲と実に貧弱、エンジンの出力も低い。

端的に言えば弱い。

当然、再生戦車市場でも不人気なのだ。

それでも購《あがな》う者がいるとしたら、質より量、値段の安さを重視する戦車傭兵のカンパニーを立ち上げたばかりの者、あるいは同程度の三～四流盗賊団といったところだろう。

今回はその三～四流盗賊団が相手だった。

「また戦いがあったら呼んでくれなー！」

エンジンパーツを積み込んだジャンク屋のトラックが立ち去っていく。

フォクシーは、雇い主であるカンダハレルの農村グループの代表に尋ねた。

「で、仕事はこれで終わり？」

これで任務完了ならば、本来の目的である師匠の行方《ゆくえ》を探しにいきたいところだ。

しかし不思議なことに、仕事という物は得たい得たいとあくせくしていない時に限《かぎ》って向こうからやってくる。そして頼みたいと求められると、したいことが他にあったとしてもついつい仕事を優先させてしまうのだ。

「次はクラップフまで収穫した小麦を卸《おろ》しに行く。その護衛を君達に頼みたいんだが？」

次の仕事は、作物を出荷する農民のトラック——コンボイの護衛であった。

§　§

一ヶ月《いっかげつ》近くバザールを展張していたデイトン・キャラバンが次の街へと旅立った。

そのため工房都市バラクレルは閑散としていた。

いずれ別のキャラバンがやってきて、パビリオンを建ててバザールを展張するだろう。しかしそれまでの間、バラクレルの周壁の外は荒涼たる大地が広がるだけの光景へと戻るのだ。

しかしこの日、この場所には多砲塔戦車【タランチュラ】が停《と》まっていた。

その周りにはウルフパックのギャッキが率いる戦車一個大隊約二十三両が屯《たむろ》していた。

ギャッキの大隊が定数に満たないのは先の戦いでの損耗が激しかったからだ。

しかしその程度の数であってもカーリェ鉱山を奪ったフレグ家の雇われ戦車軍の来訪は、バラクレル側の危機感を強く刺激した。

バラクレルは厳重な警戒態勢をとった。

周壁に兵士を配備し、支配下にある戦車傭兵を周壁の内外に集めた。

両軍相対峙《あいたいじ》するこの状況でたちまち戦いが始まってしまわないのは、ウルフパック側の傭兵がことさら砲や銃を城壁に向けないように気を配り、戦車から降りてタバコを吸ったりとリラックスしているところを見せているからでしかない。

とは言えここに戦車が集まっていることそのものがある種の示威行動で、フレグ家が交渉に際して軍事的行動も辞さない覚悟があることを示す。

交渉の結果によってはウルフパックの傭兵が戦車に乗り込み、砲を周壁へと向ける時がくるかも知れないのだ。

そんなウルフパックの戦車と傭兵達の群れの中に、ゴートの姿があった。

また大隊長ギャッキが乗る戦車の傍《かたわ》らにはコーの姿もあった。

「あ、ギャッキさん。マ・ゼンダさんが戻りましたよ」

コーが指さした方向を見ると、マ・ゼンダとウォリルが二人並んで街から出てきた。

ウォリルの姿を認めたギャッキは戦車から飛び降りた。

しかしマ・ゼンダとの距離が近いのを見ると、面白くなさげにフンッと鼻息も荒くタバコを投げ捨てて踏みにじる。そしてそんなギャッキの背中をコーは無言で見ていた。

「マ・ゼンダさんよ、金策は上手《うま》くいったかい？」

ギャッキの問いにマ・ゼンダは肩を竦《すく》める。

「けんもほろろだった。カーリエ鉱山を得たからと言って、バラクレルの十二洞会議の一員になれるなどと思うな、ととりつく島もなく言われてしまった」

「様にならない結果だねえ。頼むから俺達への支払いをこれ以上滞らせてくれるなよ」

「ギャッキ君。君にもその責任の一端があることは忘れないで欲しいね」

するとウォリルが口を挟んだ。

「バラクレルなど力ずくで征服してしまえば良いのです」

「そんなことをしては、バラクレルまでカーリェと同じになってしまう。バラクレルの価値は工房都市としての機能にあるのだからね。ところでゴート、どうして君が？」

ゴートが歩み寄って囁《ささや》いた。

「ノガタルのアーリントが内密での会談を求めてきた」

「ノガタルのアーリントだと？」

「料理と美姫《びき》と酒を揃《そろ》えておくので、招きに応じて頂きたい——そう言っていた」

マ・ゼンダはふむと頷《うなず》くとウォリルを振り返って問いかけた。

「アーリントは、ノガタル傘下《さんか》キャラバンの重役だったな？」

「第三位です。しかし単なる番頭だという者もおります」

「ゴート、君はどう思う？」

「ノガタル・キャラバンの先代会頭に見いだされて重役に抜擢《ばってき》されたほどの男だ。相応の実力はあると見た方が良い」

「能力のある者はそれに見合う野心を腹の中に育てているものだ」

「レオナ嬢がノガタルに身を寄せたという噂《うわさ》もある」

「彼女の血族がノガタルに？」

「レオナ嬢の伯母がいる」

「君が仕えた女性の姉君か。その伯母は資格の継承権を持っていなかったのか？」

ゴートは沈黙をもって回答とした。

「そういうことか。そんな男がわざわざ話をしたいと申し出てきたとなれば面白いことになりそうだ。会談の日時の調整を君に任せても良いかね？」

「ノガタル・キャラバンは現在トレッキルでバザールを展張している。会談場所は中間点のクラップフあたりにしたい」

するとウォリルが口を挟んだ。

「敵の勢力圏に近すぎませんか？」

「他に程よい街がない」

「では兄にご依頼を伝え護衛任務の命令を出して貰《もら》います」

「この交渉にはブ・ラック君にも同行して貰いたいと伝えてくれ」

「兄に？　了解」

「そういうことだゴート。フレグ家には事を荒立てないような報告を頼むよ」

「良い結果を期待させてしまうことになるぞ」

「私もこの会談に期待をしている」

ゴートは頷くと自分が乗ってきたトラックに戻った。

そんなゴートの背中を見ながらウォリルがマ・ゼンダに囁く。

「あの男、あまり信用されない方が良ろしいかと」

「どうしてだね？」

「あまり良い評判を聞きません」

「ミグルン家に仕えていた者にとって彼の行いは裏切りだ。悪口陰口は当然だろう？」

「ですが、今度はマ・ゼンダ様を裏切るかも知れませんよ」

「裏切るも何も、彼は私に忠誠を誓ってなどいないよ」

「では、何なのです？」

「協力者——とでも言うべきかな？」

「ならば、ますます信用がおけません。重要な仕事を任せるべきではありません」

「ウォリル。私は協力者もやがては同志にすることができると思っている。そのように猜疑心《さいぎしん》をあからさまにすると、彼を敵の側へと押しやってしまうかもしれない」

「私とて、内部に不和をまき散らしたいわけではありません」

「君の忠言には心しておく。しかしそういった態度をゴートに見せないようにして欲しい。兵達が真似《まね》をして彼を軽んじてしまったら大変だろ？」

「そういうことでしたら——。畏《かしこ》まりました」

「では、カーリェに戻るとしよう」

マ・ゼンダは【タランチュラ】に乗り込んだ。

それを見ていたギャッキがコーを呼ぶ。

「おい、コー」

「なんでしょうかギャッキさん？」

「少しの間でいい。ゴートに張り付いて奴《やつ》を見張れ。理由は適当に考えろ」

「それって、あからさま過ぎません？」

「あからさまだから良いんだろ？　俺はウォリルに、俺がウォリルの意向を汲《く》んでるところを見せたいんだ」

「ああ、そういうことですか。なら——多少の方便を口にしますよ」

「つじつまを合わせろってことか？　かまわんが必要な範囲にしとけ」

　ギャッキの戦車大隊は、コーをその場に残すと【タランチュラ】を先頭にしてバラクレルから去って行った。


　ギャッキ達の戦車が土煙を巻き上げながら去って行く。

「すみません、ゴートさん。乗せて下さい」

　それを見送ったコーはトラックの助手席にいるゴートに声をかけた。

「なんだ。ギャッキと行かなかったのか？」

「非戦闘員を乗せる場所なんて戦車にはねえぞって叱られちゃいました」

「しかし、カーリェには行かないぞ。儂《わし》にはこれから行かねばならんところがある」

「クラップフでしょ？　良かったら話し合いにご一緒させて下さい。いろいろと勉強したかったところなんです。オレ、ギャッキさんに拾われたばかりなんで、早くお役に立てるよう立ち回りを学ばないといけなくて……」

「ならば、ギャッキに教われば良いだろう？」

「オレ、戦車傭兵になりたいわけじゃないんです。そりゃウルフパックに入れて貰えたら嬉《うれ》しいんですけど、ブ・ラックさんが怖くて。気に入らない部下、失敗した部下をすぐに射殺するって噂があるし……」

「儂から何を学ぶつもりだ？」

「ゴートさんはミグルン家に長年潜入した功績が評価されたって聞きました。情報工作とか、調査とか、潜入して相手の信頼を勝ち取るコツみたいなものがあったら教えて貰いたいなって」

「間諜《かんちょう》なんてのは習ったり教えて貰ったりしてなるもんじゃない。それに儂は元からミグルン家にいた。潜入なんかしとらんのだ」

「ミグルン家に仕えたまま主《あるじ》替えをしたってことですか？　それって旧主に対する罪悪感とか湧かないものなんですか？」

「主替えなんてしてないからな。儂が忠誠を誓っていたのは先代の奥方様だ」

「奥方様？　レオナ嬢の母君ですか？　その方は今は？」

「随分に前に亡くなった。お体の弱い方だったから仕方ないが、おかげで儂は忠誠心を向ける相手を失った」

「ガレスやレオナ嬢は、忠誠心を向けるにはふさわしくなかった？」

「ガレスは妻を亡くして嘆くだけだったし、当時のレオナ嬢は子供でしかなかった。仕える相手を失ったばかりの儂にはマ・ゼンダの剥《む》き出しの向上心が快く見えた」

「今は違うみたいな口ぶりですね」

「レオナ嬢は良い子に育った。ただ安穏な環境の中にいては今以上の成長は望めない。逆境に晒《さら》された彼女がこれからどのように変貌するか楽しみだとは考えている」

「マ・ゼンダってどういう人物なんです？」

「なんでそんなことを聞く？」

「ギャッキさんがマ・ゼンダさんにあんまり良い感情を向けてないみたいなんで、マ・ゼンダという男とどう接するべきかを考えなきゃなりません」

「世渡りには大事な視点だな。しかし自分の立ち位置を簡単に他人に悟らせるな。お前が誰かを品定めしている時、自分自身も誰かから品定めされていると思え」

「あ、大丈夫です。俺の軸足がギャッキさんだってことは動かないので。で、ギャッキさんはウォリルさんのことお好きなようです。でもウォリルさんは、マ・ゼンダにしか興味が向いてない。だからギャッキさんは始終イラついている。オレとしてはどうしたらギャッキさんが喜ぶだろうと考えています」

「ギャッキは、ウォリルの機嫌を取りたがってるのだな？　それで儂に貼り付けと？」

「やっぱりあからさま過ぎますかね？」

「ウォリルが儂を疑っているのは知っている。そんなことは別にかまわんが――ふむ」

ゴートはしばらく考え込む。待つことしばし。

「まあ、いいだろう。教えるなんて上等なことは儂には出来んが、見て盗めば良い」

「ありがたいです！」

「とは言え連れ回すにはまず、お前はその見てくれを何とかする必要がある。人間という生き物はどうしたって見た目で相手を評価するものだからな。まずは靴を磨け」

ゴートはコーを自分のトラックに乗せると、まずその浮浪児然とした外見からなんとか直せと指摘したのだった。

§　§

カンダハレルの穀物をクラップフへと運ぶコンボイを護衛するフォクシー達の任務は、予想に反して平和裏に終了した。

道中で戦車盗賊が現れると踏んでいたのだが、全く姿を現さなかったのだ。

おそらくはカンダハレルの農民が手強《てごわ》い戦車傭兵――フォクシー達のことだ――を味方に付けたことが、周辺に潜伏している盗賊共に知れ渡ったからだろう。

「あんたらのお陰だ。助かったよ。約束どおりここまででいいぜ」

今回の護衛任務はクラップフまでの往路のみ。

復路はカンダハレルの農民の親戚が立ち上げた新人の戦車傭兵カンパニーに護衛させるのだとか。

まずは身内仕事で実績を積み重ねさせてあげようということらしい。

するとフォクシー達よりも二つか三つくらい年上に見えるメス猪《いのしし》を車長席に乗せた【ゴランド】

が三両、一列縦隊で進んできた。

　猪だけではない。

　イヌやら猫やら、鼠《ねずみ》、フクロウといった様々な種族のメス達がハッチから頭を出していた。

　ただ先頭の戦車が加速したり減速したりする度に、後続車との車間距離が詰まったり、大きく開いたりが繰り返される。練度はまだそんなに高くないようだ。

「あれがそう？」

　フォクシーは雇い主に尋ねた。

「ああ。村には食い詰めの若い連中が大勢いるからな。そう言う奴らの就業先に傭兵カンパニーを立ち上げさせてみたんだ」

　農村地域は食糧が豊富だから多産種族は数が増えやすい。

　しかし次男次女以降の子供は親から引き継げる農地がないので村から出て行くしかない。

　そうした者の多くは街に出て商家や工廠《こうしょう》の労働者となる。

　しかしそんな働き口だって無数にあるわけではないのだ。そんなあぶれ者のためにゴランドとは言え、戦車を用意してくれるだけ親心があるのかも知れない。

「ベテランを指導者に雇ったりとかは？」

「あんた達にも出来るんだから指導者なんていらんだろ？　名付けて戦車傭兵カンパニー・アマゾネス。どうよ？　なかなか頼もしそうだろ？」

　フォクシーは感想を求められて答えに困った。

「うん、まあ……そうかもね」

これで盗賊と戦うのはちょっと厳しくないか？　というのがフォクシーの本音だ。

しかしこの付近の盗賊はフォクシー達によって一掃された。

今回に限って言えば、彼女らが依頼を達成することは難しくないのだ。そしてアマゾネスはその実績を喧伝《けんでん》して次の仕事を獲得することになる。

しかしそれは命を賭け台に乗せた毎日が始まることを意味する。

運が良ければ彼女達は次の仕事にも成功する。だがその次は？　さらにその次は？　彼女達が生き残るには賭けに勝ち続けるしかない。

ギャンブルに似たこの毎日を勝ち続けるには敵に優越する『強み』が必要だ。

戦闘の才覚、注意深さ、経験、そして戦車の性能――。そういった諸要素の中にある弱みを敵に突かれた時、戦車傭兵は死ぬ。

だから戦車の性能を万全に発揮できるよう保ち続けなければならないのだ。

そのため整備費用と部品代、弾薬と燃料代が必要だ。

だが損耗が高じてくると稼ぐために戦車に乗っているのに、いつの間にか戦車に乗るために稼ぐようになってくる。口にしても仕方がないが、それが大半の戦車傭兵の生き様《ざま》だ。

部品代を稼ぐため好まない仕事、危険な仕事、嫌な仕事でも引き受ける。ついにはどこで誰と戦うのかを決める自由がなくなって、最後には強い敵、多数の敵が相手でも突き進むしかなくなってしまう。最後に待っているのは死だ。

そんな険しくも厳しい道へと立ち入ってきた連中に、フォクシー達がしてやれることは何だろうか。

考えてみればフォクシー達は幸せだった。

良い出会いがあった。良い戦車と師匠に恵まれた。

師匠は口やかましくて嫌なことばかり言うおっさんだったが、結局はフォクシー達のためになることしかしなかったし言わなかったのだ。

「アマゾネスの代表って誰？」

フォクシーが戦車から降りると呼びかけた。

すると先頭の【ゴランド】で車長をしていたメス猪が降りてきた。

「ウチだけど、何の用？」

「あんた名前は？」

「ボーア・サス・スクローファ」

「あたしは、フォクシー・ボォルピス・ミクラ。申し送りするよ」

「え!?　申し送りって何？」

「仕事の引き継ぎだっつーの。あんたそんなことも知らんで代表やってるの？」

「あ、いや、知ってる……けどさ」

メス猪の自信なさげな態度から嘘《うそ》の匂いが漂った。

フォクシーが知っていて当然の常識のように言うから、馬鹿にされると思って虚勢を張っているだけなのだ。

　だがそれでも良い。

　それでフォクシーの言葉に耳を貸すならば、仕事にとっかかる前に申し送りを受けたり事前の情報収集をしたりするのが当たり前だと思い込んでくれるならそれで良いのだ。

「うわ、見なよ。うちら以外にも女の子だけの戦車傭兵っていたんだ！」

　ボーアの後ろにいるメス達が珍しそうにミミやカッフェのことを見ていた。

　フォクシーが、メス猪に地図を開いて見せる。

「何、これ？」

「地図だけど……まさかあんた」

　馬鹿野郎にも程があるが、このメス猪は地図の用意すらしていない。

「いや、カンダハレルからクラップフの道なら何度も何度も通ってるし！　土地勘もあって詳しく知ってるから！」

「煩《うるさ》い！　ぐだぐだ言ってないで、こいつを描き写せ！」

　フォクシーは紙と鉛筆を突きつけた。

「いい？　移動する度に警戒方向がどんどん変わるから！　生き残りたかったら今から言うことをしっかりその頭に叩《たた》き込むんだ。いいね！」

　そしてカンダハレルからクラップフだけでなく、この周辺についてこれまでの往路で得られた情報——盗賊の現れそうな地域や、戦闘時に役に立つ地形、戦車を走らせる上で注意すべき路面状況などを、フォクシーは事細かに伝えていった。

戦車傭兵のアマゾネス・カンパニーとカンダハレルの農民達からなるコンボイを見送ったフォクシーは、いつもとは違う疲労感に襲われていた。

「きっつうー」

「ご苦労様なのです」

「アイカワラズのオセッカイ」

カッフェに返す言葉もなかった。

「この疲労感は美味《おい》しいものを食べないと解消されないよね」

「お腹《なか》がすいたのです」

「野外炊事食ニモ飽キタ」

クラップフは不毛地帯と、穀倉地域の境目辺りに位置する。

山脈やら大河の流れの関係上、この双方を往来しようとすると、どうしてもこの地域を通過しないといけないという場所だ。

そのため機械製品を荷台に山積みにした中・小規模のキャラバンや、農作物を積載したコンボイが始終通過する交易都市として栄えていた。

当然、様々な食材も各地から集まるので食文化も豊かだ。

仕事から解放されてスケジュールと資金面に余裕がある今、食文化の豊かさを楽しむのに何の遠慮が必要か。

「たまには料理店で食事しない？」

「賛成なのです。けど、私あまり詳しくないのです」

「そうイウ時ハ、一番イイ店を探セバ良イ」

「よし、クラップフで一番美味《うま》い料理のお店に行こう！」

フォクシー達は街一番の料理店を探すことにした。


いろいろな人から話を聞くとクラップフの名物はキノコ料理なのだとか。

採れたキノコを天日で乾燥させ、再び水で戻すと生で食するよりもはるかに美味い。

このキノコを鳩《はと》肉と共に油で炒《いた》めると味わい深く口の中でじわっとうま味が広がる。歯ごたえはプリプリとしていてのどごしはつるん。まさに最高の珍味なのだとか。

もちろん誰が料理してもそうなるわけではない。

良い食材と一流の料理人がいる店でなければ折角《せっかく》の材料も台無しになる。

しかし料理店カーベンはその意味での心配は全くない。なにしろクラップフで一番の評判を誇る店だからだ。

この店は高級宿屋《ホテル》も兼ねた所謂《いわゆる》オーベルジュであり客層も中・上流ばかり。

当然ながらお代の方も一流でドレスコードも喧《やかま》しい。

しかし今のフォクシー達には怖《おそ》れるものは何もない。

キノコ料理を注文し大皿に山のように積み上げてもらった三人は、会話を交わすことなくわっさわっさと食べていた。

ただただひたすらに、黙々と美味いキノコを咀嚼《そしやく》し嚥下《えんげ》し腹につめ込んでいた。

「ムイ、妙な組合ワセ」

しかしながらカッフェが不意に、唐突に、ローズピンクの唇を軽くナプキンで拭くとフォクシーとミミに顔を伏せるよう求めた。

「どしたの？」

「入り口ノ方向」

フォクシーが、そうっとそうっと視線を送る。

すると入り口で案内を待つゴートとコーの二人の姿を見つけた。

「あの山羊《やぎ》系の爺《じい》さんって、ミグルン家で会った覚えがあるねえ」

ゴートは店員と何か話をしていた。

「ミグルンのお屋敷で、ビス銀貨の入った弾薬箱を運んできてくれた従僕なのです。どうしてここに？」

「子供の方ハ、バラクレルでスリをシテタ浮浪児」

「ま、それをいったらあたしだって元々は浮浪児なんだけどねえ」

ゴートはこの店で待ち合わせをしていると店員に告げていた。

すると先に来ていた待ち合わせの相手が店の奥から現れた。

「ようこそおいで下さった、フレグ家の方々」

「待たせてしまったか？」

「いいえ。ちょうど良い頃合いです」

ゴートはその男と並んで店の奥へと歩き出した。

「貴君の主は、このように他の客のいる場所を会談の場とするつもりか？」

「ご心配なく。当日は店全体を借り切りますし個室がこの奥にあります。そこを会談の場といたしましょう。当日の流れとしては会談をして、その後に祝宴。こちらは料理は評判通りですし、宿泊の方も設備が整っていてなかなかに快適ですよ」

三人はフォクシー達のすぐ近くを通り過ぎた。

フォクシー達は不自然さを感じさせない程度に顔を伏せて隠していた。

「旦那様はマ・ゼンダ殿に楽しい一時を過ごして頂きたいと申しておりました」

「さすがノガタルを支える三番番頭だな」

「お気をつけ下さい。旦那様は三番番頭などと呼称されることを好まれません」

「ノガタルの現当主に組み伏せられているように思えるからか？」

「相応《ふさわ》しい人物ならば旦那様は、喜んで従うでしょう」

「つまりは現当主は当主たるに相応しくないと言うことか？」

三人はそんな会話をしながら店の奥へと入っていった。

「ちょっと聞きまして？　奥様」

フォクシーは主婦のごとき口調で二人に告げた。

「聞きましたのです」

「ナカナカ刺激的ナ内容ダッタ。アノ会話カラ察するニ、山羊ノ爺サンはマ・ゼンダの手ノ者デ間違イナイ」

「そしてアーリントさんがマ・ゼンダと内緒話をしようとしているのです」

ミミは指についたうま味たっぷりの油を舐《な》めながら言った。

「レオナは、マ・ゼンダに一矢報いるつもりで何やら計略を立てていたよね。なのに味方のはずのアーリントさんが敵側と連絡をとろうとしているのってヤバくない？」

「ヤバいに決まってるのです。裏切り、計略、策謀の匂いがプンプンとするのです」

「どうする？」

「レオナとノ契約ハ終ワッテる。クライエントではナイ以上、何が起キテも無関係とイウ考エ方がアル」

「そうなんだよね——けど、あたし達ってさ、レオナと仲良しだよね。お喋《しゃべ》りするのも楽しかったし。できることならレオナがやろうとしていることを手伝ってあげたかった。けどあたしらの出る幕はなさそうだった。だから早々にお暇《いとま》したんだけど——なんかここに来て出来ることが見えてきたーって気がしない？」

「私達は傭兵なのです。頼まれない仕事はしないのですよ」

「けどさあ、契約を結ぶ前にクライエントが嘘をついてないかとか、置かれている状況とかいろいろと調べたりもすることあるよね？」

「ツマリ、コレは次ノ仕事の事前調査カ？」

「そう。そろそろあたし達さあ、どっかの金主が出した募集情報を探して歩くんじゃなくって、誰に味方して誰と戦うかを自分で決めても良いと思う。そう、言わばこれって営業活動なんだよ！」

「レオナさんに、もしかしてちょいとお困りじゃ有りません？　戦車傭兵を雇いませんかと積極的にこちらから売り込もうと言うのですね。それは面白そうなのです。けど、師匠の捜索はどうするのです？」

「もちろん後回し。見つけるのがひと月ふた月遅れたくらいであの糞《くそ》しょーが野垂れ死んだりするはずないし」

　するとミミは笑顔で同意した。

　フォクシーはカッフェの意向を問うべく視線を向ける。

「ムナも賛成。ソシテ営業をカケルニは情報ガ必要」

「では、情報主任のカッフェさん。お願いできるかな？」

「ン」

　カッフェは目の前の料理を平らげるべく大急ぎで口を動かしながら首肯したのだった。

11

クラップフの郊外。

小さな鳥籠を抱えたザキ少年が【ナナヨン】へと駆け寄った。

「カッフェ！　頼まれたこれ、持ってきたよ！」

ザキは【ナナヨン】の傍《かたわ》らに立てられた天幕をめくると中へと入った。

「アリガト！」

中ではカッフェが鏡に向かって自分の姿を最終確認していた。

ザキはその姿を見て思わず息を呑《の》み立ちすくむ。カッフェの灰色の髪は染髪薬で艶やかなカラスの濡《ぬ》れ羽《ば》色へと変わり、衣服も彩り鮮やかなものへと改められていたからだ。

それは布面積が狭く、身につけたとしても要所以外の褐色肌がほとんど露《あら》わになってしまうデザインだ。

さらに臍《へそ》やら耳やら、首やら手首、足首といった身体各所が色取り取りの宝飾品で飾られている。

そこに仕上げとばかりに紗《しや》の布を取り出してふわっと纏《まと》えば、人目を釘付《くぎづ》けにして離さない麗《うるわ》しき踊り子姿の完成だ。

「カッフェ！　そろそろ時間だよ、急いで！」

そんな扇情的な衣装を纏ったカッフェを、テントの外でモペットに跨《また》がったフォクシーが今か今かと待っていた。

フォクシーもまた白い髪をオレンジ色に染め、耳の先や尻尾の先を黒くしたりとキタキツネに変装していた。

アーリントはこちらを一瞥《いちべつ》しかしていないが、フォクシー達《たち》の姿を記憶している可能性がある以上は必要な措置なのだ。

フォクシーはカッフェを急《せ》かすようにアクセルをひねってエンジンを音を掻《か》き立てる。

「イマいく」

カッフェは、ザキの差し出した鳥籠を受け取るとテントから出る。そしてフォクシーのモペットの後部座席に裾捌《すそさば》きも鮮やかに横座りした。

「フォクシー。俺のモトペ壊すなよな！」

「わかってるわかってるって！」

「いってらっしゃいなのです」

お留守番はミミとザキに任せ、フォクシーはモペットを前進させた。


オーベルジュ・カーベンの裏口前。

そこには色取り取りの衣装で身を飾った踊り子が集まっていた。

みんな年若く容姿に優れた猫、虎、豹《ひょう》、犬、狼《おおかみ》、鳩《はと》、雀《すずめ》、白鳥、ウサギ等々を祖とする少女ばかり。

様々な打楽器、弦楽器、吹管楽器を抱えた楽士達も集まっていた。

「さあ、そろそろ時間よ。みんな揃《そろ》ってるわね」

裏口から現れたオネエ風言語を操る狸《たぬき》男が満足げに皆を見渡す。

どうやらこの男が本日の催しを仕切る係らしい。彼は踊り子達を自分の周りに手招きすると告げた。

「みんなよく聞いて。今夜のお客様はお大尽よ。ご満足頂けたらお捻《ひね》りをたくさん期待できるわ。けどみんなに期待されるお役目は、お客様の目を楽しませるだけじゃないの。もちろん踊りも大切だけどもし夜のお相手に選んで頂けたら、たっぷりとご奉仕しなきゃいけないの。その意味がわかるわね？」

すると集まった少女の幾人かが輪から離れた。

自分達は踊り子の仕事をするために来た。酌婦や色を売る仕事は怖い、あるいはしたくないという者達だ。

もちろん狸男も彼女らを追いかけたりはしない。

この手の仕事はお金がたくさん欲しいとか、あるいは有力者の愛人の地位を狙いたいといった積極的な動機を持つ者でないと任せられないからだ。

「群舞のパレラルを踊れる娘《こ》いる？」

すると踊り子達が一斉に「はい」「はい」「はいっ」と手を挙げた。ほとんど全員だ。

しかし選ばれたのはそんな踊り子達の中から半分くらいであった。オネエ口調の狸男は少しばかり厳しい目で彼女達の容姿を値踏みし選別したからだ。

「ふむ、いいわね」

踊り子の顎に手をかけて上を向かせる。

左右を振り向かせ、その審美眼に適《かな》った時初めて彼は微笑《ほほえ》む。

「なかなか可愛《かわい》い。貴女《あなた》を採用する。こっちで待ってて」

採用された踊り子は次々と狸男の背後へと移動させられていった。

「モエシア踊れる子は？　六人で輪になって踊るのよ」

その時、モペットがブレーキ音も高らかに到着した。

カッフェは鳥籠をフォクシーに押しつけると、すぐに踊り子達の群れへと紛れ込む。そして何のために手を挙げているのか分かっていなくても手を挙げた。

しかし既に人数の制限に達したのか選ばれなかった。

「次はちょっと難しいかもしれないわね。ファダレンを踊れる子、いる？」

フォクシーがカッフェに囁《ささや》く。

「ファダレンってなに？」

「超絶技巧ヲ要スル舞イ。身体《からだ》ヲ妖艶にくねらセる。アクセサリーがチャラチャラ鳴るヨウ小刻ミニ身体をフルのはナカナカ難シイ」

「難しいって……踊りなんてどれもみんなそうじゃん？」

しかしフォクシーが周囲を見渡すと誰も手を挙げていなかった。

いや、カッフェだけが手を挙げていた。

「あら、貴女ホントに踊れるの。難しいわよ」

「ウイ。何ノ心配もイラナイ」

狸男はカッフェの容姿を確認。そして満足げに採用と告げて自分の後ろに立たせた。

「それじゃ、貴女こちらにいらっしゃい」

するとその時、店から鼠《ねずみ》系の男が出てくる。そして狸男に囁いた。

「ええっ!?　何を今更言ってるの!?　そんなこと言われても困るわよ！」

「仕方ないだろう。メスのお客様がいることが今になってわかったのだ！」

「ああ、とっても困ったわ。みんなに報《しら》せがあるの。実は、お客様の一人が灰色狼のメスだとわかったの。美少年が必要だわ」

踊り子達が周囲を見渡しながらざわめいた。

そこには少女しかいないのだ。だが、容姿に関して言えばたったひとりだけれど少年ぽい者がいる。皆の視線がキタキツネバージョンのフォクシーに集まった。

「そこのキタキツネのボーヤ。ちょうど良いところにいてくれたわね。もしよかったら手伝ってくれない？」

「え!?　あ、でも踊り子じゃないし。そもそもボーヤじゃなくってメスだし！」

「この際性別なんてどうだっていいわ！　オスの子っぽく見えればいいの。踊れなくても気にしない。メスのお客様の傍らに傅《かしず》いてお酌してくれるだけでいいわ。それだけで特別手当をはずんじゃう」

「え、でも、いやその……！」

「あなたが頷《うなず》いてくれないと今日の宴《うたげ》が中止になってしまうかもしれないわねえ」

今日のお仕事がどうしても欲しい踊り子達の縋《すが》るような視線が、鳥籠を抱えたフォクシーへと集まった。

「大丈夫大丈夫、なーんの心配も要らないから」

どうやらフォクシーには拒否権はないらしかった。


ここは交易の中継地として成り立っているクラップフ。

ほぼ毎日、何十台、何百台のトラックやらバスが街の中心部を通過する。

車両が全く全然、一両も通過しないという日はほとんどない。おかげでどんなトラックが来たとか、どんな戦車が通ったとか覚えている者はほとんどいない。

しかしマ・ゼンダが乗った多砲塔戦車【タランチュラ】の威圧感溢《あふ》れる外観とウルフパックの代表ブ・ラックが乗る重戦車【サーペント】は記憶に残ったかも知れない。

それらの車列は傍若無人《ぼうじやくぶじん》にも——交通整理する信号なんて物がこの世界には全く存在しないせいでもあるが——街の人々が使用する小型のトラックや乗用車両なんかが駐車していると、これを体当たりで押しのけ場合によっては踏み潰しながら進んだからだ。

ウルフパックの戦車二十両あまりの振る舞いは、クラップフの人々に強烈な印象を残したのだ。

【タランチュラ】と【サーペント】はオーベルジュ・カーベンの前で停《と》まった。

「マ・ゼンダ殿。貴方《あなた》とは密談の概念について話し合う必要があるかも知れませんね」

店の入り口でマ・ゼンダを出迎えたアーリントは、そのド派手な振る舞いを見て呆《あき》れ顔を隠さなかった。

マ・ゼンダは戦車から降りながら答えた。

「私としては控えめを心がけたつもりなのだが？」

「こんな多砲塔戦車で乗り込んできて何が控えめなんでしょうか？」

「貴公とて盛大な宴を企画しているそうではないか？」

「宴など、どれだけ派手にしたところで全てはこのオーベルジュの内で収まります。しかしあなた方の所業は街の人々の記憶に確実に残るでしょう。貴方のことはきっと噂《うわさ》になる。良いことは一つもありませんよ」

苦言を呈しながらもアーリントは右手を差し出した。

「そうなったらそうなったで仕方ないことだと諦めよう。我々がこれから話し合いをするのも、そういった見解の差異を埋めるためなのだろう？」

マ・ゼンダはアーリントの手を握り返した。

「お互いに、合意することができるよう努力いたしましょう」

こうして二人は軽い挨拶を終えると店内へと入っていった。

二人に続いてブ・ラックとウォリル、そして彼女が指揮する数名の傭兵《ようへい》が身辺警護のために店内へと入っていった。

その後ろにゴートとコーが続く。

「くそ、また俺だけが留守番かよ！」

警備の戦車隊を指揮するギャッキだけが店の外に残されたのだ。

§　§

アーリントやマ・ゼンダ達が会議室に入ると扉が閉まった。

扉の傍らには武器を持った傭兵達が警戒に立った。

それを確認したオネエ狸は広間へと小走りで戻ると待機している皆へ呼びかけた。

「さあ、主催者とお客様が会議室に入ったわよ！　みんなは念入りに準備をして頂戴！」

すると踊り子や楽士達が音合わせや、立ち位置の確認をはじめた。

宴の席は、踊り子達にとっては日々磨き上げた自らの芸を有力者に披露する真剣勝負の場だ。名を覚えて貰《もら》えれば今日のように「来ても良いわよ」という扱いから「お前も来い」と名指しで声がかかるようになるからだ。

そのためにも完璧を期さねばならない。

そのため誰に指図されるわけでもなく踊り子達は次々と集まっては舞って、踊り終えると散っていった。

やがてカッフェの順番がやってきた。

カッフェは合図がてら楽士達を振り返った。

楽士達が楽器を抱えた瞬間、カッフェは床を蹴った。

あたかも翼が生えているかの如《ごと》く跳び、あたかも体重がないかのごとく着地する。

静止した姿の凛然《りんぜん》たる様に踊り子達の視線が釘付けになった。

演奏が始まる。

弦の音も軽やかに華やかに——人間の身体にはいったいどれほどの関節があるのかと思わせるほど、腰、首、背、手足をくねらせまた伸ばす。回転してまたくねらせる。

リズミカルで素早い回旋、ゆったりとした回転、身につけたアクセサリーのぶつかり合う軽快な音色すらも、楽士が奏でる音楽の調子に合わせているかのようだ。

「凄《すご》い」

フォクシーは思わず感嘆のため息をついた。

鼓笛の甘い音色に合わせて艶《なま》めかしさというものを、指の先から足の爪先に至る全身のラインで表現する繊細な踊りに魅入られた。

他の踊り子達も同じ感想を抱いたようだ。

あたかも魅惑の魔法でもかけられたかのように、踊り終えたカッフェの下へと集まった。

「汗拭きに使ってください」

「お姉さまってお呼びして良いですか？」

娘達は自分の薄絹を差し出し、自分を見て欲しいとばかりに高揚した様子で声をかけた。

それらにカッフェは礼を告げる。そして嫌味《いやみ》にならない程度に彼女達の質問に答えるとフォクシ

ーに歩み寄った。

「お主、モテモテじゃのう」

フォクシーが揶揄《からか》うように肘で突くとカッフェも唇で弧を描いた。

「ウラヤまシイか？」

「半分けてもらいたいくらいだねえ」

「ソノ必要はナイ」

「なんで？」

「彼女タチの頭の中デハ、ムナとフォクシーのただナラぬ関係ノ妄想で百合《ゆり》百合シイ花が満開シテル」

「まじ？」

「フォクシーがそれッポイ視線を向けて声をカケタラ、皆近寄ってクルことウケアイ」

カッフェが証明するかのごとく目を隠している前髪を少しかき分ける。そしてフォクシーを抱きしめて近くにいる三人の踊り子少女に視線を向けた。

するとターゲットの娘達からキャ――と黄色い悲鳴があがった。

調子に乗ったフォクシーがニッコリ微笑むと少女達の顔が真っ赤になった。

この時、痺《しび》れにも似た全能感がフォクシーの身体をかけぬけていく。

「うわ!?　もしかして今のあたしって特殊な魅了能力所持者？　モテモテ？」

もっともっとと思ってカッフェを両手で抱きしめるとさすがに叱られてしまった。

「乱用禁止」

カッフェから強く注意されなければフォクシーは、力に目覚めてしまった中二病患者のように道を踏み外していたかもしれなかった。


しばらくすると狸男が手を叩《たた》いた。

「お稽古終了！　さあみんな位置について！　お客様の話し合いが終わったわ」

踊り子達はそれぞれ化粧を直し、服装を整えて小走りに壁際へと散っていった。

「何がはじまるの？」

「ゴ挨拶」

フォクシーは何をどうして良いかわからないから、カッフェの後について歩いた。

すると会議室のドアが開いてアーリントの従者を先導にしてマ・ゼンダとアーリントが宴席へとやってきた。

「……ではマ・ゼンダ殿。そういうことで今後ともよしなに願いたい」

「貴公が野心や能力に相応《ふさわ》しい地位を獲得されることを祈っているよ」

和気藹々《あいあい》と言葉を交わしているから二人の話し合いはよい結果となったのだろう。

「協定の書類はこちらでお預かりいたします」

ゴートが書類を挟み込んだ厚紙を大事そうに抱えて後ろへと下がった。

狸男が前に出てマ・ゼンダらの前に立つ。

「さあさあお客様。お話し合いは終わりましたか？　宴の支度が全て調っております。もちろん美しい舞姫《まいひめ》も色取り取りにご用意いたしましたのでお気に入りをお選びください」

　するとマ・ゼンダが苦笑した。

「美姫《びき》なんてどうでも良い。しかしクラップフの名物料理のキノコは美味《うま》いと聞いているので楽しみにしていたのだ」

「味の方は保証付きですよ」

　アーリントが料理人の腕の程を保証する。

「ささマ・ゼンダ様とアーリント様はこちらへどうぞ」

　ウォリルがマ・ゼンダの後ろに続こうとする。

　しかし狸男からやんわりと拒否されてしまった。

「お嬢様にもちゃんとテーブルのご用意がございますので」

「わ、わたくしはマ・ゼンダ様のそばで――」

「ウォリル、君もこれからはこう言う饗応《きようおう》を受ける機会が増えるはずだ。接待されることに慣れておいた方が良いだろうな」

　それがマ・ゼンダの指図ならばウォリルとしても不承不承ながら従うしかない。

　ウォリルが理解したとみると狸男は、カッフェとその隣にいるヒョウ柄の踊り子少女の二人を手招きする。

　マ・ゼンダにはヒョウ柄の少女、アーリントにはカッフェを付けて席へと誘わせた。

宴の会場は部屋の中心部分を広く開けてあり、周囲にテーブルを配置する形となる。

正面の席が主賓用のテーブルで、当然マ・ゼンダとアーリントのものだ。

「ドウゾ」

カッフェはアーリントの手を引くと席へと導いて、自分はその傍らの床に片膝をつくと、銀製の杯を手渡して果実酒を満たしていった。

次に誘導されるのはブ・ラックとウォリルだ。

「ささ、どうぞ」

ブ・ラックの担当には茶髪のイヌ科少女があてられた。

無愛想で言葉数の少ないブ・ラックは、泰然自若《たいぜんじじゃく》としてこうした場にも慣れているのか茶髪イヌ耳少女の誘導でマ・ゼンダ達の隣のテーブル席へと向かった。

いよいよウォリルの番だ。

「坊や、出番よ」

灰色狼のメスの接待担当としていよいよフォクシーが呼ばれた。

「あなたはこちらの担当よ。お願いね」

男装するため、ないとは言い切れない胸のささやかな膨らみをさらしで巻き締めて、腰回りは詰め物で増量した。

カチカチに締め付けた服装がどうにも息苦しい。しかし気合いを込めてフォクシーは歩み出た。

「フォク……フォクスです。よろしく」

覚悟を決めたフォクシーはウォリルに歩み寄る。そして彼女を席へと誘った。

ウォリルはいまだに戸惑っているがとりあえずは素直に従った。

「落ち着かないですか？」

「ご、ごめんなさい。こういうの初めてだから」

「こういう宴はどうしたってオス向けで、メスのお客様には居心地が良くないですよね」

フォクシーは会話を途切れさせないように言葉を繋《つな》いだ。

「理解してくれて嬉《うれ》しいわ。貴方には今日は迷惑をかけるかもしれないから、あらかじめ謝っておくわね」

「あた……いや、僕も不慣れなのでそこは安心してください」

「それにしては随分手慣れた感じだけど？」

「誤魔化《ごまか》すのが上手《うま》いだけですって。これでも内心ドキドキだっつーの」

「優しいのね？」

そんなフォクシーの砕けた振る舞いに気遣いを感じたウォリルは安堵《あんど》の表情を見せた。

「そんなことは――ないんだけどね」

フォクシーは作り笑いをしすぎて自分の頬《ほお》の筋肉がこわばっているなあと思った。

宴は円滑に始まり、盛況のまま終わった。

「こういう席での挨拶がとても良かったと皆様から評されるために最も大切なことは、余計なことをだらだら話さずさっさと終わることだと聞いております。なのでとっとと乾杯をしましょう。では皆様ご用意を。乾杯！」

　こんな感じのアーリントの挨拶から始まり、みんな料理と酒と踊りを楽しんだ。

　閉会すると客達は満腹感と酒精の働きによる快い酩酊《めいてい》感に浸りながら、各々に割り当てられた部屋へと向かった。

　もちろん客のほとんどが踊り子と一緒だ。

　ウォリルとて例外ではない。酒精のまわった彼女のいささか怪しい足取りを支えるためにフォクシーが肩を貸してあげねばならなかったからだ。

「まあ、部屋につれてってベッドに放り込むだけでいいよね――」

　フォクシーは当初そんな風に思っていた。

　ところがである。そうは簡単にはいかなかった。

「くそ――、どうしてマ・ゼンダ様はゴートとか、アーリントとか、それまでの主人を平気で裏切るような輩《やから》を重用するんだよお！」

　酔っ払いがフォクシーを解放してくれなかったのだ。

「そもそも汚らしい金儲《もう》けとかどうしてマ・ゼンダ様がやんなきゃなんないんだよ！」

「あはは、よくないお酒だねえ」

「くそ――、マ・ゼンダのやろー。あたしがお前のこと好きなのはとっくの昔に知ってるだろうに。踊り子なんかとイチャイチャすんなよなー！　畜生、畜生、畜生!!」

フォクシーは聞いていていささかげんなりした気分になった。

「こうなったら、こうなったら私だって遊んでやるー！　遊んじゃうぞこの野郎！　あてつけで他のオスと、行きずりのオスと懇《ねんご》ろになってやるんだ！」

「そういうのって良くない。後で絶対悔やむから」

「おいフォクス。お前、今晩はわらしと朝までずうっと一緒にいろ！」

「いやいや、そんなこと言われても！」

「それがお前の商売らろ？」

「商売とか言われても物理的に無理って言うかあ、そもそもそういうことって、当てつけでするもんじゃないでしょう!?」

「あーん、フォクス～、寂しいあらしを慰めてくれ～」

ウォリルはそう言うとフォクシーにガシッとしがみ付きベッドに押し倒した。

さらしを巻いて硬くなったフォクシーの胸に顔を押し当てる。そして涙に濡れた顔をガシガシと擦《こす》りつけた。

「うっぷ！」

危機の予感にフォクシーは素早くバケツを引き寄せる。

何のために部屋の片隅にこんなものが用意されているのかと思ったが、なるほどこういう事のためだったようだ。

「うおろろろろろ――――――――」

ウォリルは消化吸収しきれないでいた胃内の食事や酒精の嘔吐《おうと》を始めた。

フォクシーはその苦しそうな背中を撫《な》でた。

こうも弱ったところを見せられると保護本能がうずく。こういう娘は嫌いではないから彼女の愚痴を聞いてやることにした。

「ううっ、恋なんてするんじゃなかった～」

両の手が空いているから、ついでとばかりに頭を撫でてやる。

「好きな人に見て貰えないのがこんなに辛《つら》いだなんて～」

「よしよし」

「もう、マ・ゼンダ様のことは諦めた方が良いのかなあ」

フォクシーはさらに頭を撫でてやった。


天井の梁《はり》の向こうから薄絹がふぁさっと垂れ降りてくる。

何事かとフォクシーが身構えたその時、音もなく黒豹《くろひょう》娘カッフェが床に降り立った。

「静かにしてあげてねカッフェ。この娘《こ》、今寝入ったばかりなんだ」

カッフェは静かに歩み寄るとフォクシーの膝で泣き寝入りしたウォリルの様子を確認した。寝息が微《かす》かに聞こえる。

「フォクシーは、オンナたらしの才覚がアル」

「そうなの？　ヒモにでも転業したらがっぽがっぽ稼げるかな？」

「転業ノ必要ハない。戦車傭兵トの兼業モ可。戦車傭兵の中にハ金持ちチのマダムを騙《だま》シテ資金ヲ出させテる輩もイル」

「ヒモかあ。ヒモねえ」

「ケド、フォクシーがヒモで稼ぐノは性格的に無理」

「なんでよ!?」

「自分ヲ信ジて、好意を寄セテクレル相手を騙シて金を出さセル何てコト、相手ニ感情移入シテしまうフォクシーに出来ることではナイ」

「性格ニ合わナイことハ仕事にシナイ方ガ良イ」

「だよね」

カッフェはそう言って、フォクシーの膝の上に頭を乗せているウォリルを指さした。

「ソンナコトヨリ、ムナは、任務ヲ達成シタ」

カッフェは情報を集め終えたと告げた。

「随分早かったねえ」

フォクシーはウォリルをそうっと支えると頭の下から自分の膝を引き抜く。

代わりに枕を宛《あて》がって仰向《あおむ》けに寝かせると、礼服が皺《しわ》にならないよう脱がせて、ハンガーに掛けて、さらに風邪を引かないよう掛け布で身体を覆った。

「連中、話し合ッタ内容を議定書ニマトメテテイタ。盗ミ見るノハトテモ簡単だッタ」

「じゃ、とっとと脱出する？」

「ソレハ避けタイ」

　突然、この場から自分とフォクシーがいなくなったら、さすがにアーリントもマ・ゼンダも異常事態と受け止める。情報漏洩《ろうえい》を気にし始める可能性とて出てくる。

　警戒心を掻き立てないためにこのまま朝を迎え、正常に散会させた方が良いとカッフェは語った。

「でもさ、大丈夫？」

　フォクシーはカッフェのことが心配だと告げた。

　カッフェの担当はアーリントだ。

　フォクシーが担当するウォリルと違ってオスだ。オスと同衾《どうきん》したらさすがにヤバい。

「ダイジョブ。既にアーリント様ハ薬でグッスリ眠ッテル」

「そなの？」

「宴ノ間ニ酒ト料理にタップリ薬ヲ盛った。後はこれを使って……」

　カッフェは言いながら鳩の入った鳥籠を持ち上げた。

「ハト？　それ、どうするの？」

「細工ハ流々仕上ゲヲ御覧《ごろう》じロ」

　黒豹娘は「フフフ」と笑いローズピンクの唇を弓形に撓《しな》らせたのだった。


　無事に宴は終了した。

　宴の客達は翌朝、褥《しとね》を共にした踊り子達と後朝《きぬぎぬ》の別れをすると、多くの者が満ち足りた表情をしてオーベルジュを後にした。

ただし個々を見るとそれぞれの表情には温度差があった。

例えばアーリントは、納得のいっていない訝《いぶか》しげな表情をしていた。

そしてウォリルなどは、顔を真っ赤にして伏せていた。

彼女は朝、目を覚ましたら猛烈な羞恥心と後悔に駆られたらしい。

昨夜、酩酊した自分が何を口走ったのか、そして何をしようとしたか、バケツに顔を突っ込んでの盛大な嘔吐。その全ての記憶が蘇《よみがえ》ったからだ。

醜態。醜態。醜態。まさにその一言だ。

彼女にはフォクス（フォクシー）の顔を見ることなんてとても出来なかった。

そのため目を覚まして最初にやったことが、フォクス（フォクシー）を部屋から追い出すことだった。

「出て行け！」

実に理不尽である。自分でもそう思う。

優しく介抱してくれた上に、何もしないでくれたフォクスには感謝すべきだ。しかし羞恥心で一杯になった彼女にはもうそうする他なかったのである。

その後は大忙しで身支度を調えた。

見れば服が皺にならないよう綺麗《きれい》に掛けてあった。

その細やかな心遣いには感謝の気持ちが湧く。とは言え、よくよく考えれば男に服を脱がされた

――ということでもあり、複雑な気分になってくる。

服を脱がすまでしておいて手を出されなかったという事実は、自分にメスとしての魅力が大きく欠落しているからではないかと思ってしまう。

これはこれでなかなかに屈辱的な気分なのだ。

「ゲロ女とか思われてたらどうしよ」

おかげで帰り支度を整えてオーベルジュの玄関に出た時、送り出しに並んでいる踊り子達の列にフォクス（フォクシー）を見つけた瞬間、思わず顔を伏せた。

ちらちらと顔を上げて彼と視線が合ったりして、しかも彼が笑顔で小さく手を振っているのが見えたりしたものだから、顔から火が噴き出すような気分になってしまったのだ。


そんなウォリルの変化に気づいた者がいる。

いつでもウォリルを見守っている一途《いちず》な乱暴者、ギャッキだ。

「おい、ウォリル。どうした？」

一晩中、警備の指揮をしていたギャッキがウォリルを呼び止める。

「なんでもないって」

ウォリルがギャッキに素っ気ないのは今回にはじまったことではない。しかし今朝のウォリルはいつも以上に態度が冷たく硬く拒絶的だった。

「何でもないってことないだろう？」

「だから何でもないって言ったでしょう！」

ギャッキがあまりにしつこいものだからウォリルはこう言い放った。

「とってもいい一夜だったわ！　余韻に浸っていたいんだからちょっかいかけないで！」

「い、いいいい、一夜って——どういうことだ？」

「とってもよいオスに出会えたのよ！」

「な、なんだと!?」

「あんたと違って言葉遣いも丁寧で物腰も柔らかくて凄く優しかったんだから！」

「や、優しく何をしたんだ!?」

ギャッキはオーベルジュを振り返る。

すると玄関前で送り出しに並んでいる踊り子達の中にオスのキタキツネをみつけた。

「あいつか!?」

ギャッキは、オーベルジュにいるオレンジ色の狐《きつね》をまるで親の敵でも見るかの如くじっと睨《にら》むと突き進んでいく。

「ちょっと待って、何するつもり？　やめてよね！」

フォクシーはこの時、何が起こったのか理解できなかった。

「え、あたし？　何、何!?」

あの灰色狼のオスが猛烈な害意を自分に向けていることは理解できる。しかしその原因というか理由が全く思い当たらない。

しかしそんなギャッキの前にブ・ラックが立ち塞がった。

「ギャッキ、何をしている。行くぞ」

「ブ・ラック、そこを退《ど》け、退いてくれ！」

「駄目だ。次の作戦の準備を急がねばならん」

「次の作戦ってどこだよ？」

するとウォリルが言った。

「トレッキルよ」

「くっ……くそっ！」

ブ・ラックから命じられてしまったら従うしかない。

「おい、コー！」

「はい、ギャッキさん」

コーはギャッキに駆け寄った。

「あのキタキツネの野郎がどこのどいつか調べておけ」

「ゴートの見張りは良いんですか？」

「ゴートの事なんて今はどうでもいい。知りたいのはあのキタキツネ野郎だ！」

ギャッキは憎々しげな視線をフォクシーに向けると口惜しそうにひと吠《ほ》えして、部下の戦車と共に立ち去っていった。

「フォクシー、大変なお仕事を押しつけちゃって随分と困らせちゃったけど、おかげで助かったわ。お手当割り増ししておいたから、これからも何かあったらお願いね」

　狸男は重みをずしっと感じさせる小さな革袋を差し出した。

「あの灰色狼のお嬢さん、貴女のことがとっても気に入ったみたいね。使いの男の子をよこして、貴女のことを根掘り葉掘り聞いてきたわよ」

「えっ!?　なんて答えたんです？」

「まさか本当のことは言えないでしょ。だからクラップフに住んでるキタキツネのフォクス。そんな感じで適当に誤魔化しておいたわ」

「それならいいんだけど――」

「それとカッフェ、貴女にはこれ。アーリント様から、また会いたいってお言付けよ。何か困ったことがあったら必ず頼ってくれって。随分と気に入られたみたいね」

　カッフェに渡された革袋もこれまた重そうだった。

　酩酊したアーリントをただ部屋まで運んで寝かしつけただけで、こんな多額のお手当が貰えるとは思えないのでフォクシーは訝しがった。

「カッフェ～本当に何もなかったの？」

「モチロン」

　カッフェは鳥籠のハト――足の辺りに包帯を巻いている――を空に向かって放ちながら種明かししてくれた。

まず酒を積極的に勧めて、酒に混ぜた薬で眠りこんだアーリントをベッドに寝かせる。

ついでに服を全部ひっぺがす。

その際、シーツにハトの生き血を数滴垂らしておいたのだ、と。

朝起きてから、ちょっとばかりガニマタになり歩くのも苦痛という演技をしてみせると昨夜の記憶が欠落しているアーリントは、自分が彼女の苦痛の原因だと信じたのだ。

もちろん記憶が欠落しているから確信は持てていない。本当に本当なのだろうかという疑念が常に湧く。

せっかくの一夜だったのにその記憶がないことの残念感がとても大きいのだ。

それがアーリントが去り際に見せた何とも言えない微妙な表情の原因らしい。

彼は『改めての機会』を設けて是非確認したいと思っているのだ。それがまた会いたいといった言付けや、少々と言うには多額過ぎるお手当の理由となった。

「うわ……凄い」

フォクシーは大人のオスを見事なまでに手玉に取った上に、多額のお手当までせしめてみせた自分の友人に心から尊敬の念を抱いたのだった。

「コー、モタモタするな。置いていくぞ！」

「待ってください！」

会談の後始末を済ませて撤収しようとするトラックの荷台にコーは慌てて飛び乗った。

ギャッキから言いつけられた仕事をしていたら時間がかかってしまったのだ。

「結局、どういうことになったんです？」

助手席のゴートに今回の会談の結末を尋ねた。

コーの仕事は会談の裏方だったため知ることができなかったのだ。

「なんだよ、コー。せっかく綺麗《きれい》どころが揃《そろ》ってたのに見れなかったのか？」

運転手が揶揄《やゆ》するように言う。

「綺麗な子がいっぱいいたぜ。申し訳程度の布きれしかつけてない衣装で艶《あで》やかに踊るんだ。いやホント、眼福だった〜」

「俺だって見ることは出来たよ！　裏からチラッとだったけど……」

出番を待っている彼女達《たち》の真剣な面差しを、離れたところから垣間見《かいまみ》ることは出来た。

浮浪児だった間には決して見ることのかなわなかった華やかな世界の舞台裏だ。

「ま、我々のような裏方仕事をする者にとっては、会談の決定内容は今後の働きと直結するから知っておく必要がある。しかし秘密のことでもある。そこをわきまえておけ」

ゴートはそう前フリして説明を始めた。

「要するに親を殺されて復讐《ふくしゅう》心に燃えるレオナ嬢は、マ・ゼンダに喧嘩《けんか》を売ろうとしている。アーリントはその情報を手土産に自分を売り込んできたのだ」

「つまり寝返りですか？」

「有り体に言えばそういうことだ」

「でも、それだけだったらこんな大仰な会談の場を設ける必要はないですよね」

「もちろんだ。アーリントは対価をしっかりと求めてきた。しかしマ・ゼンダとて簡単には約束できない。アーリントのもたらす情報に、いったいどれほどの価値があるか判断材料がないし、そもそも何故《なぜ》アーリントが裏切るのか、動機が判然としない。裏切り自体が罠《わな》という可能性もある。だから今回のような会談が必要となったのだ」

「三番目の番頭とか言われ続けるのが嫌だった……とか？」

コーの言葉を、運転手が混ぜっ返した。

「まさかあ、大キャラバン・ノガタルの三番番頭って言えば、ほとんど頂点だろ？　全然十分じゃないか、それなのにフレグ家に身売りしようとするのは変だ」

「いや、我々から見れば三番目は頂点に近く見える。しかし決して頂点ではない」

「えっと、それってつまりコーの奴《やつ》が正解っすか？」

「アーリントが自身の心境をそのように語ったのは事実だ。我々のような下にいる者から見ると一番も三番もそう大差ないように思える。しかし一番と三番は違うのだ。そしてそういう一見どうでも良さそうな差異に感情的な軋轢《あつれき》は生まれる。一つ一つは棘《とげ》のように小さな物かも知れないが、長年にわたって積み重なると、ある時点で途轍もなく大きなものとなって新しい環境の方が上手《うま》くいくように思えてしまう。そういう時、離反、裏切りの根が広がっていく。しかし問題はだ――」

「問題は何ですか？」

「自分を見下し侮っている者を背後から切りつけるのは、恨《うら》み辛《つら》みの類いを晴らすのに効果的だ。しかしそれでは決して満たされないものもある。裏切ったが故に生じるわだかまりもある。それを知っている人間は、裏切りという方法を選んだりはしない」

「つまりアーリントの売り込みはマ・ゼンダさんを騙《だま》すための擬装？」

「その可能性もある。だがどう判断するかはマ・ゼンダの問題だ。私ではない」

あたかも他人事《ひとごと》のように突き放した態度で論評するゴートに、コーはこの老人がマ・ゼンダの協力者という立場を心から受《う》け容《い》れているわけではないと感じた。

なるほど、こんなところがウォリルあたりから信用できないと言われてしまうのかと納得したのである。

§　§

アーリントとの会談を終えたマ・ゼンダはカーリェに戻ると精力的に動き出した。

「貴様、私を呼び出せる立場だと思っているのか？」

カーリェまでやってきたエロウは、開口一番に苦情をつきつけた。

「そんなことは重々承知だ。しかしこれはフレグ家にとって緊急事態。至急、資金援助を求めたい」

「これは驚いたな。以前、金策の準備は出来ているような台詞《せりふ》を聞いた記憶があるぞ。その舌の根も乾かぬうちに金の無心か？」

「その金策に問題が発生した。ミグルン家のレオナ嬢が私に挑んでくる」

「小娘ひとりに何ができる？」

「その小娘が私の資金源を断とうとしているのだ」

「そういえば貴様、以前、塩の買い占めで資金を集めていたな。もしかして同じ事を繰り返そうとしたのか？　そんなことをすれば嗅ぎつけられたとしても仕方ないだろうに」

「二、三度までは大丈夫だと思ったのだがな」

「で、今度は何を買い占めた？　小麦か？　砂糖か？」

「生ゴムだ」

「ほう、生ゴムか。なかなか良いところに目を付けた。で、どの程度を買い占めた？」

「手持ち資金のほとんどは既に現物に変えたよ。実情を明かすと今は現物を担保にした借金で動いている」

「随分と綱渡りなことをするな」

「しかしこれは一時のことだ。計画では多額の利益が約束されている」

「しかしそのせいで小娘の挑戦を真っ向から受け止めるしかなくなったのだろう？　なんとも愉快な話ではないか？」

エロウは苦境に陥ったマ・ゼンダをせせら笑った。

ここしばらく生ゴム相場が上がってきたのはマ・ゼンダが買い漁《あさ》っていたからだ。

マ・ゼンダは買い集めた生ゴムを担保にして関連商人から借金し、その金でさらに生ゴムを買い集めている。

問題はこの借金だ。

もし生ゴムの相場が下落したら金を貸してくれた商人達は、貸した金額に相応《ふさわ》しいだけ追加の抵当を要求してくる。そうでなければ金を返せと求めてくるだろう。

そうならないために生ゴムの相場が大きく下落する事態だけは防がねばならない。

そして買い占めた生ゴムの値が高くなっている間に、在庫の全てを売り切ってしまわねばならないのだ。

そのためには生ゴムを扱う業者に何としても品物が欲しいと思わせる必要がある。

その方法が戦争だ。

工房都市バラクレルとの間の緊張が高まれば戦車の需要は増える。そうすれば在庫に乏しい業者は、たとえ高くても生ゴムを求めざるを得ないのだ。

「そもそも、何だってそのようなことまでして金策をする必要がある?」

「ウルフパックの奴らを飼い続けるには金がかかるからな。戦車、砲弾、燃料、傭兵《ようへい》、全てに多額の資金が必要だ」

「だったら手を切れば良い。傭兵とは必要な時に雇い、用がなくなったら手放すものだ」

「しかしウルフパックは強い。敵陣営に雇われでもしたらやっかいだ」

「ビス銀貨か、鉄で出来た戦車のどちらを手元に残したいかという選択問題だな？」

「私は選択しない。強いて選ぶなら両方手元に残すのが私の選択だ」

「マ・ゼンダよ。それは子供の我《わ》が儘《まま》と言うものだぞ」

「いや、我が儘ではない。戦車とは正義だ。戦車があれば大抵のことは何とかなる。なんとかならなければなんとかなるまで戦車を積み増していけば良い！」

　マ・ゼンダは戦車の必要性を力説した。

「この両立をこなしてこそフレグ家の躍進は叶《かな》うのだ。これがフレグ家が、私の支援をすべき理由なのだ。分かってくれたかね？」

「間違えて欲しくないことがある。それは、これがフレグ家の問題ではないということだ。これは君の問題で、失敗するとしてもそれは君の失敗だ」

「エロウ。私を助けると思ってフレグ家に働きかけてくれ」

「無理だな。フレグ家は既に君に資金も人材も十分に貸し与えている。君こそがこれからフレグ家にそれらを返済していく立場なのだ。それを忘れるべきではない」

「ならば、エロウ、君に頼みたい。私を助けてくれ」

「なんだと？」

「金の出所は君個人でも良いのだよ」

「驚いたな。まさか貴様が私に金を借りようとするとはな」

「これは返せる宛てのある借金だ。返済時には利息をたっぷりつけると約束しよう」

「まるで恩寵《おんちょう》を与えるかの如《ごと》く言うな貴様は。自分が借金を申し入れる立場だということを理解しているのか？　そもそもレオナ嬢との戦いに勝てるのか？」

「もちろんだ。いつ、どこで戦いを挑んでくるのか、情報漏れをしている時点で彼女に勝ち目はない。迎え撃つ準備が整いさえすれば私は彼女が投じた資金をすべてを吸い尽くせる。後始末で上手く事を運べば借金の形代《かたしろ》として彼女の身柄を押さえることとて可能だ。ミグルン家の家督相続権、十二洞会議員の席はうま味が大きいぞ」

「確かに得られる利益は大きそうだ。しかし全ては絵に描いた餅に過ぎん。実際、今の貴様は大慌てで資金繰りに走り回っているではないか？　私で何人目だ。これまでにいったい何人の商人と交渉し、何人の商人から援助を断られた？」

「こんな形で戦いを挑んでくる者がいるとは夢にも思わなかったからな。それにフレグ家に絡む計画の内実を説明できるのも君以外にいない」

「確かに凡百の商人に計画の全容を語ることなどできないな。しかしここで貴様を助けたとして、私にいったい何の得がある？」

「私に貸しをつくれるぞ。何よりも多大な利益がある」

「利益とはなんだ？」

「君にはミグルン家の権益を進呈しようか？」

「レオナ嬢をこの俺に差し出すというのか？」

「そうだ。獰猛《どうもう》なメスライオンだが、君ならば上手に飼い慣らすこともできるはずだ」

「おだてても無駄だぞマ・ゼンダ。メスライオンもミグルン家も確かに魅力的ではあるが面倒を押しつけられるだけとも言える。カーリェ復興の手間はとてつもなく大変で、損の方が大きそうだ。つまり、ここで貴様に手を貸しても私に得はない」

「これだけ言っても駄目か？　私が頼んでいると言うのかね？」

「その姿勢のどこが頼んでいると言うのに！」

「どうしろと言うのだ？」

「普通は頼み事をする際、頭を下げるものだ」

　エロウの突き放したような言葉を浴びたマ・ゼンダはしばし顔を俯《うつむ》かせた。

　そんなマ・ゼンダの前でエロウは実に楽しそうだ。マ・ゼンダが何を選択し、どう行動するのかをあたかも挑発するような表情で眺めている。

「良いだろう」

　しかしマ・ゼンダは、大きく息を吸うと意を決したように前に出た。

「見てろ、この私が頭を下げるのだ。滅多《めった》にないことだと思ってその目に魂に焼き付けるが良い」

　マ・ゼンダは胸を張って敢然とした表情でエロウの前に立つ。そして王侯貴族に対するが如く堂々と、そして優美に頭《こうべ》を垂れた。

「頼む、エロウ。この私を助けてくれ」

　そんなマ・ゼンダの高雅な礼容にエロウは圧倒されたのだった。

カーリェの修理工房ではウルフパックの戦車の修理が着々と進められていた。

傷ついた装甲が溶接で埋められ、磨かれ、さび止め処置を施した上で再塗装される。

引き千切られた履帯が組み繋《つな》がれて転輪にかけられていった。

その光景を見てギャッキは満足げに呟《つぶや》いた。

「これでようやく大隊の定数三十六両が満たされるな」

もちろん戦車の数が揃っただけでは戦力の回復とは言えない。

人員の補充、訓練といった仕事がある。

しかしそのあたりのやりくりは部下がすれば良い。募集の声をかければウルフパックに入りたいと言う傭兵は、次から次へと集まってくるのだから。

そんな作業光景を背景にウォリルが、ギャッキとティルティに向けて今回の会談で結ばれた協定の説明をしていた。

「つまり、アーリントって奴は一番になりたいって言うんだろ？　いいじゃないか。わかりやすくって」

だがティルティは不愉快そうに顔をしかめた。

「だからといって長年仕えた主人を裏切るだなんて、いけ好かない」

「ここは理解してやるべきだよティルティ君。それだけ当主デリックへの恨みがアーリントの中で積み重なっていったのだろう。当人にその意識はなくとも恨みを買うなんてことはよくある話だ」

「マ・ゼンダさんよう。あんたも背中に気をつけな。あんたにその意識はなくとも、あちらこちらから恨みを買ってるかも知れないからな」

「ふむ、心しておく。そこでだ、私から君達への依頼は、手分けしてトレッキル地方のコンボリエとコーレムに赴いてもらいたい」

「コンパ……？」

ティルティが地図を開きながら首を傾《かし》げるとウォリルが言った。

「コンボリエとコーレム！　どっちもトレッキルの南側！」

「ありがと姉さん」

「そこで何をするんだ？　まさか俺達に盗賊でもやれと？」

「生ゴムが出荷されるのを君達に妨害してもらいたいのだ。その過程で生ゴムを奪えると言うのなら奪ってもかまわんがね」

ティルティは地図を確認するとため息をついた。

「ご依頼の趣旨は理解しました。しかし、コンボリエほどの大農園地帯となれば、出荷するのに際して相応の規模の戦車傭兵を雇うと思われますよ」

「そのための君達だ。そうだろう？」

マ・ゼンダの言葉を受けてギャッキ、ウォリル、ティルティの視線がブ・ラックに集まった。

「俺は盗賊なんぞに堕《お》ちたくない。だからウルフパックを設立した」

「ブ・ラック君。君のその気持ちは尊重したい。嫌だというのなら他を当たると言いたいところだ。しかし今から他の戦車傭兵カンパニーを探す時間的余裕がない。魂を穢《けが》す分の補償は十分に支払うということで手を打ってもらえないだろうか？」

「おいおいマ・ゼンダさんよお。そんな約束をして大丈夫か？　あんた、カーリェ攻略戦の雇兵料だって滞らせてるんだぞ」

「それについては私が責めを負うべき所だから謝罪する。しかしギャッキ君、その原因が君にもあるということは忘れないで欲しいね」

「忘れてないよ。けどその資金不足は、これまでにあんたが買い集めた生ゴムの一部を倉庫から持ち出して売り払えば済む話だろ？　要するに俺達は、より多く儲《もう》けたいっていうあんたの欲の皮のしわ寄せを喰《く》らってるんだ」

「そこまでだ、ギャッキ」

　するとブ・ラックは、それ以上は言うなとギャッキを制した。

「マ・ゼンダ氏は我々の顧客だ。そして支払いを待つと決めたのはこの俺だ」

「けどブ・ラックよお……」

　これ以上ギャッキに喋《しゃべ》らせると碌《ろく》な事にならないと思ったのかウォリルが言った。

「ご依頼の趣旨は了解です。戦車での戦いは我々に任せておいて下さい。しかしレオナ嬢が挑んでくるお金の戦いとやらが全く理解できません。これは勝てるのですね？」

「レオナ嬢が仕掛けてくることを知らなければ私は苦境に陥っただろう。しかし事前に情報を得た私に負けはない。この戦いに必ず勝って君達への負債を完済してみせよう」

　ウォリルはこれを否定できる材料を持っていなかった。だから本当に大丈夫なのだろうかと思いつつも口をつぐんだ。

「よしっ、コンボリエに行くぞ！」

ギャッキは威勢良く手のひらに拳を叩《たた》き付けた。

§　§

雨が降っている。

重苦しい灰色の雲が天を覆い、鬱陶しい雨が大地に降り注いでいる。

そんな中、雨合羽《あまがっぱ》を纏《まと》ったフォクシーとカッフェは草原を走っていた。

「ここをポイント・チャーリーとする」

胸の高さほどの草が生い茂る大地を、文字通り自分の足で走り、道を調べ、そして双眼鏡を目に当てる。自分の立っている場所の地形や特徴を確認して地図に記入していった。

「敵が来るとすると近接経路は、ここを通って……」

このあたり一帯は森林や草原が広がっている。

それらは戦車兵の視界を遮り、戦車の存在や行動を隠す。

そうした存在がどこにあって、どのように広がっているか。どこが高台で、どこが窪地《くぼち》なのか。

そういったことを念入りに下調べしろというのが、師匠の教えだ。そしてフォクシーは状況が許す限《かぎ》りその教えに従って生き残ってきた。

「フォクシー！」

カッフェの声のした方角を振り返ってみる。

しかし不思議なことに彼女の姿は見えない。

胸ほどの高さもある雑草に隠れていると思ったフォクシーは声の方向へ歩んだ。

「フォクシー！」

すると突然地面が割れていた。

まるで巨大な力によって地面が大きく引き裂かれたような地溝が何の前触れもなく走っていたのだ。

幅は狭いところだと一メートルほど。広いところだと三メートルくらいはあった。

底は深くフォクシーの背丈の倍程だ。

そんな溝の底からカッフェはフォクシーを呼んでいた。

「こんな溝があったんだね」

溝の底は水の流れる小川となっていた。

「草原のドマンナカ。トツゼンの地割れがアルと思ウト戦車デ走るノハ怖イ」

「そうだね」

戦車は視野が狭い。ハッチを閉じてプリズムの視野に頼っている時はどうしても足元への注意がお留守になるのだ。

「う～ん」

【ナナヨン】の元に戻ったフォクシーは、テントに籠もると集めた資料の整理に入った。

「アルファからキローまでのこの十一カ所の地形をどう使うか……」

我の強み、敵の強み、それと地形、気象条件等々を並べ、戦いを有利に運ぶための戦術を考える。

それがカンパニーの代表たるフォクシーの役目だ。

その間、整備主任のミミは戦車の点検をしていた。

ハンマーを片手に履帯《りたい》をつなぎ止めるピンを一つ一つ叩いていくのだ。

「カーリェで部品ヲ換エタバカリなのにモウ点検カ?」

「換えたばかりだからなのです。今回の部品は鋳型を作って銑鉄《せんてつ》を流し込んだ複製品。純正品と違って品質にばらつきがあるのです。駄目な物はすぐに壊れる。点検を怠ると、それが致命傷になりかねないのです——ほら、あった」

「ホントだ」

喋りながらも手を休ませないミミは、叩いた時の音が他と全く違う部品を見つけた。

数回叩くとその部品は簡単に割れた。

もし走行中にこの部品が欠けたら履帯が外れてナナヨンは動けなくなった。それが戦闘中だったら死に直結する惨事だ。

ミミは手早く新しい部品へと交換していった。

その間にカッフェは食事の支度をした。カッパを着て雨を浴びながらの煮炊きだが、見るからに手慣れた感じであった。

「ン？」

薪《まき》の爆《は》ぜた音と同時にカッフェがガバッと振り返って警戒の姿勢を見せる。

雨音に紛れて聞き取りにくいが、小型のエンジンの音が近づいてきたと警告した。

「よくわかるですの？」

つられてミミも胸のモーゼル軍用拳銃を抜いた。

彼女にはまだエンジン音が聞きとれない。耳を澄ませても聞こえるのはシトシトという雨音だけ。

それくらいに音の発生源は小さくて遠い。

カッフェがそうっとＶＰ９を抜く。

音の発生源はさらに近づく。

やがてその音はミミの耳にもはっきりと聞こえてきた。

「ああ！　あれはザキのモトペなのです」

ミミがぎこちない動作で拳銃をホルスターへと収めた。

「ザキのモトペは、プラグがかぶり気味なので回転数が下がるとあんな感じにプスプス言い始めるのです。今度メンテの仕方を教えてやらないといけないのです」

ミミの説明に納得出来たのかカッフェも警戒の姿勢を解く。

やがてモペットが下草をかき分けながらやってきた。

「やあ、なんとか戻ったよ。お手紙のお届けで～す！」

雨合羽を着たザキが疲れ切った表情で右手を挙げていた。

ザキが持ち帰った手紙を読んだフォクシーはザキに尋ねた。

「レオナの奴、どんな顔をしていた？」

「すげぇ驚いてたぜ。何も知らなかったらあっけなくひねり潰されていたって、すっごくお礼を言われたぜ」

「で、どうするって？」

「相手がどう対処してくるか分かってるならワンチャンあるからこのまま行くってさ」

「こっちの提案は？」

「もちろん了承。条件も報酬もそのまんま呑《の》むからよろしく――って言ってた」

フォクシーはニンマリと笑うとカッフェとミミを振り返った。

「ということでぇ、正式なご依頼です～。依頼料も、こちらの言い値が通りました～！」

フォクシーは二人に作戦要領を説明していった。

「理解デキタ」

「私も異存はないのです」

二人の賛同を得られたフォクシーはザキへと目を向ける。

「ザキ～。お仕事を頼みたいんだけど～！」

「荒事の助太刀《すけだち》は別料金になるよ」

「違う違う。もう一往復、頼みたいんだけど」

フォクシーはザキの思い違いを訂正すると封書をつきつけた。

「誰宛て？」

「今話した行動計画をまとめたもの。これをレオナに届けてほしいんだ。料金もノガタルまでの分をちゃんと支払うからさあ、もう一往復。御願《おねが》い！」

「いや、コレについての支払いはクラップフまでの分でいいよ」

「クラップフ？」

「実はフォクシー宛ての返事を届け終えたら、クラップフに来いって言われてるんだ。そこで合流して仕事を手伝えってさ。支度金だって貰《もら》ってるんだぜ。ほら十ビス！」

ザキはそう言うと懐から小さな革袋を取り出して見せた。

「支度金って、あんた常雇いになるの？」

「まあ、しばらくは小間使いだけどね。これで俺も、路上生活の浮浪児から脱出さ！」

ザキは嬉《うれ》しそうに言いながらフォクシーから預かった封筒をメッセンジャーバッグに収めたのだった。


モトペの音も高らかにザキが雨の草原を走って行く。

それを見送ったフォクシーは仲間二人を振り返った。

「それでは作戦行動を開始します。二人ともいいかな？」

「了解なのです」

「ウィ」

フォクシー達は撤収作業を始めた。

三人で天幕を畳み、野外料理の機材などを雑用品箱に放り込んでいく。そして砲塔後部の増加バスケットへと積んでいった。

「カッフェー、運転始めー」

フォクシーの号令でカッフェがエンジンをかける。

軽快なエンジン音が鳴り響いて、マフラーからディーゼルの排気が噴出した。

「目的地はトレッキル。前進よーい！　前へ！」

§　§

荒茫《こうぼう》大陸の食料庫とも言われるトレッキル。

そこから出荷される農・畜産物がまず集まるのがクラップフだ。大陸各地からやってきたキャラバンは、ここで農・畜産物を仕入れて各地へと運ぶのである。

そのためクラップフには品物の市場価格を決定する機関が存在している。

それが商品取引所だ。

商品取引所は小規模なものならば大抵の都市にある。

しかしクラップフの取引所は格が違っていた。トレッキル全域で取引される農畜産品とその二次産品、小麦、砂糖、綿花、木材、樹脂、織物等々が扱われているからだ。

つまり、ここで決まった価格こそが大陸全土の取引価格を支配するのである。当然、その商業的な影響力は計り知れないのだ。

そんな商品取引所に複数の戦車に護衛された黒塗り高級車がやってきた。

「見ろよ、あれはノガタルの当主のデリック氏だぞ」

黒塗り高級車は取引所前で停《と》まった。

「お嬢様、どうぞ」

助手席から降りた執事のホンクワがドアを開く。最初に降り立ったのはレオナだ。

その後にデリック、最後にマージャと続いた。

「誰だあれ？」

「えっらい美人だな」

レオナは颯爽《さっそう》と取引所へと乗り込んでいった。

「約束通りですね」

取引所の玄関前にはザキが待ち構えていた。

身支度を綺麗に整えどこのお坊ちゃまかと思わせる姿だった。しかし表情は引きつっていて緊張を感じさせた。

「馬子にも衣装――ですわね」

レオナはザキの装いを爪先から頭のてっぺんまで点検して「うん」と頷《うなず》いた。

執事がやってきてレオナとザキにパスカードを差し出す。立会所に入るにはこれが必要だと言う。

立会所に通じるゲートで警備員は二人が首に提げたパスを確認して道をあけた。

「どうぞお入りください」

「お役目ごくろうさま」

レオナとザキは、立会所へと向かった。


一方、伯母のマージャや伯父デリックは、レオナと別れるとホンクワを伴って取引所の階段を上って立会所の天井桟敷へ入った。

そこは演劇の貴賓席のようになっていて立会所の様子が一望できるのだ。

二人は安楽椅子に腰を下ろすと周囲を見渡した。

立会所では様々な品が扱われている。

小麦、大麦、エン麦はもとより、牛肉、豚肉、鶏肉《とりにく》、羊肉、綿羊、綿花、木材等々、実に様々な農畜産物の名が並べられて、競《せ》り市のような活気で取引されているのだ。

しかしそんな中で、レオナとザキの二人が向かっていくのは生ゴムの板だ。

「貴方《あなた》、そもそも生ゴムとはどんなものなのです？」

「知らぬのか？　ゴムの樹木に傷をつけて溢《あふ》れてくる樹液を集め乾燥させたものだ」

「そして、あそこがレオナの戦場なのですね？」

その生ゴムの板の前には取引所の専従係員がいる。

板の中央縦行には金額がずらりと表示されている。

それぞれの金額の右側には買い注文。左には売り注文を記した札が貼られる。

札は刻一刻というペースで動かされ、あるいは取り替えられていた。

そんな取引の記録が、板の横のチャートに示される。

これによると生ゴムの値段は上がったり、下がったりを繰り返しながらも全体の傾向として右肩上がりに値上がりを続けていた。

「今日の相場はどうなのです？」

デリックは板やチャートを見て、現在生ゴムの相場はだいたい二〇ビスのラインで上下していると説明。しかし出来高は少ないと付け加えた。

「出来高が少ない――それってどういう意味なのです？」

「現物を持っている者の多くが、まだまだこれからも値段が上がると思って売り惜しみしているのだ。しかし買い手の多くはそろそろ値が下がると考えている。ある一定の金額以下になったら買うつもりなので、それを待っている――という状態だな」

双方の間にここまでの意識、見解の相違があれば取引量は少なくなるのだ。

それでも時々取引が成立しているのは、急にお金が必要になった売り手が値段を下げて売り注文を出したり、どうしても生ゴムを必要とする者が高い値段でも良いと高値を付ける等の個別の事情によるのだ。

「売り勢力、買い勢力共にどちらも強いエネルギーを抱えている。しかしそれを解消できず互いに睨《にら》み合っている。そんな時、相場はきっかけがあれば大きく動く」

「まさに一触即発というわけですね。そんな状況にレオナが切り込んでいったらなにが起きるのかしら。とっても楽しみ」

ザキは立会所の雰囲気にたちまち飲み込まれてしまった。

高い天井、飛び交う怒号、渦巻く熱気に戸惑ったのだ。

大陸各地を旅してきたキャラバンがバザールを開いた時も似たような空気が漂うものだ。しかしここはそれとは質の異なる熱気が渦巻いていた。

殺気。この空間に漂うのは戦場から戻ってきたばかりの傭兵が発するそれに近い。

「生ゴムの相場、どうよ」

「さすがに下げに転じる頃合いだろ。そろそろコンボリエやコーレム産が出荷される時期だ。去年と同じ量が出荷されれば相場は大きく下がる。今は手を出さずに下がるのを待つのが正解だよ」

「けど、バラクレル辺りがきな臭いって聞くぜ。まだまだ上がる可能性だってある」

「マ・ゼンダの野郎がバラクレルを戦車で取り囲んだ件だろ？　奴はカーリェだけで満足せずバラクレルそのものを手中に収めるつもりだ——っていう噂《うわさ》は聞こえてくるけど、いったいどこまで本当の話なのやら。噂って奴はいくらでも膨らむからな」

「あれって本当の話らしいぜ。そうなれば軍需物資の生ゴムの需要は大きく増える。品不足になるのは目に見えてる。つまり相場はもっと上がるってことだ」

「いやいやいや、下がるだろ？」

「はっ、まだまだ上がるさ」

ザキはディーラー同士が牽制《けんせい》し合うのを聞きながら、彼らが実際に起こった出来事の中から自分にとって有利な事柄ばかりを選んで話題にしているなと感じた。

こんな連中が睨み合っている中、レオナは切り込んでいこうとしているのだ。

それに付き従うザキはどうにも居心地が悪い。勝手のよく分からないルールで支配された戦場、自分には訳の分からない闘争が行われている世界だけに、うまく立ち回れるか自信が無いのだ。なんだか手足を縛られた戦いを強いられる感じだ。

「お嬢さん、ホントに俺なんか使って良いんですか？」

メッセンジャーの仕事をしたり、雑用仕事を仰せつかったりとこれまでザキは浮浪児にしては上手くやってきた。

おかげでモトペも買えたし、最低よりは少しはマシな暮らしぶりができていた。

しかしそれでも素性は路上生活をしていた浮浪児でしかない。

そんな自分を、レオナが人生を賭けた大バクチに関わらせるリスクをちゃんと弁《わきま》えているのか心配になったのだ。

「わたくしは今回のことで、はっきり思い知ったことがあります」

するとレオナは立会所の板から目をそらさないまま答えた。

「長いこと身近にいた者とてその腹の内はよくわかりません。一旦、何か事が起きれば平気な顔で敵側に回り、自分の都合で身内を裏切ります。それならば出会ったばかりの貴女《あなた》だってそう変わりはないじゃありませんか」

「けど、それにしたって俺みたいな……」

「ザキさん。貴女は何も持ってない浮浪児ですが、たったひとつだけ大事な大事な財産を持っているのですわ」

「それは？」

「信用です」

「……」

「人間、生まれだけはどうしようもありません。だから生まれた時から恵まれた者がいて、何も持っていない者もおります。しかし、信用だけは本人の心がけと努力でつくりあげることができます。いいえ、どれだけお金があっても、言葉と行動でしか積み上げることの出来ないものが信用なのです。自分を裏切らず、人様の信頼を裏切らず、毎日コツコツと応えていく。貴女にはそれがずうっとできていました。極貧の浮浪児生活の中でもちゃんとやってきました。貴女のことはフォクシー達が随分と信用してましたね。大切な戦車の留守番すら任せていたと聞きます。だから、わたくしも貴女を使う気になったのです」

「……あり、ありがとう……ございます」

レオナに言われてザキは目頭が熱くなって顔を伏せた。

今、生まれて初めて自分が評価されたと思ったのだ。しかし同時にある種の罪悪感が急激に湧いてきた。今、この瞬間にも自分は人を欺いているのだから。

「でも、俺……これまでずうっと嘘《うそ》をついてて」

「気になさらないで下さい。その程度の嘘は許容範囲です。『貴女』が浮浪生活の中で身を守るためには必要なことだったのでしょう？」

「ええと、いつから分かってました？」

「最初からですわ。多分フォクシー達も気づいてましてよ」

「えっ!?　マジ？」

「マジですわ。そんなつまらないことより、そろそろ戦いを始めますわよ」

レオナは砂時計を取り出した。十分計と言われるものだ。

「これから十分ごとに十梱《こん》ずつ生ゴムを売ります」

「十分ごとに十梱？」

「十分ごとに淡々と売り続けるのです。これを立会所が開いてる限り続けます」

「立会所が開いてる限り？」

「立会所が開いてるのは午前の三時間、午後の三時間の合計六時間。その間、わたくしと貴女で交代しながらひたすら売り続けるのですわ」

「でも十分間に十梱だと六時間で三百六十梱もの生ゴムが必要になりますよ？」

「父の旧友や昔の伝《つて》とか、あちこちを駆け回って三千梱借りました。当面はこれを売り払います」

「借りてきたってことは、いつか返さないといけないんですよね、それ。それを売っちゃって良いんですか？」

「相場が大きく下がったら買い戻します。それで返せば良いのです」

「後で買い戻すんですか？　なのに売っちゃうんですか？」

「今の相場は一梱が二〇ビスです。ここで手持ちを全部売り払ったら、一梱あたりの相場は幾らくらいに下がるでしょうかね？」

「そりゃ大きく値下がりして――え、あ、あああああ！　ボロ儲けですね！」

「しっ、静かになさって下さい。皆に悪巧みがバレてしまいますわよ」

ザキは慌てて自分の口を塞いだ。

「生ゴム、十梱、成り行きで売りですわ！」

レオナは砂時計をひっくりかえすとその場にいるディーラー達全員に、あたかも宣戦布告するかのごとく宣言した。

板の買い注文の欄、一番上の札と約定が成立して取り外される。

さらに下の注文札が取り外されて生ゴム相場は一九ビス五ナットへと下がった。

ディーラーの一人が呟く。

「へえ、下がったのか」

さらにその下の買い注文まで約定が成立し、相場は一九ビス二ナットまで低下した。

「どっかの誰かが現物を金に換えなきゃいけない事情でも起きたんだろ？」

この程度の上下動は日常だ。ディーラー達は別に気にする程ではないと口ずさんだ。

しかしさらに十分が経過してレオナが売り注文を出すと相場は一九ビスのラインを割って一八ビス七ナットまで下がった。

「おおっ！」

連続して相場が下がったため買い方のディーラー達が響《どよ》めいた。

「い、いったい何があったんだ？」

これからも生ゴムの相場は上がる。そう考えていたディーラー達は、この機会に手持ちの生ゴムの量を増やそうと次々と買い注文を発していく。

すると生ゴム相場は再び一九ビス一ナットへと戻った。

しかし売り注文は出る。

淡々と出続ける。

今後も生ゴムの相場は上がると思っていた者達は、売りが出る都度都度、買い注文の札をかざして係員の前へと詰めかけていった。

「買いだ、買いだ！」

しかし彼らの声は次第に小さくなっていく。

注文札を握りしめて係員に差し伸べる手も力なく落ちていった。

売り注文が彼らの買いの勢いを越えて出続けたからだ。

「売りだ！」

様子見を続けていたディーラー達はついに値崩れが始まったと思った。

彼らは売り注文の札を握って係員の前に押し寄せた。

「俺の売り注文を板に貼れ！」

こうなるともう値崩れは止まらない。

「俺を先にしろ、俺が優先だ！」

「おおおおお！」

売りの雪崩《なだれ》は買い注文を瞬く間に飲み込む。生ゴム相場は一八ビスのラインを突き抜け、一七ビス、一六ビスへとたちまち落下していった。

「なんてこった！　あっという間に一〇〇ビスが消えちまった」

一梱二〇ビスが一六ビスになったということは、生ゴム二十五梱を所持している者の資産が一〇〇ビス失われたという意味である。

五十梱、百梱と抱え込んでいた者の損失はもっと大きい。そして今、売り払ってしまわねばその損失額はもっと大きくなる――かも知れない。

この「かも知れない」の恐怖が人々を走らせた。

人間は今手にしている物を失うことの方を大きく恐れるからだ。

「くそっ、売りだ売りだ！　今売り抜けないと大損してしまう！」

立会所の係員に向かって、売り注文を差し出すディーラーの群れが殺到した。

立会所でちょっとした事件が起きた。

ディーラーの群れが係員に向かって突進し係員を押し倒してしまったのだ。

そのため取引は一時中止となった。

「あなた、いったい何が起きたのです!?」

天井桟敷で立会所の様子を面白そうに眺めていたマージャが夫に解説を求めた。

「要するに生ゴムを所有しているディーラーが、今売らなければ大損をすると思って慌てふためいているのだ」

「相場が短時間の間に、一定の範囲を超えて値崩れしたり高騰したりしたら、それ以上の取引はしないという規則や制度はないのですか？」

「いずれはそういう規則も必要になるかも知れないな」

「つまり、今はないという訳ですね？」

「そういうことだ」

「では、百獣の王が獲物を蹂躙《じゅうりん》していく様をたっぷり見ることが出来るのですね」

「そういうことだ」

結局、生ゴムの前場——午前中——の取引は中断のまま休憩となった。

もともと前場の終了時間が近かったこともあったため、後場——午後の取引——は、いつもと同じように十三時の鐘と同時に始まると告示された。

13

前場が終わって後場が始まるまでの一時間。ディーラー達《たち》は食事へと向かう。

弁当を持ってくる者もいるが大抵は取引所近くの食事処《どころ》へと群がる。

取引所周辺に散在する食事処はディーラー達でたちまちいっぱいとなった。

「どうしたの？」

店員の娘がディーラーの一人に尋ねた。

みんなの様子がいつも以上に苛立《いらだ》って落ち着かないように見えたのだ。

「前場で生ゴム相場の凄《すさ》まじい大暴落があってね」

「大変ねえ」

わかっているのかわかっていないのか女店員は仕方なさそうに肩を竦《すく》めた。

「くそっ、なんて一日だ！　前場だけで五〇〇ビスも損しちまった」

「このまま相場が下がっていったら俺、破産しちまう」

「心配するな、きっと後場で盛り返すさ」

「だと良いな！」

楽観的観測を口にする者もいれば苛立ち含みの嫌味《いやみ》で返す者等、実に様々だ。

しかしそんな彼らが急に、一斉に押し黙った。

賑《にぎ》やかだった店内がしんと静まりかえった。

何かと思って見ればみんな入り口の方へと顔を向けていた。

店に入ってきたメスライオンに注目しているのだ。

「な、なんですか皆さま？　わたくしの美貌に見とれているのですか？　ならば、もっとよく見えるようにいたしましょうか？」

四方八方から視線を浴びたレオナは、モデルのように自分が最も美しく見えるであろうポーズを取った。

「いや、お嬢さん。違いますって」

レオナだけでなくザキもいた。

「騒動の中心人物が来たんで、みんな呆気《あっけ》にとられてるんですよ」

「いらっしゃいお客さん。ここは初めてみたいだけど、その札をぶら下げてるって事は立会所のディーラーさんね？　――なら、こっちよ」

店員は慣れた感じでレオナとザキの首に下がっているパスを確認する。そしてディーラーばかりが集まる立食カウンター席へと誘導した。

「何にする？　って言っても、ディーラーさんに出せるメニューは『今日の昼飯』の、一つだけなんだけどね」

この店では立会所のディーラーは一般のお客とは別の場所へと隔離される。

決まった時間で一斉にやってきて、決まった時間で一斉に立ち去っていく彼らの扱いとしてはこれが合理的なのだろう。

レオナがザキに囁《ささや》く。

「貴女《あなた》、午前中はよく働いて下さいました。ここはわたくしが奢《おご》りますのでしっかり食べて体力つけてくださいね」

「ありがとうございますお嬢さん。けど、なんか食事が喉を通る気がしません」

「実を言うとわたくしもです。慣れないせわしさに胃が縮まっています」

二人がそんな会話をしながら料理を待っているとレオナの隣に立つことになったディーラーが、おずおずという感じで話しかけてきた。

「おい、あんた。すげえ量の生ゴム売ってるけど、在庫は十分なのか？」

「そうだそうだ。現物があるのか？」

するとレオナは店の外を指さした。

「アレをご覧なさい」

店からは取引所の建物が見える。

そこに次々とノガタルのトラックがやってきていた。

荷台には生ゴムが満載されている。それらは取引所の倉庫へ収められていた。

「あれがそうか？」

「そうですわ。これからもどんどん売りさばきます」

「頼むからやめてくれよお！」

ディーラーの一人が泣き言のように言うが、レオナはぷいっと顔を背けた。

「立会所の規則に反しない限《かぎ》り、何をしようともわたくしの自由のはずです」

するとディーラーのひとりが頷《うなず》いた。

「確かにそうだな。誰にもそれを止める権利はない。自分が損をするからとそれを止めようとするのは手前勝手が過ぎるというものだ」

「これは、後場の大暴落も必至だな」

店内には様々な思惑と感情が渦巻いていた。


そんな店の奥には四人が座れる箱席がある。

立会所のディーラーではない、一般の食事客はそこに座って落ち着いた雰囲気の中で食事を楽しむことが出来るのだ。

ディーラー達と違ってメニューの制限もない。

そんな箱席の一つからディーラー達の様子をじっと観察している者達がいた。

「始まりましたね」

そのひとりはコーだ。

彼の向かいに座るゴートがコーヒーを啜《すす》りながら答えた。

「まさか、こんな仕事をすることになろうとは思ってもみなかった」

「急な役割変更で申し訳ない。しかし私が直々に立会所に立つわけにはいかないからね」

ゴートの隣にはマ・ゼンダがいて食事をしていた。

マ・ゼンダの真向かい、コーの隣にはウォリルが腰掛けている。彼女は黙々と食事をしていて会話に加わろうとはしないのだ。

ウォリルがぽつりと呟《つぶや》く。

「マ・ゼンダ様がこんなところまで来てしまっては意味がないのでは？」

「どうしても彼女のご尊顔を拝しておきたかった」

マ・ゼンダはレオナへと視線を向けながらゴートに問いかけた。

「彼女と、このような形で対峙《たいじ》することになるのは気が重いかね？」

「もちろんだ。しかし同時に楽しみでもあるな。彼女のことは生まれた時から見てきた。その成長を見届けたいという思いもある」

「親心かね？」

「それに近いかも知れない」

「だからって手を緩めないでくれよ」

「当然だ。やるからにはとことん叩《たた》きのめす」

コーが尋ねる。

「具体的にどうやるんですか？」

マ・ゼンダが答えた。

「私が用意した資金を湯水の如《ごと》く費やして生ゴムを買い続けるんだ。後場が始まったら十分ごとに二十梱《こん》ずつひたすら買い続けてくれ」

「十分ごとに二十梱も!?」

「そのあたりの加減はゴートに任せる。とにかく淡々と買い続けるんだ。これから場が開いている限りずうっと買い続けてくれ」

「毎日六時間ずうっとですか？　でも十分間に二十梱だと後場の三時間で三百六十梱——二〇ビスの相場だったら七二〇〇ビスもの資金が必要ですよ」

「あちこちに頭を下げて三万ビス用意したよ。当面はこれを使え」

「それを使い切ったらどうするんですか？」

「……そんな事態は考えたくない。だがそうなったらなったでなんとかするしかない。とにかく彼女の手持ちが尽きるまで淡々と買い続けてくれ。こちらが手控えたらお嬢様の思う壺《つぼ》になってしまうからね」

「マ・ゼンダさんの資金が尽きる方が先が、レオナお嬢様の現物が尽きる方が先か——」

「そう。これは、そういう戦いだ」

「でも、現物ってそんなにあるんですかね？」

「アーリントに聞いたが、彼女はあちこちの工房をまわって在庫を掻《か》き集めたらしい。どこの工房も万が一に備えてある程度の在庫を抱えているのだ」

「よくぞみんな協力しますね」

「ミグルン家の先代、先々代当主の恩義を受けた商人は少なくない。その上、この私のせいで大損させられ腸《はらわた》の煮えくり返っている商人も多い。彼女は、そういった連中の恩讐《おんしゅう》を掻き集めたのだ」

「マ・ゼンダさんに損をさせるってためだけに、良くぞ情熱をかきたてられるなあ」

「もしかすると彼女はこれが親の仇討《あだう》ちになると考えているのかもしれんな」

マ・ゼンダが呟くとゴートがコーヒーを飲み終えたのか立ち上がった。

「さあコー、行くぞ。後場の始まりだ」


商品取引所の鐘が鳴った。

「さあ、後場が始まりましたね」

ホンクワの給仕で優雅に昼の食事をとっていたマージャとデリックが、鐘の合図をきっかけに天井桟敷から身を乗り出して立会所を見下ろした。

「ったく……何がそんなに楽しいのかね？」

「皆が右往左往する様子を見下ろすのは快感です。その原因が我が姪《めい》だと思うと胸がすうっとする思いですわ。ほら、みて、人間が砂糖に群がる蟻《あり》のようじゃありませんか」

「そんなだから先代は、君を経営者に向かないと思ったのだろうな」

「あら、あなた。向こう正面の桟敷席をご覧になって。マ・ゼンダがいましてよ」

「フレグ家の？　彼の顔を知っているのかね？」

「以前、ダヤマン家の催しで一瞥《いちべつ》したことがあります——野心に燃える男って素敵ね」

「おいおい、夫の前で余所《よそ》の男を褒めるのかね？」

「良いじゃ有りませんか。どうせここから見ていることしかできないんですから。それにあの男は今、レオナの獲物です」

マージャはそう言うとニンマリとほくそ笑んだのだった。


後場が始まると、ディーラー達は一斉に生ゴムの売り攻勢に出た。

続々と取引所に運び込まれる生ゴムの量を見てさらなる相場の下落は必至と見たからだ。今売ってしまえばこれ以上の損はしない。

そのためレオナが売り払う生ゴムと彼らの売り払う生ゴムとが重なり、市場のゴム相場は暴落雪崩《なだれ》に飲み込まれた。

「一梱一六、いや一五ビス！」

「一四だ」

「一三ビスだ、馬鹿野郎！」

後場は開始早々、生ゴム相場は前場の勢いをさらに増す勢いで下がっていった。

「一二ビスと七ナット！」

「一二ビスと六ナット！」

しかし後場も中盤に入るとその落下速度もやがて和らいでいった。

真っ逆さまに落下していたチャートも傾斜が緩やかとなりついに横ばいとなったのだ。

「一二ビス五ナット！」

「一二ビス六ナット」

そして若干の上げの兆候が見られた。

「な、なんだ？」

「少しだが上がったぞ」

「買いが入ってるんだ！」

大量の買い注文が入り続けている。

ディーラー達の放った大量の売り注文は、継続的な買いによって次第に消化されていった。

立会所は次第に静かになっていく。

それまで売りだ、売りだと騒いでいたディーラー達は沈黙して、淡々と買い注文を発し続ける山《や》羊《ぎ》族の翁《おきな》に注目しはじめた。

「な、なんだろ？　いったい何が起きてるんだろう？」

その異様な空気にザキが狼狽《うろた》えた。

「決まってるじゃないですか。いよいよ真の敵が姿を現したのです」

レオナは不敵な笑みを浮かべる。

そして人垣の向こう側にいるゴートの姿を発見し、思わず声をかけた。

「そこにいるのはゴートではありませんか？　しばらく前に姿を消したと思ったら、こんなところで再会すると思いませんでした。何故《なぜ》、貴方《あなた》が――ああ、そういうこと？」

レオナは全てを察した。

ゴートの背後にある天井桟敷の男と視線が合ったからだ。

その瞬間、レオナの五体から殺気が揺らめいて浮かび上がっていった。

「あの方がマ・ゼンダなのですね？」

百獣の王の放つ禍々《まがまが》しいまでの怒りの空気にゴートは息を呑《の》んだ。

「……そうだ」

どうにか答えることができたのは彼に年齢の功があったからだ。

「ようやく買い本尊をここまで引っ張り出すことができましたわ。さあ、見てらっしゃい、余裕の表情を引きつらせてさし上げます。そして、その高みから引きずり下ろしますわ」

この時、ゴートの傍《かたわ》らにはコーがいた。そしてザキと睨《にら》み合っていた。

「どうしてコーが？」

「ザキ、お前こそなんで？」

「ザキ、十分毎に三十梱ずつの売りを仕掛けますよ。よろしくて？」

「は、はい！　いつでもいけます」

ザキはレオナの指図に従い、ひたすら売り注文を発する作業へと戻った。

ゴートがコーに叫ぶ。

「コー、買いの勢いを増せ。十分ごとに四十梱ずつの買いだ！」

「えっ、倍ですか!?」

「さっさとやれ！」

コーが係員の元へと注文票を届けるべく走りだした。

するとレオナがザキに告げた。

「四十五梱の売りですわ！」

慌てて注文票を書き換えたザキが出遅れる。

コーが係員の元にたどり着いて買い注文、少し遅れてザキの売り注文が掲示された。

買いの約定がたちまち成立して相場値を一三ビス一ナットへと上げる。

しかし売り注文が即座に一二ビス九ナットへと押し戻す。

溢《あふ》れた売り注文はさらに下の価格で出されていた注文の約定を成立させて、チャートは再び下がっていった。

すかさずゴートが応戦。

「買いだ！　十分ごとに五十梱」

再び買い注文が勝って相場が上がる。

「売りですわ！　五十五梱！」

レオナの応戦でまたしても相場が下がった。

商品取引所の立会所は、二人が手持ちの現物と現金とで殴り合う乱闘の場と化した。

他のディラー達は唖然《あぜん》としたまま、今日の立ち会い終了の鐘が鳴るまで二人の争いがどうなるか息を呑んで見ていることしか出来なかった。

§　　§

後場終了の鐘が鳴った。

「ザキ！　いきますわよ」

「はい、お嬢さん」

取引が終了して取引所の玄関扉を蹴飛ばす勢いで飛び出してきたのがレオナとザキだ。

彼女達の取引ポジションは「現物の売り」で、現物を既に取引所に収めておいたため精算処理も素早く済んだのだ。

受け取ったものも取引所が振り出した手形なので、紙一枚を懐に収めれば済む。

「こっちよ！」

玄関前につけた乗用車ではマージャとデリックが二人を迎えた。

座席に腰を下ろしたレオナがザキの袖を引っ張る。

「貴女もお乗りなさい！」

「でも、俺……」

「かまいません。仕事はこれからだってあるのです。まずは現物の確保です！」

ザキが引きずられるようにシートに腰を下ろすと自動車は走り出した。

「もっと現物が必要になると言うのかね？　あれだけ集めた生ゴムが、もう足りなくなったと言うのかね？」

デリックが呆《あき》れ顔をした。

「伯父さんも見てらしたのでしょう？　マ・ゼンダに打ち勝つには今の倍——いえ、三倍は必要となるでしょう。伯父様、ポートレンで在庫を隠し持ってそうな人をどんどん紹介してください」

「レオナ、私は協力するとは言ったが、無制限にとは言わなかったつもりだよ」

「今更何をおっしゃるのです？　ここまできて逃げられるとお思いですか？　もう一蓮托生《いちれんたくしょう》ですのよ」

「うぐ……」

するとマージャが夫の袖を引いた。

「そもそもアーリントが寝返ったのも、貴方がだらしなかったからじゃありませんか!?　こうなってしまったらこれはもうレオナ一人だけの戦いではなく、ノガタル・キャラバンの威信を賭けた戦いなのです」

「そ、それは、そうなのだが……」

「アーリントを打ちのめして、誰がノガタルの当主か教えてやってください！」

「あ、いや、しかしだね」

「四の五の言ってないで、しっかりなさいっ！」

「は、はいっ！」

腰の据わらない夫を妻が叱りつける光景を見たザキは、名家の夫婦って凄《すげ》え、と目を丸くしていた。

　レオナ達が立ち去って少し遅れてディーラー達が取引所の外へと溢れ出てくる。

「今後の展開が全く読めん」

「ミグルン家の令嬢が勝つか。あるいはゴートとか言う山羊のおっさんが勝つか」

「その山羊の爺《じい》さんのことだが、ミグルン家の家人だって話だぜ」

「ってことはこれってミグルン家のお家騒動ってわけ？」

「違うよ！　カーリェ鉱山はフレグ家に乗っ取られたばっかりじゃねえか!?」

「ってことは山羊のおっさんは、今はフレグ家に従ってるってわけか？」

「そうなると、例の噂《うわさ》の信憑性《しんぴょうせい》が俄然《がぜん》増して来たってわけだな」

「例の噂って？」

「ここしばらくの生ゴム高騰はフレグ家の仕掛けだって噂さ」

「なんだってそんなことを？」

「奴《やつ》らは前に塩相場でボロ儲《もう》けしてたろ？　同じ事を生ゴムでやるつもりだったらしい」

「でもよ、さすがにババ掴《つか》まされる事がわかってて話に乗る業者なんていねえだろ？」

「だからマ・ゼンダの奴は戦争を仕掛けようとしているのさ。ドンパチをするとなりゃ、嫌でも戦車の必要性が出てくる。戦車を再生したり整備したりするには何が必要だ？」

「あーそうか。工廠《こうしょう》の技師連中はたとえ高くても生ゴムを買わなきゃならんのか」

「そう。あちこちの工廠に買い占めた生ゴムを売り逃げることも可能になるってわけだ」

「でもよ、それって最終的に金を出して戦車を買うのは、戦車傭兵《ようへい》だろ？」

「そう。結局、戦車傭兵の奴らがその分のコストを上積みした高い戦車を買わされる。しかも安い金で生きるか死ぬかの戦いに放り込まれるんだ」

「要するに搾取されるのは戦車傭兵で、潤うのはフレグ家とマ・ゼンダってわけか。ひってえ話だよなあ」

ディーラー達はそんなことを言いながら家路へと付いたのだった。


取引所から最後に出てきたのがマ・ゼンダとゴート達だ。

彼らは現物の引き渡しを受けなければならないため手続きに手間取ったのだ。

大抵のディーラーはトラックの一台か二台で事足りる。受け取った品物を荷台に載せるとさっさと立ち去っていった。

しかしひたすら買いポジを続けたゴート達は膨大な量の生ゴムを引き渡されたのだ。

「マ・ゼンダさん――これどうすんです？」

買ったのは自分達なのだから文句を言える筋合いのことではないが、コーは山積みとなった生ゴムを見てウンザリとなってしまった。

問題は、これらを取引所から運び出さねばならないこと。だがどこに？　どうやって？

コーの質問にマ・ゼンダは後ろ頭を掻いた。

「ここまでとは思ってもみなかったな。現物を保管するための倉庫を借りねばならん。すぐに引き取りのトラックを来させるように手配しよう」

「と言うことだ。コーはここで番をしててくれ」

「別に見張ってなくったって誰も盗んだりしませんよ」

「そういうわけにいくか！　こいつ一梱で一四ビスもするんだぞ」

「でもゴムの匂いが、おいらにはちょっとばかり」

「んなこと知るか。しっかり見張ってろ」

マ・ゼンダがゴートに歩み寄って囁く。

「後のことを頼む。私はトラックの手配をしたらそのまま金策に動く」

「さらなる金策が必要なのか？」

「君や私の姿を見て、あのお嬢様が驚かなかったことが気になるのだ。いずれは私が直々にやってくると予想していたとしてもこのタイミングであることは予想外だったはず」

「我々の行動が露見していたと？」

「その可能性はある。にもかかわらず戦いを仕掛けてきたと言うことは、勝算があるのだろう。甘く見るとこちらがやられかねない」

「しかし、資金を貸してくれるところなんて、もうないのでは？」

「いや、奴ならば、まだまだ吐き出させることも不可能ではない」

「奴とは？」

マ・ゼンダは誰とも答えず不敵に笑った。

§　§

「貴様、追加の借金の申し入れとは、随分と良い度胸してるな!?」

エロウはマ・ゼンダの顔を見て開口一番こう言い放った。

「私が負けたら、君は大金を失う。諦めるには惜しい額だと思うのだが？」

「貴様、脅迫するつもりか？」

「事実を口にしているだけだ。それが脅迫に聞こえたとしたら、それは状況のせいだ」

「くそっ、こんなことならば貴様なんかに金を貸すのでは無かった！」

「高く付いたな」

「なんだと？」

「私の頭を下げさせた代金のことさ！」

「くっ」

「で、どうする？　金を貸してくれるのか、くれないのか？　私も暇ではないのでね。ここで金策が上手《うま》くいかないのなら余所に相談しに赴かなくてはならない」

エロウは忌々《いまいま》しそうに舌打ちすると手形用紙を引っ張り出す。

だが印を押す前に、確認するように尋ねた。

「必ず、勝てるのだな？」

「ああ、資金の準備が出来れば勝つ。それにクスリがそろそろ効き始める頃合いだ」

「クスリだと？」

「前にも言ったろう？　戦車があれば大抵のことは何とかなると。なんとかならなければなんとかなるまで戦車を積み増していけば良いのだ！」

マ・ゼンダはそう語ってニンマリと笑った。


「本当に御願《おねが》いいたします。なんとか、なんとか貸して下さいませ」

レオナは製薬都市ポートレンに散在するゴム工廠で在庫の生ゴムを譲って貰《もら》えないか、それが駄目なら貸して欲しい。必ず返すから、と交渉していた。

ポートレンは薬の工廠が多い。薬の原料は薬草等の植物であることが多いため地面を掘れば油が出てくるような地域では当然ながら仕事にはならない。

かといって畑や森ばかりの土地では、加工のための熱源が手に入らない。

そのためポートレンあたりの立地が一番良いということで製薬都市が形成された。

しかも製薬といっても用途は病気や怪我《けが》を治すためのものばかりではない。

アルコールはもとより、楠《くすのき》のチップを燻蒸《くんじょう》した樟脳《しょうのう》の抽出、生ゴムを加工する工廠もあった。

砲弾の火薬を製造する工廠もある。

それらにレオナは飛び込みで訪問していた。

カーリェの修理工廠で働く技師達の振る舞いを見て育ったレオナは、こうした工廠では原材料の供給が絶たれた時のため、ある程度の在庫を抱えているということを知っていた。レオナはそれを吐き出してくれと頼んだのだ。

「そんなこと言われてもねえ。うちも商売だから、ある程度の備蓄は必要なんですよ」

ドワーフの工廠長は深々と下げられたレオナの頭を困惑顔で見下ろしていた。

「ゴムの相場が上がって困ってらっしゃるのでしょう？　ここでわたくしが勝利すれば、しばらくの間は生ゴムが安く手に入るようになりますわ」

「いや、正直なところを言うとね、原材料費が高くなったってうちは困らないんだ」

「そんな……」

「ミグルン家のお嬢様ならわかってると思うんだけどなあ。原材料費が高くなったならその分を価格に転嫁すればいい。そりゃお客の怒りは買うだろうけど、今はとにかくフレグ家が悪いってことになるからね。値上げをし易《やす》い状況なんだよ」

「でも、値上げすると買い控えをするお客もいるのでは？」

「ここのところはそうでもないんだな」

「どうしてでしょう？」

「ほら、この間マ・ゼンダが工房都市バラクレルを戦車で脅かしただろ？　あれであちこちの工房都市やら隊商が警護の戦車傭兵を増やすようになった。うちの隣にある火薬工場だって増産に次ぐ増産でてんてこ舞いだ。多少値段が上がっても売れるんだよ」

「まあ、そうだったのですか」

レオナは現実を突きつけられて歯がみした。

これまでレオナが頼んだ工房や工廠は、快く在庫を吐き出してくれた。しかしそれは彼女の交渉の手腕が優れていたからでも利益に目がくらんだからでもない。

父をはじめとする代々ミグルン家との付き合いがあったおかげなのだ。

そのことは、こうやってその範囲外にある工廠を訪ねればよくわかった。まともに話を聞いて、断りの理由をきちんと話してくれるだけでも有り難いくらいだ。

取り合ってくれないどころか、水を掛けられたところもあったのだ。

レオナは、交渉を諦めドワーフの工廠長にお礼を述べた。

「父親がやられたんだって？　あんたも大変だろうけどさ、まあ、がんばんな」

こんな気休めの言葉すら有り難く感じられた。

「大変です、工廠長！」

「どうした？　今は接客中だと言ってあっただろう!?」

「でも……」

従業員が工廠長を見て、レオナを見て言いよどむ。

「どうぞ……」

レオナが先を続けるように促すと従業員は言った。

「今、連絡が入りました。コンボリエ・ゴム園組合のコンボイが、出荷に向かう途中で盗賊の襲撃を受けたそうです」

「なんだと？　それはホントか？」

「間違いありません！　コーリエへの道も封鎖されています！」

「フレグ家の奴《やつ》ら、いよいよやりやがったか。これで戦車が売れるぞ。ってことは材料も高く売れるってことだ！　もっと作れ、もっと作るぞ！」

大儲《もう》けの予感に工廠《こうしょう》長は歓喜の雄叫《おたけ》びを上げた。

14

「徹甲弾だ。急げ！」

フォクシーから猪頭《いのしし》と呼ばれたアマゾネス・カンパニー代表ボーア・サス・スクローファは、彼女が車長を務める軽戦車【ゴランド】の装填手《そうてんしゅ》に叫んだ。

「今やってるんだから急《せ》かさないでよ！　徹甲弾は、これじゃなくって、これかな——」

装填手のメスウサギは、戦闘室後方の砲弾ラックに無造作に並べられた砲弾の中から徹甲弾を探していた。

「コンボイが逃げる時間を稼ぐんだ！　急げ！」

彼女らの背後ではコンボリエ・ゴム園組合のコンボイが前進を諦め、分岐路で次々と右折していた。後方にある近在の環濠《かんごう》集落へと逃げ込もうとしているのだ。

そしてそんなコンボイを守るため護衛の戦車隊四十両が横隊に展開した。

そのなかにアマゾネス・カンパニーもいた。

彼女達《たち》がコンボイ護衛に加われた理由はもちろんコネである。

しかし近所の知り合いといった地縁に基づいたコネだと扱われ方も雑で、傭兵《ようへい》カンパニー連合の総指揮官となったシンギリヤという男から、前衛の中の前衛——すなわち囮《おとり》役を押しつけられてしまったのだ。

この任務は万が一、盗賊が襲ってきた時、犠牲になることが多い。

しかし、これをこなしてこそ次の仕事を獲得することができるのだ。

有力な新しい戦車だってお金があれば買うことが出来る。

これも新人、新米、新設、新鋭カンパニーの誰もが通らねばならない試練だと考えて、ボーア達は歯を食いしばってこの任務をこなした。

せめて盗賊が現れたりしませんように——と祈りながら。しかし盗賊よりもやっかいな敵が現れたのだ。

「ボーア！　相手はウルフパックだよ。こんな場所に陣取って大丈夫なのかよ！」

鼠《ねずみ》の砲手が敵に照準を合わせながら叫ぶ。

「でも、白狐《きつね》が言ってた場所はここしかないんだ！」

ボーアは手書きの地図を見ながら怒鳴り返す。

アマゾネス・カンパニーは敵を発見すると道路脇の小高い丘の陰を陣地とした。

装甲が皆無に等しい軽戦車の【ゴランド】ではまともに戦えないからだ。そのためこの丘に身を隠しながら戦おうしたのだ。

しかしフォクシーのした説明は「この小高い丘に拠《よ》って戦え」ではない。この地域で身を隠せるのはこの丘しかないからとっとと通り抜けろ、というものであった。

ところがカンパニー連合を仕切るシンギリヤはボーアの提案に耳を全く貸さなかった。そのまま縦列でコンボイを進ませたのである。その結果がこれだ。

「来たぞ！　撃つぞ、本当に撃っていいんだな！」

「いいからっ、とっとと撃てよっ！」

ボーアの罵声で鼠砲手が撃発ペダルを踏みつけた。

砲尾から薬莢《やっきょう》が吐き出され甲高い音を上げて車内の床で跳ねる。

「はずれ！　次だ！　次も徹甲弾だ！」

「徹甲弾は、徹甲弾は……」

「どうして徹甲弾だけまとめておかなかったんだよ！」

「ごめんよ！」

次は三両の【ゴランド】が同時に砲弾を放った。

発射された三発の内、二発は目標から逸《そ》れた。しかしその内の一発が敵戦車の横面に等しい砲塔へと命中した。

そのまま敵戦車は前進して距離を詰めてくるのだった。

「くそ！　折角《せっかく》あたったのに無傷なのかよ！」

しかし敵の戦車はびくともしない。

「やったあ！　命中だ」


「どうにもチグハグだねえ」

ウルフパック隊第二大隊を率いるギャッキは、彼我《ひが》の展開状況を見ながらボヤいた。

「この戦車傭兵は馬鹿か？　って思ったら案外良いところに陣取って粘る。もしかして戦車はボロでも凄腕《すごうで》かと警戒したら、他の戦車がモタモタしてて全然駄目。どうなってるんだこいつら？」

照準を覗《のぞ》き込んでいる砲手が振り返った。

「烏合《うごう》の衆ってこういう感じですよね」

「腕の良い奴、注意深い奴、先人の教えにちゃんと耳を貸す奴が、情けない戦車で戦っていて、戦車の性能とか幸運だけで生き残ったような輩《やから》が締まらない戦い方をする。ホント、この業界は理不尽極まりないねえ」

「で、どうしやす？」

前進を続けていると敵との距離が詰まっていく。彼らの戦車にも敵の放った砲弾が時々当たるようになってきたのだ。

「いいよ。好きにやっちまえ――一中隊は俺と丘の陰に陣取る【ゴランド】を相手する。その間に第二と第三中隊は、後ろの連中をやっつけろ！　より脅威度の高い奴を優先してやっつけていけよ！」

『了解！』

　それまでいくら撃たれてもただ前進するだけだったウルフパックの戦車がそれぞれの目標を選んで射撃を開始した。


　敵戦車の応射が始まった。

「ひっ！」

　その砲弾はアマゾネスの【ゴランド】近くに着弾。大量の土砂と砂礫《されき》をまき散らした。

「怖いよお」

　装弾手と砲手がその衝撃に泣き言を叫んだ。

「びびってないで粘るんだよ！」

　ボーアが竦《すく》み上がった仲間をどやしつけた。

　仲間はこわばる身体《からだ》をなんとか動かし、震える手で砲弾を装填し、歯の根をガチガチと鳴らしながら敵を照準刻線の交点に合わせて発車ペダルを踏んだ。

　しかしボーア達が折角粘っているのに左右に展開した傭兵連合の【ガラクタック】が勝手に後退を始めた。

『おい、待て。どこにいくんだよ!?』

雑音混じりの無線音声にシンギリヤの叱責が流れる。

『逃げるんだよ！　命あっての物種……ガッ！』

しかし逃げ出した一両に敵の放った砲弾が集中する。【ガラクタック】の砲塔が破裂同然に吹き飛んだ。

「や、やられちまった！」

戦車ごと乗員が焼かれる光景を目《ま》の当たりにしてボーアの仲間達は蒼白《そうはく》となった。

『ボーア、どうするの!?』

僚車の悲鳴にも似た声がヘッドホンのコーン紙を震わせた。

「おたついてないで闘え！」

『けど軽戦車の主砲じゃあんなの相手に歯が立たないよ！』

「履帯《りたい》を狙って！」

『り、履帯？　わかったよ！』


傭兵連合の中戦車【ガラクタック】、中戦車【モブシャ】は次々と撃破されていった。

そんな中でアマゾネスの【ゴランド】は健闘していた。

丘の稜線《りょうせん》から砲塔だけ出して射撃。

すぐに引っ込んで装填しつつ敵を探す。

再び恐る恐る前に出ては、撃つ——という単純な戦い方は案外に効果的で【ゴランド】でも生き残ることが出来たのだ。

もちろんそれだけが理由ではない。

ウルフパックがより脅威度の高い戦車を優先して撃破しようとしたからだ。

履帯を狙われるのは面白いことではないが、命には関わらない。そのため無視するか後回しにしたのだ。

しかし【ゴランド】が粘り続けることで傭兵連合側にある種の誤解が生まれた。

「ちょ、ちょっと！　シンギリヤさん、何すんだよ!?」

『うるせえ、お前達こそどっか行け！　ここは俺達が使う！』

それはこの丘に陣取れば生き残れるという誤解だった。

【ザコット】、【ガラクタック】【モブシャ】が丘の陰に集まり立錐《りっすい》の余地すらなくなってしまった。

これでは身動きできない。撃って、身を隠そうと後退すると味方戦車が真後ろにくっ付いて逆にどんどん前へと押し出してくる。

「邪魔しないで、シンギリヤさん！」

いつの間にかボアの戦車の後ろに、シンギリヤの【ザコット】がいた。

『うるせえ！　テメエらはどっかにすっこんでろ！』

傭兵連合の総指揮官からしてこんな罵声を浴びせてくるのだから始末に負えない。

しかしこの罵声はボアにとっては救いの声でもあった。

「了解！　ウチらはすっこんでることにします！」

指揮官が言うのだから、これは後退命令以外の何物でもない。

いささか苦しいこじつけだがそう受け取ることにした。

「行くぞ！」

ボアの号令でアマゾネスの【ゴランド】三両は後退を始めた。

丘の掩蔽《えんぺい》範囲を出ればたちまちやられてしまうと誰もが思っていた。

しかしウルフパックは【ゴランド】よりも美味《おい》しい相手を食いたいと思うのか、正面、左右両翼から取り囲むように前進をつづけた。

そして傭兵連合を三方から押し包んでいく。

その砲口は丘の背後に隠れる【ザコット】【ガラクタック】【モブシャ】を捕らえた。

結局アマゾネスカンパニーは脅威度が低くて相手にされなかったがため、戦場から離脱することに成功したのだ。


シンギリヤ達の勇戦が功を奏したのかコンボリエ・ゴム園組合のトラックは一両の損失もないままに近在の環濠集落のマテンに逃げ込むことに成功した。

マテンはコンボリエに住まう人々の親戚筋が生活している。

そのためコンボリエ・ゴム園組合のコンボイが襲撃を受けたと知れば、進んで門を開いて迎え入れてくれたのだ。

「くそ、あの戦車盗賊、俺達を待ち伏せてたみたいだぜ！」

どうにか安全を確保した組合トラックのドライバー達はそれぞれに言い合った。

「何だって俺達なんかを？」

「最近、ゴムの相場が上がってるって噂《うわさ》だ。トラック一台あたりで一財産になるらしい」

「一財産っていったい幾らだ!?」

「んなこと知るか！　分かってることは俺達の積み荷を全部かっさらったら大金持ちになれるってことだ」

「組合長よお、いったいどうするんだ？」

「そうだよ、ここにいつまでも引き籠もってるわけにはいかねんだぞ！」

「そうだな。クラップフまでたどり着く方法を考えねばならん」

組合長とドライバー達がそんな問答をしていると護衛の戦車が戻ってきた。

まず戻ってきたのはアマゾネスの【ゴランド】だった。

少し遅れてシンギリヤの本隊が戻ってきた。

しかしその数はわずかに七両。ボア達の【ゴランド】を合わせても、生き残った戦車は四十両のうちの十両でしかない。

しかも生き残った【ザコット】【モブシャ】には無傷なものは一両もない。

あちこち被弾していて破損が酷《ひど》い。搭乗員が死傷している戦車も見られて、停止するなり担架を持ってこいといった怒鳴り声があちこちで飛び交っていた。

この事実にトラックのドライバー達は愕然《がくぜん》とした。

「いったいどこの盗賊団だ？」

「この規模ともなると相当に名の知られた盗賊団だろう？」

「奴らここに攻めてくると思うか？」

組合長はシンギリヤに見通しを尋ねた。

遠巻きに見ている環濠集落の住民達も集まってきて不安そうにしていた。

「そんなことより、コンボイは無事か？」

「ああ、我々のトラックには損害はない」

シンギリヤはボーアを見つけると眉を逆立てた。

「おい、おめえら！　よくも自分達だけとっとと逃げやがったな！」

「そんな、ウチらはシンギリヤさんの指示に従っただけでしょ!?」

シンギリヤが怒りにまかせてボーアの襟首を掴《つか》んでねじり上げる。

すると組合長が止めに入った。

「乱暴はやめたまえシンギリヤ君！　無線はこちらでも傍受していたぞ！　彼女達が戻ったのも君の暴言があってのことだということは我々も理解してる」

「くそっ！　枕営業なんかでこんな情けない戦車しかない新米カンパニーを使う立場になっちまった俺の気分も少しは理解して欲しいね。ったく！」

「八つ当たりに何の意味がある？　今は、これからのことを考えるべきだ。まず戦車盗賊達の動向だが、奴らはどうしてる？」

「二キロほどの距離で停《と》まってるぜ」

　環濠集落側も守りのために砲塁を備えて対戦車砲を設置している。戦車盗賊達はその射程ギリギリのところから近づいてこないのだ。

「ということは、ここにいればしばらくは安全というわけだな？」

「その考えは甘いな。そろそろ日が沈む頃合いだ。奴らは夜間戦を嫌っているんだ。下手をすると同士討ちもあり得るし、何よりも奴らの狙いのトラックまで破壊しかねないからな。ゴムってのは盛大に燃えるんだろ？　攻めてくるとしたら明日、明るくなってからだ」

「で、どうするね？」

「方法ならいくつかある。奴らが野戦を嫌ってるならそいつを逆手に取ればいい」

　シンギリヤは地図を取り出した。

「俺の作戦はシンプルだ。コンボイを二つに分ける。そしてその一隊を明るくなる前にクラップフに向かって出発させるんだ」

「敵が待ち受けてるのにか？　そんなことをしたら敵に襲われてしまうだろう？」

「そう簡単にはやられないさ。それに奴らは積み荷が欲しいんだ。撃つのを躊躇《ためら》う」

「しかし、それでも無事で済むとは思えんな」

「まあ、数に任せて取り囲まれたら捕まっちまうだろう。けど、それが俺達の狙いでもある。先に出るのは囮だ。敵が包囲を解いて囮に襲いかかっている間に、本隊がクラップフに向かうんだ。もちろん囮の荷物は本隊のトラックに移しておく」

「囮はどうなる？」

「空荷のトラックがやられちまう程度は受《う》け容《い》れろよ」

するとそれまで黙って話を聞いていたドライバーが耐えきれないという勢いで言った。

「運転する俺達はどうなる!?」

「そうだ！　そもそもトラックを見れば空荷かどうかなんてすぐにわかるだろう？」

「そうだそうだ！」

「だから、わら束とか適当なもので荷を積んでるように見せかけるんだ。それと囮部隊にはこいつらを護衛に付ければいいさ」

シンギリヤはそう言ってボーア達を指さす。

「動けなくなったトラックのドライバーは、こいつらが闘っている間に逃げろ。そのくらいの時間を稼ぐくらいのことはお前達でも出来るよな？」

シンギリヤはとても簡単なことのように言う。

しかしボーアにはそれがもの凄《すご》く理不尽なことであると感じられた。

§　§

日が暮れた。

夜の帷《とばり》の中を下草をかき分けながらフォクシーとカッフェは静かに進む。そしてやがてマテンの環濠集落へと近づいた。

「すぐ近くまで大規模な戦車盗賊が来てるってのにさあ、警戒がザルだよね」

「農村地帯ノ素人がスル警備ナンテこんなモノ」

フォクシーとカッフェはいとも簡単に内部への潜入を果たした。

しかしこれは防御側の不足を詰《なじ》るべき場面ではない。そういった隙をいとも簡単に見つけてしまうカッフェの強かさの方を褒めるべきだとフォクシーは思ったのだ。

「フム、見ツケタ」

カッフェは小さな家三十軒ほどの環濠集落の広場に戦車やトラックの群れを発見した。

小規模な集落ということもあって広場もさほどの面積はない。戦車十両、トラック三十台でぎゅうぎゅう詰めになっていた。

そしてドライバー達の手でトラックから積み荷を降ろす作業が行われていた。

下ろした荷物を既に積み荷でいっぱいとなっているトラックの荷台にさらに積み増ししようとしていた。

フォクシーは呟《つぶや》く。

「あー、やっぱり囮作戦になったかあ」

彼女はウルフパックに襲撃されたコンボイが、どのような戦術をとるか概《おおむ》ね予想していた。

「ヨク、ワカッタネ」

カッフェがフォクシーの推理力を褒め称《たた》えた。

「コンボイ側がとれる選択肢は四つしかないからねえ。一つ目が交渉。貢ぎ物を差し出してこれでどうか命だけは助けて下さいって頼む方法。二つ目が強行突破。全戦力で突撃する熱い戦法。ただものすごい損害がでるし、命も積み荷の保障もない。三つ目がこの環濠集落に籠城して情勢の変化を待つ方法。でも援軍のない籠城は過酷だよ～。そして四つ目が囮戦術。犠牲を誰かに押しつけて自分だけは助かるぞーってやつ」

「籠城が一番被害が少ナクて、生き残れる可能性が高イと思ウ」

「安全だけを考えるとねえ。けど、コンボリエのゴム園組合はさあ、ゴムの相場が高い間にクラップフに納品したいんよねえ」

「ナルホど、一番乗りノ大儲ケ。狙ワないハズがナイ……か」

「ゴムを出荷するのはコンボリエだけじゃないからね。別の産地のゴムだってそろそろ出荷の頃合いでしょ？　他を出し抜くにはもたもたしてられないんだよね。同じ理由で交渉もない。積み荷を奪われたら大損だもん」

「そして二番目ノ全戦車突撃ハ、戦車傭兵側ガ嫌ガル？」

「そりゃ嫌でしょ。だから残るのは四つ目の囮戦術しかないってわけ」

「ケド囮戦術には表ト裏ノ二種類がアルよ」

「真っ当な囮戦術は、囮をだして敵がそれに食いついてる隙に本命が逃げ延びるパターンだよね。でもって裏は、囮の方が実は本命だったというパターン」

「今回はドレ？」

「さあ、さすがにそこまではわかんないよ。ああああっ！」

「ドシタ？」

「あれ、見て！　ほら、あそこ！　見覚えのある顔を見つけたから奴らに聞いてみよう」

フォクシーは軽戦車【ゴランド】を見つけると闇に隠れてそれに近づいていった。

「あっちが囮のトラックか」

ボーアが作業の光景を眺めながら呟いた。

トラックのドライバー達が空の荷台に牧草やらわら束を載せている。

さらにはドライバーを銃弾や砲弾の破片から守るためだろうか？　運転席周りに鉄板を溶接しようとしていた。

そんな作業を戦車傭兵アマゾネス・カンパニーの少女達が見守っていた。

「あんな鉄板、どこまで効果あるんだか」

問題は鉄板の効果ではない。

囮役を担うドライバー達を少しでも守ろうという配慮がされていることだ。

コンボリエ・ゴム園組合の人々は、危険に身を晒《さら》すドライバー達を一応にしても気遣っているのだ。

「いいよねえ。動けなくなったら逃げて良いって言われてるんだから」

「それだけじゃないよ。クラップフまでたどり着けたら特別ボーナスだってさ」

「えー、マジ!?」

「いいなあ」

対するに自分達にはそれがない。

自分達は戦車という分厚い装甲があるのだからトラックよりはマシ――と考えて自分を慰めることができるが、やはりどこかで承服しきれない部分がある。

「最後まで闘えって、何だよそれ」

少女達は敵に囮を囮と気づかせないため必死に闘う役目を負わされていた。

当然、ボーアはこの任務を断ろうとした。

しかしシンギリヤは冷たい眼差《まなざ》しで言った。

「嫌ならば断ってくれてもかまわんぞ。ただし、お前らには契約を放棄して逃げたという汚名が一生つきまとう」

「そんなことになったら……」

このあたりの郷村はなんだかんだと地縁や血縁で繋《つな》がっている。

そんなところで悪い評判がたったら自分の親兄弟からも絶縁されかねない。

コネが悪い方に働いて今度は誰からも相手にされなくなるのだ。

だが集落の外で待ち構える戦車一個大隊三十六両を相手にたった三両の【ゴランド】で闘うのも無茶《むちゃ》だ。どう考えてもボア達に待ち構えている未来は暗い。

「やあ猪頭。なにやってるのさ？　ちょっと背中に哀愁が漂ってるよ。暗いよー！」

そんなアマゾネスカンパニーにのしかかる重苦しい空気を破るようにフォクシー・ボォルピス・ミクラの声が轟《とどろ》いた。

「あんたナナヨンのフォクシー!?　いったいどうしてここに？」

「そりゃ、あんたに用があるからに決まってるじゃん」

フォクシーはボーア達の驚き顔を見て、してやったりという満面の笑みを浮かべた。


ウルフパック第二大隊は環濠集落のマテンをやんわりと包囲していた。

『やんわり』とは人間の出入りを完全には制限していないという意味だ。狙いはあくまでも生ゴムを積んだトラックだからだ。

「そろそろ奴らが出てくる頃合いだぞ。お前達、気合い入れて見張れ！」

ギャッキは無線機のスイッチを入れると各中隊長に呼びかけた。

『ザッ……本当に奴らが出てくるんですかい？』

「俺が出てくるっていったら必ずそうなるんだよ！　四の五の言ってないで言われた通り準備しやがれ！」

『ザッ……へーい』

「ったく、馬鹿共が」

小腹が空《す》いたのでコンビーフ缶を開けて中をスプーンでほじり。すると無線電波からこちらを呼ぶ声が聞こえた。

『ザッ……ギャッキさん、ギャッキさん！　敵に動きがありましたぜ！』

ギャッキは缶の中身を一気にかきこむと、空き缶をハッチの外へと投げ捨てた。

「ほーら言ったとおりだろ？　んじゃ、全車予定通りに行動開始だ。いいな！」

ウルフパックの戦車が一斉にエンジンをかける。

門が開かれて集落から【ゴランド】を先頭にトラックの車列が姿を現した。

「問題はこいつが囮か、それとも本命か、だな」

「んなの、見ただけじゃわかんないっすよ！」

「しゃあねえ。第二中隊と第三中隊は前進してこのコンボイを捕まえろ！」

『ザッ……了解』

「ただしトラックに傷をつけるなよ！　こいつらの積み荷をまるごといただければ大儲けなんだからな！　特別ボーナスも夢じゃないんだぞ！」

『へーい！　仰せのままにー！』

第二中隊と第三中隊が前進を開始。

するとそれを予見していたのかコンボイのトラックは全速力で進み出した。

足の遅い【ゴランド】はそれらを逃がすために道路から畑に入って砲撃を始めた。

標的の姿がよく見えない夜間だ。つまりは狙いなんか定めていない威嚇射撃だ。

しかしそれでも第二中隊と第三中隊は応戦のために一旦停止しなければならない。

仲間が撃っている間に前進し、止まったら自分が撃って仲間が前進する。この交互躍進で逃げるトラックの針路を塞ごうと進んだ。

そんな時、環濠集落の監視を続けていた第一中隊の戦車から報告が入った。

『ザッ……ギャッキさん！　集落の反対方向からコンボイが出てきましたぜ！』

「このタイミングでかよ!?」

『どっちを捕まえますか!?』

「最初の方か、後から出た方か……う――ん」

ギャッキは決断を逡巡《しゅんじゅん》し頭をガシガシ掻《か》いて唸《うな》る。今ひとつ決心の材料に乏しい。

「護衛の戦車は、どっちが多い!?」

『最初に出た方は【ゴランド】三両だけっす！　後から出た方には【モブシャ】【ザコット】で都合七両っす！』

「よし、命令変更。第三中隊は、後からから出てきた方へと向かえ。そっちがコンボイの本隊だ」

『ザッ……俺達、第二中隊はどうするんです？』

「そっちは囮だから適当に相手しておけ！」

『ザ……了解！』

雑音混じりの真空管無線の声が【ナナヨン】の無線機に傍受されている。

『ザッ……俺達、第二中隊はどうするんです？』

『そっちは囮だから適当に相手しておけ！』

『ザ……了解！』

装填手のミミが肩を竦めた。

「ってことなのです」

「まあ、普通は気がつくよねえ。シンギリヤって傭兵頭、ちょーっと自分だけが助かりたいって態度があからさま過ぎじゃないかな」

「彼ノ判断トは限《かぎ》らナイ。クライエントの要望とイウコトモある」

「そっか……それもあるか」

戦いの素人であるクライエントが、作戦立案に余計な口出しをするというのも現場では良くあることだ。おかげで指揮官は自身の考えた最善を尽くすことが出来ないままに闘うことを強いられてしまう。

雇われ者という立場のなんと不自由なことか。

「それに対して自分で戦場も作戦も選べる立場の楽なこと楽なこと」

フォクシーから持ちかけたこの仕事で、レオナからの依頼内容は『生ゴムの市場価格を下げるために効果的と思われることをして欲しい』というものなのだ。

「戦闘ガ始マッタ」

敵の様子を窺《うかが》っていたカッフェが報じた。

集落から脱出を図った戦車に集中砲火が浴びせられている。

恐怖に我を忘れたトラックのドライバーが運転を誤り、道路をはずれてトラックを畑に落としてしまい横転。積み荷の生ゴムを盛大にばらまいていた。

『ザッ……やっぱりこっちが本隊だ。よし第二中隊、そっちは囮で確定だ。ほうっておいてこっちに来い！　お宝を鹵獲《ろかく》するぞ！』

『ザッ……了解！　ザッ……念のため、第三小隊だけはここに残って囮を追跡撃破しろ！　第一、第二は、我に続け！　我に続け、我に続け！』

　ミミが振り返って尋ねてくる。

「で、どうするのです？　コンボイの本隊を助けに行くですの？」

「ううん。本隊はこのままほっとくよお。いくら【ナナヨン】でも、ウルフパックの戦車三十六両を相手にして勝てっこないし。だから本隊にはこのままウルフパックを引きつけて貰《もら》う。助けるならさボーア達のいる囮だよね。敵だって一個小隊の三両しかいないからお手頃じゃん？」

　フォクシーはミミの問いに答えながらカッフェに『運転始め』を令した。

「でも、囮を助けたって生ゴムは手に入らないのですよ。生ゴムを手に入れないと明日の取引でレオナが負けてしまうのです」

「大丈夫大丈夫。あたしに考えがあるからさあ……」

　フォクシーはそういってニンマリと笑いながらミミにウィンクした。

「ミミ、対戦車榴弾《りゅうだん》よろしく！」

　フォクシーは照準眼鏡に浮かび上がる戦車のシルエットに照準刻線を合わせた。

「んじゃ、撃ちますよー……てっ！」

ナナヨンの主砲が火を放つ。

その砲弾は闇夜の空気を切り裂いて飛翔《ひしょう》し、ウルフパック第二大隊・第三中隊の戦車の砲塔側面に直撃、爆発した。

ＨＥＡＴ弾の炸裂《さくれつ》エネルギーは砲弾前方に作られた漏斗《ろうと》状の窪《くぼ》みにより、一点に向けて集中する。その高温と高圧によってユゴニア弾性限界を超えたライナー金属塊は、戦車の装甲板を貫徹。戦闘室内の乗員達の肉体をめちゃくちゃに引き裂くのだ。

「命中！　撃破！　カッフェ、前へ」

勝利宣言にも似たフォクシーの声がナナヨンの戦闘室内に高らかに響く。

カッフェはアクセルを思いっきり踏み込んでクラッチを繋ぐ。

砲弾を装填しているミミは、戦闘室の後方へ身体が押しつけられたことで【ナナヨン】の巨体が勢いよく前進を始めたことを肌で感じたのだった。

15

翌朝、商品取引所の生ゴム相場は急上昇に転じた。

レオナが淡々と生ゴムを売り続けて、ゴートが淡々と買い続けるという状況は昨日から全く変わっていないのに、ディーラー達《たち》が一斉に買いに転じたからだ。

コンボリエゴム園組合のコンボイが、盗賊の襲撃を受けてこのクラップフに到着できなかったという情報が伝わってきたのだ。

要約するならば、戦闘の激化による戦車需要の急増の見込みと、ゴム供給の遮断。これが本日の生ゴム相場急騰の原因となるだろう。

「へへっ！」

コーがザキを見てニヤリと嘲笑した。

「ここに来て風向きがかわってきたみたいじゃねえか？」

「くそっ」

得意げなコーの笑みを見てザキは歯がみして悔しがった。

「腹を立ててはいけませんわ。これも予定通りと言えば予定通りなんですから」

「うう、でもお嬢さん」

「それより売りの手を休めてはいけませんわ。わたくし達は淡々と売り続けるんです」

レオナは砂時計を振り返る。

砂時計の砂が尽きるとザキは注文札を抱えて板の前へと走った。

係員がそれを受け取って板へと張り出す。

するとたちまち約定が成立した。

相場は一梱《こん》で二〇ビスを超えて三〇ビス、そして四〇ビスへと迫ろうという勢いだった。

売っても売っても焼け石に水、生ゴムの相場はさらに上がっていった。

「ところで――足りるんですか？」

その時、ザキが尋ねた。

ザキはレオナと一緒に生ゴムの確保にあちこちの工廠《こうしょう》を歩いて回った。だから期待したほど生ゴムの現物を集められなかったことを知っているのだ。

「あら、そのことですか――」

するとレオナはニンマリと笑った。

返ってくる言葉の歯切れがどうにも悪い。レオナの笑みが引きつっていて冷や汗っぽい汗の滴が額に浮かんでいるところが、どうしても気になった。

「もしかしてお嬢さん……」

「やっぱわかりますか？　貴女《あなた》の言う通りです。実はもう手元に現物はないのです」

「へ？」

「ですから、生ゴムの在庫は売り切れてしまったんです」

「あ、えっ、でも、売ってますよね？　約定もどんどん成立してますよね!?　これって、空手形って言うんじゃないんですか？」

「あー、それはちょっと意味が違いますわね」

レオナはザキの口にした用語の間違いを指摘した。

経済用語としての『空手形』と、日常使われる『空手形』とでは意味が異なるのだ。

一般には、払う原資が手元にないのに振り出した裏付けのない手形――つまり、守られる宛てのない空約束という意味になる。

しかし、お金に詳しい人間が空手形と口にする場合は、取引実態がないのに振り出された手形という意味となるのだ。

ザキが口にした空手形とはもちろん前者の意味だ。

レオナは現物が手元にないのに売り注文を出して取引を成立させてしまったのだ。

「ここであえて名付けるなら空売り――でしょうか？」

レオナはいけしゃあしゃあと言い放った。

「でも、そんなことしたら精算する時に大変なことになっちゃいません？」

「気にしてはいけませんよ。後場が終わるまでには空売りした分は買い戻して、帳尻を合わせるようにいたしますので」

「で、でもこの調子で相場が上がっていったら、そこで買いに転じたとしても……」

「気にしても仕方有りませんよ。負けたらどちらにしたところでわたくしは破滅なんですから」

「あ、ええと――でも、もうそろそろ前場が終了しますよ――」

「そうですね。そろそろお腹《なか》が減ってきましたし一息つきたいところですわ」

しかし、そうはいかなさそうだった。

「あ、やっぱ無理かも――」

場内で前場終了を告げる鐘が鳴らされると、ほぼ同時に取引所の係員数名が剣呑《けんのん》な面持ちでレオナのいるところへと向かってきたからである。


約定成立を伝える書類の束が手の中に収まりきれないほど分厚くなった。

これだけの生ゴムを取引所から搬出しようとしたらいったいどの程度のトラックが必要になるだろうか。

§　§

そんな事をゴートが考えていると、取引所の職員達の様子が気になった。

前場が終わった途端、係員達がレオナを別室へと連行していったのだ。

「いったい何があった？」

「俺、ちょっと聞いてきますよ」

ゴートのつぶやきを聞いたコーが気を回して職員達の方へと走っていく。

やがてコーは首を傾《かし》げながら戻ってきた。

「なんでもミグルン家のお嬢がやらかしたみたいですね」

「やらかしたとは？」

「意味が俺には良くわかんないんですけど、手持ちがないのに生ゴムを売りにかけていたとか何とか……ゴートさん、これってどういう意味なんです？」

「なんだと!?」

天井桟敷のマ・ゼンダが身を乗り出して言った。

「ゴート！　すまんが事情を確認してきてくれ。私もすぐに行く！」

「わかった」

ゴートはコーに書類の束を押しつけると別室へと向かった。

取調室と化した別室では、レオナと取引所長との怒鳴り合いがなされていた。

「こちらとしては、これ以上の売り発注を認めるわけにはいかない」

「そのようなことはこちらとしては受《う》け容《い》れられませんわ。規則では最終的に帳尻が合いさえすれば問題がなかったはずです！」

「だから、後場の終わりまでに帳尻を合わせられるかどうかが問題になってるんだ！」

ゴートはそんな中へと押し入ろうとした。

しかし係員から関係者以外立ち入り禁止だと言われた。

「儂《わし》は今回大量の買いを約定させている。当然、レオナ嬢の売り出した品も本日受け取った約定の中にはある。その約定が履行されるかどうかに問題が起きたというのなら、私も関係者になる。是非とも事情を聞かせてもらいたいね」

そう言われると係員もゴートを押しとどめることができなかった。

「これはいったいどういうことだ？」

「なんですか？　ゴートまで押しかけてきて？」

「詳しい説明をしてもらいたいな。現物が手元にないのに売り注文を出して約定を成立させていたと聞こえたのだが？」

「その通りで間違いありませんわ。けど心配はありません。今日の後場終了までには帳尻をしっかり合わせますわ」

　すると取引所長が言った。

「問題はそれが上手《うま》くいかなかったらどうするんだっていう話です！」

「ですから、後場もちゃんと取引させていただけたらその問題もなくなるのです」

　ゴートは矛先を所長に変えた。

「こちらとしては現物がないのに売り注文を出せることに驚きを禁じ得ない。売り発注を無制限に出せるなら、理屈の上では相場をいくらでも下げることが出来ることになってしまうのだからな。取引所の制度そのものに瑕疵《かし》があると言わざるを得ない」

「あら、別にわたくしは困ったりしませんわ」

「こちらが金策にどれだけ苦労しているか分かって言ってるのか？　不公正だ」

「でしたら、貴方《あなた》も無限に買い注文を出せば良いですわ。後場の終わりまでに買った品を売り払い帳尻が合ってれば良いのです」

　すると取引所長が悲鳴を上げた。

「そんなことをされては相場がめちゃくちゃになってしまう！　決めました。今、決めました！　レオナ嬢、我々は本日これ以後は貴女からは買い注文以外は受け付けません！　ゴートさん、買いについて同じですよ！　混乱を避けるため空での取引は一切受け付けません！」

「わたくしに許されるのは買いだけなのですか？」

「それが嫌だというのなら可及的速やかにこれまで売った分の現物を納めて下さい。それが確認できたなら発注を受け付けましょう」

レオナが、はしたなくも頬《ほお》を膨らませた時マ・ゼンダが乗り込んできた。

「レオナ嬢、君は生ゴムの今の値がいくらか知っているのかね？」

マ・ゼンダは部屋に入ってくるなり開口一番にレオナを問い詰めようとした。

しかしレオナは答えなかった。ただニヤリとほくそ笑んだ。

「ゴート、ご覧なさい。私の言った通りになりましたわ」

ゴートは深々と嘆息した。

「何がだ？　何の話だ？」

「実は、貴方の余裕綽々《よゆうしやくしやく》の表情を引きつらせてやると約束していたのです。ついでに高みから引きずり下ろすとも。見事その通りになりましたでしょう？」

レオナに今の自分の有様を指摘されたマ・ゼンダは憤然とした面持ちとなった。

別にどうということでもないはずなのに奇妙な敗北感に晒《さら》されたのだ。

「君は、そんな小さな満足感のためにこんなことを企てたのかね？　随分と私の自尊心を高く見積もったものだ。ここは、大きな感謝を君に向けねばならないかな？」

マ・ゼンダは芝居じみた余裕綽々の態度を大仰に見せつけて頭《こうべ》を垂れた。

レオナもクスリと嗤《わら》って屈膝礼《くつしつれい》で返した。

「まさか。この程度で終わりなはずありませんわ。貴方にはお返ししなければならないことが山ほど積もり積もっておりましてよ」

「お返し？」

「ええ。貴方はならず者を使嗾《しそう》してわたくしの拐《かどわ》かしを企てました。その際に友人のマーレを殺害しました。父を死に至らしめました。街の人々を殺害しました。そしてミグルン家の所有するカーリエを奪い取りました」

「弱肉強食は世の習いだ。それのいったい何が悪い」

「世の習いとおっしゃるからには、わたくしが貴方を付け狙い、挑むこともまた当然のこととしてお受け下さいますわよね」

「無論だ。ただし実現は不可能だ。君と私との間には力の差が歴然としている」

「そうかしら？　以前は大きな差がありましたが、今では同じ場所におりましてよ」

「なんだと？」

「事実、こうして向かい合っています。天井桟敷から見下ろしていた貴方がここまで降りてきた。既に力関係は拮抗《きっこう》しているのです。あと少しなのです。あと少しで貴方を破滅に導いてさしあげられますわ」

「やってみれば良いさ。君は今の生ゴムの価格が幾らか知っているかね？」

「前場の終値は一梱五〇ビスと四ナットです」

「後場になればさらに値が上がる。君は返しきれない多額の負債を抱え伯父のノガタル諸共《もろとも》破滅することになる」

「あら、上がるとは限《かぎ》りませんわよ」

「その自信がいったいどこから出てくるのか知りたいね」

「もうじき、分かりますわ」

するとその時、関係者室に入ってきた係員が取引所長に耳打ちした。

「な、なんだと!?」

突然の驚き声にマ・ゼンダが振り返った。

「所長か、いったいどうしたのかね？」

「いや、その……」

「何か重大なことが起きたようですわね？　教えて下さいませんか？」

「こ、これは相場に影響を与える可能性のある情報だ。それを我々が一部の者だけに伝えては公平ではなくなってしまう――」

「そうですか。では私から申し上げましょうか？」

「ま、まさかレオナ嬢、君は何が起こるか知っていたのか？」

「ええ、予想しておりましたわ。そもそも私の仲間が中心人物なのですから」

「そ、そうか。君がこれまでひたすら売り続けていたのは……そういうことだったのか」

「所長、いったい何が起きているのだ!?」

マ・ゼンダがいい加減に情報を開示しろと所長に迫った。

「い、言えない。し、しかし、誰かだけが知っているなんて事も不公平だ。私は、私はいったいどうしたら良いんだ!?」

「今、休場中でしてよ。それほどに影響のある情報と思われるのでしたら、後場の前に全員に伝わるように取り計らえば良いのです。取引所の入り口脇にでも大きく掲示なさってはいかが？」

「そ、そうか。そうすればいいのか……実は、盗賊に襲われたというコンボリエ・ゴム園組合のコンボイが包囲を突破してこちらに向かっているという情報が入ったのだ」

この情報は、生ゴム相場の急落に繋《つな》がる。

そもそも相場急騰の原因がコンボリエ・ゴム園組合のコンボイが襲われて、ゴムの市場への供給が停止したことをきっかけにしているからだ。

「ほおら、あと少し。——ですわね」

レオナはニンマリと笑ってマ・ゼンダを振り返った。

マ・ゼンダの顔色は真っ青だ。振り返りもせず慌てふためいて部屋を飛び出していく。

「フォクシー、後を任せましてよ」

その背中を見送りながらレオナは指でっぽうをマ・ゼンダへと向ける。フォクシーに銃の撃ち方を教えられた時のことを思い出しながらしっかり構えて狙いを定める。

「ばぁん！」

見えない弾丸がマ・ゼンダの背中目掛けて発射された。

§　§

マ・ゼンダとゴートが別室から飛び出す。

「どういうことだ？　いったい何があったと言うのだね、ウォリル君？」

そして廊下で待っていたコーとウォリルを見つけると詰め寄った。

「コンボリエ・ゴム園のコンボイの無線通信をクラップフ警備隊が傍受したという噂《うわさ》が関係者の間で流れているのです」

「無線だと？」

ゴートが補足説明を求めてウォリルを振り返る。

「近いのか？」

「十キロ圏内です」

ウォリルは、【タランチュラ】に搭載されている無線機だと、天候等の調子の良い時に発射する電波が届く距離が概《おおむ》ね十キロだと答えた。大抵の戦車が低品質の再生部品を使っているためそれ以下の距離でしかやりとりできない。

「ギャッキ君はいったい何をやっているのだ!?」

ちなみにギャッキが今、何をしているかというとコンボリエ・ゴム園組合のコンボイ本隊のトラックを鹵獲《ろかく》し狂喜乱舞しているところであった。

彼は、自分は任務を完璧に果たしたと思っている。そして山積みの生ゴムを鹵獲したと言って大喜びしていた。これで俺達は大金持ちだとご満悦なのだ。

取り逃がした囮《おとり》隊（積み荷は空）がそのままクラップフに向かっていて、それがゴム相場に絶大な影響を与えようとしているとは毛ほども思っていない。

これはギャッキが悪いわけではない。

生ゴムの入荷を止めるためにコンボイを襲えと命じられているのだから当然なのだ。

対するにフォクシーは『生ゴムの市場価格を下げるために効果的と思われることをして欲しい』とレオナから依頼されている。

目を付けるべき所は生ゴムを持ってこいとは求められていないことだろう。

つまりは生ゴムを大量に積んだトラックがやってくると市場関係者に思わせるだけで良いのだ。

実際「コンボリエのコンボイがやってくる」と耳にした者はことごとくトラックには生ゴムが満載されていると決めつけていて空荷の可能性を全く考えていない。

「そんな噂が流れたくらいが何だって言うんです？　実際にゴムが売りに出なきゃ何でもないはずですよ！」

コーが言った。

少年らしい言葉だがゴートはかぶりを振った。

「単に噂が流れているだけならな。しかしコンボリエ・ゴム園のコンボイはこうしている間にも刻一刻とこちらに向かっている。大量の生ゴムを満載してな。それがここにたどり着いて取引所に納品されてみろ、売りが売りを呼んで生ゴム相場は急落する。そしてそれを見込んだディーラーは、その前に抱え込んだ生ゴムを売り抜けようとする」

「な、なんとか止められないんですかゴートさん！　コンボリエのコンボイがこちらに向かっているのは誤報だったとかいう噂を流すとか」

「今となってはもう無理だ」

ゴートが廊下の向こう側に見える取引所玄関へ顔を向ける。

既にディーラー達の人垣が玄関近くにできていた。

取引所はレオナの提言に従い、相場に重大な影響を及ぼす可能性の高い情報を公平に伝えるべく掲示したのだ。

「いや、まだ手はあるはずだ。大抵のことは戦車でなんとかなるのだ。なんとかならなければ何とかなるまで戦車を積み増していけばいい。ウォリル君！　ティルティ君の隊は今どこだ？」

「予定通りならばコーレム方面で生ゴムの出荷を止めているはずです。けど、ここから十キロ以上は離れています。無線機ではとても連絡がつきません。どうしても呼び寄せるなら誰かを伝令に走らせないといけません」

「今から走らせたところで間に合うまい」

ゴートが呟《つぶや》くと、マ・ゼンダが何か決心したような表情でウォリルに尋ねた。

「ウォリル君。【タランチュラ】と護衛の【カブラカーン】は準備は出来ているね？」

「え、ええ。各車とも砲弾も燃料も満載してますので。しかしたった三両では」

「しかしこのコンボイを撃破しなければ私は破滅してしまう」

「マ・ゼンダ様が破滅するなんてありえません！」

　ウォリルは言い放った。

「そもそもこのような汚らしいお金の戦いに、どうしてマ・ゼンダ様が手を染めねばならないのですか！　資金稼ぎなんてゴートに任せておけば良いではありませんか！」

「高潔な君が、私が資金稼ぎに動くことを面白く思ってないことは知っている。しかし私は君達への雇兵料の支払いすら滞らせている身だ。ここは行くしかないのだ」

「ですがマ・ゼンダ様。コンボイのエスコートには、ギャッキの隊と正面から闘って撃破できる規模の敵がついている可能性もあります。たった三両の戦車では――」

「もし、私に戦車が操縦できるならば、ひとりで行く。しかし自分で出来ない以上は君に頼むしかない。ウォリル君――いや、ウォリル。私と一緒に来てくれないか？　もちろん、これは命令ではない。私からのたっての願いだ」

　ウォリルはマ・ゼンダと見つめ合った。

　やがてウォリルはそして何かを諦めるように頷《うなず》いた。

「仕方ありません、お付き合いします」

§　§

コンボリエ・ゴム園組合のコンボイはクラップフの草原を、土煙をまき散らしながらも驀進《ばくしん》していた。

舗装なんてされていない路外での走行だ。タイヤのついたトラックなどでは速度もそれほどでない。そのおかげで【ゴランド】でも十分に伴走することが出来ていた。

そしてそんなコンボイを先導する【ナナヨン】の車長用ハッチにはフォクシーがいた。

「カッフェ、しばらくは速度針路そのまま！」

「リョカイ！」

フォクシーは吹き荒れる風を上半身に浴びつつ、コンパスを使って地平線の遙《はる》か遠くに見える山の頂までの方位角を測った。

「この山の頂がこの角度で、こっちの山がこの角度だから……」

地図に定規で二本の線を引く。

その交点が概ねの現在位置となる。移動しながらの計測だから正確な数値にはならないが、それでも目安にはなる。

「カッフェー、針路修正。ちょい右にね」

「ウイ！」

「こちら【ナナヨン】。コンボリエ・ゴム園組合のドライバーのみんなに通達するよ！　クラップフまであと三キロちょっとだぜー！」

『やったぜ！』

『ひゃっはー！』

無線電波に乗って喜びに満ち満ちた喊声《かんせい》が返ってくる。

これもまたフォクシーの期待通りだった。この電波があちこちに傍受されれば、コンボイが近づいていることを知らせることにも繋がるのだ。

そうすればゴムの市場価格はさらに下落していくだろう。

するとフォクシーの【ナナヨン】の隣にボーアの乗った【ゴランド】が前に出てきた。

何か話しかけてくるつもりのようだ。

「無線機を使えば良いのに」

ボーアがエンジン音や風に負けないような大声で呼びかけてきた。

「後ろのトラックには生ゴムなんか積んでないけど、本当にいいのかい!?」

「良いんだよ！　コンボリエからのゴム園組合のコンボイがやってきたって話が、クラップフに伝われば十分なんだよ！」

「良くわかんない話だねえ」

ボーアは何とも理解できないという風だ。

「でも分かったことがある。つまりあんたらは、うちらを助けるために来たってわけじゃないんだね!?」

「そだよ！　今回、あたしらはあたしらの勝手な都合で戦争してる。だからボーア達も恩に着る必要なんてないんだよ！　まあ、ウルフパックの奴《やつ》らなら、きっと本隊に食いつくからあんたらが生き残る可能性もそれなりに高いとは思ってたけどねー」

ボーアはフォクシーの本音を聞いて悔しげに鼻を鳴らした。

「ちっ、糞《くそ》がっ！」

自分達がついでの扱いで助けられてしまったということが何とも悔しかったのだ。


「どう思う？」

フォクシーの真意を知ったボーアは、戦車の戦闘室に潜ると仲間達に問いかけた。

しかし仲間達から返ってきた答えは「別に良いんじゃないの」というものだった。

「あいつらは、うちらを利用してるだけなんだよ？」

「いいじゃん。おかげで助かったんでしょ？」

もし【ナナヨン】の介入がなかったら自分達はどうなっていたか。それを考えれば贅沢《ぜいたく》を言える立場ではないのだ。

その時【ゴランド】の装填手《そうてんしゅ》が報告した。

「そんなことよりボーア！　左前方に戦車らしき塵煙《じんえん》！」

「なんだって？」

装填手が指し示した方角をボーアが睨《にら》み付ける。

するとはるか彼方《かなた》の地平線あたりに小さな土色の盛り上がりが見えた。

【ナナヨン】に併走しているアマゾネスの【ゴランド】が突如として砲撃した。

「ん、敵かな？」

フォクシーは弾の飛んでいった方角に双眼鏡を向けた。

「敵だとしたら、先回りされたってことなのです？」

「ないないそれは絶対あり得ない。クラップフにいたフレグ家の誰か——例えばマ・ゼンダの奴とかがあたしらを阻止するために来たんだと思うよ」

「戦車の種類は？　数は？」

「うーん」

フォクシーは右手を大きく挙げると一旦、コンボイを止めた。

戦車が止まり、追従してくるトラックも止まっていく。

フォクシーは改めて双眼鏡で地平線近くを睨んだ。

「やっぱりだ。多砲塔戦車の【タランチュラ】がいる。マ・ゼンダが乗ってた奴だ」

「護衛についてる【カブラカーン】は二。明らかにウルフパックなのです」

アマゾネスのボーアが【ゴランド】を隣に寄せて声をかけてきた。

「おい、どうする!?　あいつらと闘うのか？」

「もちろん。クラップフに行くにはそれしかないからね。それに奴はレオナの仇《かたき》だ」

ボーアは狼狽《うろた》えた。

「た、戦うのか!?」

「もちろん、正面から叩《たた》き潰すに決まってるでしょ」

「こっちは【ゴランド】なんだぞ！」

「【ゴランド】だってそう悪い戦車じゃないよお。大丈夫大丈夫、このあたりの地形はしっかり調査してあるから」

　フォクシーはそう言って手描きの地図を持ち上げて見せた。

「え!?」

「下準備は大切って教えたろー？　まー、怖くて無理って言うんだったらさ、後ろから見てるだけでもいいよお」

　フォクシーはボーアの返事を待つことなくカッフェに前進を伝えた。

【ナナヨン】は履帯《りたい》音を鳴らしながらゆっくりと前進を開始した。

「どうするよ、ボーア？」

　アマゾネスの戦車がボーアの両脇に集まってくる。

「見てていいって言うんだから、奴らに任せておこうよ」

　気弱な装填手がボーアの袖を引いた。

「うぐぐ」

　しかし背後には囮隊のトラック・ドライバー達の視線がある。

　勇敢で尻込みせずに闘うという評判こそが戦車傭兵《ようへい》の次の仕事へと繋がる。そのためには無理をしなければいけない時がある。それが今なのかも知れない。

「仕方ない。行くよ！」

ボーアも仲間と共にフォクシー達の後を追ったのだった。


【タランチュラ】の放った砲弾が空気を切り裂いて飛んでくる。

驀進する【ナナヨン】の近くに砲弾が落着して土塵《つちぼこり》と炸薬《さくやく》の煙が広がった。

その中を【ナナヨン】が掻《か》き分けるようにして突っ切っていく。

車長用ハッチから上体を乗り出しているフォクシーは降り注ぐ土砂を頭から浴びた。

「フォクシー！　中に入って！」

「こんな遠くからあたるはずないから心配すんなーっつーの！」

【タランチュラ】は八十八ミリ砲を一門と、三十七ミリ砲を二門搭載している。

と言っても副砲は車体の前と後ろに分けて配置されているので一つの方向に同時に撃てるのは主砲と副砲一門の計二門だけだ。

この二発と、重戦車【カブラカーン】の放った九十ミリ砲弾の二発。

都合四発がまとめて降ってくると掘り返される土砂と煙、そして降り注ぐ土砂の量はなかなかで視界はたちまち覆い隠されてしまった。

「っくう――――、燃えるねえ！　とっかーん！」

ゴーグルを降ろしたフォクシーは、表面の泥汚れを袖で拭うと叫んだ。

砲弾の爆発、履帯が大地を抉《えぐ》る音、高まるエンジン音。そんな中に戦いの興奮と熱気に突き動かされるフォクシーの声が入り交じる。

「停止よーい！　止まれ！」

フォクシーは敵を見据えて叫んだ。

カッフェがブレーキをぐんっと踏み込むと履帯の回転があたかもロックしたかのように停《と》まった。

しかし慣性がついて勢いのある戦車は地面を抉りながら滑った。

「目標、左側の戦車！」

その間にフォクシーは滑るようにして戦闘室へと潜り込む。

車長用照準眼鏡を覗《のぞ》き込むと敵戦車が完全停止する瞬間を待つ。待つ、待った――。

「って！」

フォクシーが発射トリガーを握りこむ。すると【ナナヨン】の主砲が火を放った。

「命中。前進、前へ！　カッフェ、ちょっと針路を右へ！　奴らに気づかれない感じで！」

「リョカイ」

再び戦車は前進を開始し、フォクシーとミミの身体《からだ》は戦闘室後部へと押しつけられた。

【タランチュラ】がエンジンを唸《うな》らせながら前進している。

主砲塔の中では無線手兼装填手が砲弾を装填している。

砲手のウォリルが照準眼鏡で敵を睨み、マ・ゼンダが車長席で全体を指揮する。

この間に【カブラカーン】が停止して敵を狙う。

マ・ゼンダが叫ぶ。

「操縦手、停止しろ！」

【カブラカーン】が撃ち終えて前進を始めたタイミングで、今度は【タランチュラ】が停止して敵を狙い撃とうと言うのだ。

砲弾が発射され車内に火薬の匂いが立ちこめる。

薬莢《やっきょう》が戦闘室の床に転げ、狭い戦闘室内の気温が数度ほど上がった。

「前進しろ！」

マ・ゼンダの号令で再度前進を開始した【タランチュラ】が最高速に達した時、右隣から爆発音が響いた。

「なにが起きた!?」

「【カブラカーン】です。右の【カブラカーン】が被弾しました！」

後部砲塔の射撃手の報告を聞きながら、ウォリルがちらりと右後方を覗く。

すると擱座《かくざ》した【カブラカーン】から仲間が飛び出していた。

どこかに火が付いたらしい。砲口やハッチから煙が溢《あふ》れていた。

「こんな距離から当ててくるなんて――」

撃ってくるのは【ナナヨン】だけではない。【ゴランド】の砲弾も降ってくる。これがウォリルを微妙に苛立《いらだ》たせた。

「副砲、とっとと【ゴランド】を黙らせろ！」

ウォリルが命じる。しかしマ・ゼンダが制止した。

「ウォリル君。狙いは全て【ナナヨン】に集中させるんだ。できる限り、有力な敵から撃破すべきだ」

ここはマ・ゼンダが正しい。

ウォリルは頭を冷やすと砲手達に【ナナヨン】に集中せよと告げた。

「てーし！」

マ・ゼンダの号令でブレーキが踏まれる。

【タランチュラ】の速度が低下していく。その間にウォリルは主砲を操作し【ナナヨン】に狙いをつけた。

しかし重い車体は簡単に止まらない。動揺もなかなか収まらない。実は一秒間か二秒間程度のことでしかないがそれが数分間のことのように感じられた。

「てっ！」

敵に狙いが定まった瞬間、ウォリルが発射ペダルを踏み込む。

主砲と副砲が、ほぼ同時――いや、副砲の砲が若干早く発射され【タランチュラ】の巨体が揺れた。そのせいで主砲の狙いが微妙に逸《そ》れてしまった。

発射された砲弾が敵に届くのを待つ数秒。その間に【ゴランド】からの応射弾が【タランチュラ】周囲に降り注ぐ。

その内の一発は【タランチュラ】の巨体に命中した。

しかし一番装甲の厚い部分であったため被害はない。

ウォリルの放った八十八ミリ砲弾と、三十七ミリ砲弾は急停止した【ナナヨン】の鼻先で土煙をあげた。

「くそっ、惜しい！　至近弾！」

しかし僚車の【カブラカーン】が放った砲弾が【ゴランド】に命中。その砲塔を岩に落とした皿のように粉々にした。

「命中！　撃破！」

「やった！」

【タランチュラ】の乗員達が一斉に賞賛の声を上げる。

しかしその瞬間、その【カブラカーン】が今度は【ナナヨン】の放った砲弾を喰《く》らって吹き飛んでいた。

「くそっ！　またやられた！」

車長用ハッチから炎が噴き出して爆発する。乗員達は逃げる間もなかったろう。

「前進だ！　敵を思いっきり引きつけて全砲斉射で片付けろ！」

マ・ゼンダの号令を受けて操縦手がアクセルを踏み込む。

【タランチュラ】の四ストロークV型十二気筒液冷ディーゼルエンジンが軽油を思いっきり吸い込んでその出力を最大とした。

「バッヂがやられた！　フェリアがやられちまったよお！」

【ゴランド】が吹き飛ぶのを見て、ボーアが仲間の名前を一人ずつ呼んで喚《わめ》いている。

「でも、こっちだって二両やっつけたよ！」

残った敵は【タランチュラ】が一両だけだ。

対するフォクシー達は【ナナヨン】と【ゴランド】の三両だ。

数の上では圧倒的に有利だ。

しかし経験の浅いアマゾネスの傭兵達はそのようには考えられない。仲間を失った衝撃で悪いことばかりが頭の中を巡っているようだ。

「ミミ！　お次はＡＰＦＳＤＳ！　弾込め！　そろそろ決めないと、アマゾネスの連中が逃げ出しちゃいかねないからね！　ポイントチャーリーで勝負を決めるよ！」

ミミは戦闘室で両足を開いて踏ん張るようにして立っている。そして一升瓶ほどもある砲弾をふんっと力任せに砲尾に押し込み閉鎖機を閉じた。

「面倒見が、随分と、良いですの！」

彼女の足元にはこれまで発射された薬莢が転がっている。

「お高い弾、装填よしなのです！」

「カッフェ！　速度あげて！　増して増して超増して！」

「ウイ！　ウィウィウイー！」

フォクシーはカッフェに全速力を注文する。

そして車長用ハッチから上体を出し周囲の風景と敵の位置を再確認する。

敵【タランチュラ】はすぐそこにまで近づいてきていた。

これまでに二両の敵戦車を撃破し、随分とヘイトを買った。その主砲と副砲の砲口は全てフォクシーへと向かっている。

「そろそろポイントチャーリーだよ。敵をじっくり引き寄せてぶっぱなす。アマゾネス！　これからも戦車傭兵で食べてくつもりなら、必死に食らいついてきなっ！」

両者の距離はあっという間に縮まっていった。


【タランチュラ】と【ナナヨン】の距離は急速に縮まっていく。

その加速に【ゴランド】はなかなかついていけない。エンジンの力が違いすぎるのだ。

ヘッドホンからフォクシーの声が聞こえた。

『アマゾネス！　これからも戦車傭兵で食べてくつもりなら、食らいついてきなっ！』

「くそ狐《きつね》め！　あたしらを顎で使いやがって！」

敵【タランチュラ】の放つ機関銃弾が【ゴランド】に命中。

しかし【ゴランド】も一応は戦車だ。対歩兵用の銃弾なんかではやられたりはしない。

「くそっ！　くそっ、くそっ、くそっ！」

とは言え車体に弾丸が当たり続ける音は、戦闘室内の乗員の神経をヤスリで削っていくような地味な威力がある。神経がすり切れかかっていたボーアはついに耐えきれなくなった。

「と、とまれ！」

「ボ、ボーア、こんなところで停まっても！」

すぐ目前にまで近づいた【タランチュラ】を見て砲手が悲鳴を上げる。

「いいから、撃てよっ！」

【ゴランド】の三十七ミリ砲が火を放った。

「やった！　あたった！」

しかし砲弾は【タランチュラ】の正面に命中しただけだった。

「効いてない!?」

しかし操縦席近くへの被弾を嫌がった【タランチュラ】の操縦手が、わずかに針路を左に向けたことで運命が大きく動く。

草むらを掻き分けて進んだ【タランチュラ】の前方に突如地溝が広がっていたのだ。

このあたりの地域は深く幅のある地溝が長く走っている。

しかもそれらは下草に隠されていて少し離れると見えない。

そんな地域をポイントチャーリーと名付けたフォクシーは、クラップフに真《ま》っ直《す》ぐ向かうと見せつつ針路を（フォクシー達から見て）わずかに右へとずらしていった。そうすることで敵【タランチュラ】がこの地溝へと向かうように誘導したのだ。

そしてこの敵はまんまと狙いにかかった。

【タランチュラ】は突然目前に現れた地裂に全長十メートル弱の車体を思いっきり突っ込ませたのである。

　この隙を待っていた。

「今だ！」

【タランチュラ】の砲塔の天蓋——戦車の防御力の最も脆弱《ぜいじゃく》な部分が丸見えだった。

　フォクシーが発射トリガーを握りこむ。すると発射されたＡＰＦＳＤＳのタングステン製の弾心が【タランチュラ】砲塔天蓋右側に命中した。


「全砲、射撃よーい！」

　マ・ゼンダが近づいてくる【ナナヨン】を睨み付けている。

「ウォリル君、しっかり狙いたまえ！」

　言われるまでもない。ウォリルは砲手用照準眼鏡を睨んで敵にレティクルを合わせた。

「来ました。いつでもいけます！」

　副砲塔の砲手も撃つ準備が整ったと報じてくる。

「あと少しだ！　あと少し敵を引きつけるんだ！」

　マ・ゼンダが叫ぶ。

　その時、敵弾が【タランチュラ】に命中。戦闘室内に大音声が響いた。

「くそっ！　正面に喰らった。左に……」

操縦手が喚くと敵に合わせていた照準が突然ズレた。

針路がわずかながら左にかわったのだ。そして突如として乗員達に車体が滑り傾いて落ちていく感触が襲いかかった。

「う、撃て！」

慌てたマ・ゼンダが叫ぶ。

ウォリルも副砲砲手も発射ペタルを踏み込んだ。

しかし既に照準は狙いから大きく逸れて主砲、副砲共に発射された弾丸は地溝の底へと向かっていた。

そして目前には敵戦車の主砲がある。

ＡＰＦＳＤＳが【タランチュラ】砲塔天蓋部に命中。その先端部は高温高圧によってマッシュルーム状に膨張。周囲の装甲材を抉りながら侵徹。そして弾心の残った部分が装甲の内側部分と共に内部に散らばった。

その範囲には主砲塔右側――つまり車長席がある。

そしてその先には後部銃塔射手兼エンジン技師席、続いてエンジンがあった。

お陰で戦闘室内にはあっという間に錆《さび》臭さと、鉄の焼ける独特の匂い。そして軽油の匂いが広まった。

「ひ、被弾した！」

「だ、脱出しろ！」

生き残った乗員達がわめいて悲鳴を上げ、たちまち脱出していった。

しかし砲手のウォリルは出遅れた。

敵を狙おうと照準眼鏡を覗いていたため戦車に何が起きたのか状況の把握と理解が追いつかなかったのだ。

「ウォリル、何してるの！　生きてるなら急いで逃げて！　燃料に火が付いてる！」

見渡せば仲間は既に逃げ出して、戦車内には死んだ仲間の遺骸しか残っていない。

「マ・ゼンダ様！」

慌てて右を見るとマ・ゼンダの姿はなかった。

もう脱出してしまったのかと思って、天蓋を見上げる。するとそこには砲弾が貫通した際に出来た穴があった。

その瞬間、ウォリルは全身の毛が立って背筋が凍り付く思いをした。

敵の放った砲弾が車長席を貫いたと理解したのだ。

おそるおそる視線を下に降ろすと肉体の残滓《ざんし》がそこに散らばっていた。

「ひぃぃ！　マ・ゼンダ様ああああああああああああああああああ」

ウォリルの悲鳴が聞こえたのか一旦外に逃げた仲間が戻ってきた。

ハッチがこじ開けられる。そしてウォリルの身を戦車から引きずり出そうと腕を突っ込んできた。

「ウォリル！」

「いやあああああああああああああああああああああああ！」

「引っ張り出せ！　せぇの！」

ウォリルはされるがままに仲間の手で外へと引っ張り出された。

そこで敵の姿を至近で見ることになった。

【ナナヨン】は追い撃ちをかけるつもりはないようだ。

速度を落とすことなく地溝に落ちた【タランチュラ】の傍《かたわ》らを通り過ぎていった。

その際【ナナヨン】の車長用ハッチから上半身を乗り出している白い狐の姿がウォリルの目に焼き付いた。

「あ……れがナナヨン……」

続いて【ゴランド】が通り過ぎていく。

その後ろはコンボリエのゴム園組合のコンボイだ。トラックが一台、また一台と通り過ぎていった。

「あの白狐が……敵」

炎を吹き出し始めた【タランチュラ】から降ろされたウォリルは仲間の手で応急手当を受けていた。しかし彼女の心はここにはない。

ウォリルはどす黒い憎しみの感情と目にした姿をその魂に深く深く刻みつけていた。

§　§

クラップフの取引所では後場が始まっていた。

「売りだ、売りだ！」

開場の鐘が鳴るなりディーラー達が一斉に生ゴムのボード前へと押しかけた。

「一梱包《こんぽう》四〇ビス、いや三〇……まだ買い手が付かないか、ええい二〇ビスだ！」

ディーラー達は抱え込んだ在庫を売り抜けようと必死に声を張り上げている。

しかし誰もが売ろうとしている状況では、買い手はなかなか現れない。

相場は急転直下して相場はついに一三～一五——普段通りの値を突き抜け、一〇以下にまで墜落した。

多くのディーラーが頭を抱え、泣きわめき、あるいは呆然《ぼうぜん》と立ちすくんだ。

「貴方、どうしてこんなことになったのですか？」

天井桟敷席でこの顛末《てんまつ》を見守っていたマージャが尋ねる。

「コンボリエのコンボイの件が大きいな。ウルフパックの力にも疑義が生じた。コンボリエ・ゴム園組合に雇われた戦車傭兵に破られる程度には弱いということになるからだ」

「値が下がって損をするのがお嫌だったら、売らずに抱えていれば良いのに」

「工廠の経営者ならばその手がある。しかし保管するにも費用がかかる。そしてここにいるディーラー達にとって資産を塩漬けにすることは自殺と同じなのだ」

デリックは解説しながら苦虫を噛《か》みつぶしたような表情をしていた。

彼はこの後のことに思いを馳《は》せていたからだ。

まずはアーリントの処分の件だ。

既にアーリントから接触があった。裏切りを反省するので元の鞘《さや》に戻りたいと随分と調子の良いことを言っていた。

しかしフレグ家との取り次ぎ役でもあったアーリントを処断するとフレグ家との外交交渉のパイプを切って捨てることになる。

これは国交断絶と同義であり、正面切って事を構える姿勢を意味する。

そこも含めてデリックは今後どうするかを考えねばならないのだ。

16

依頼の全てを成功させたナナヨン・カンパニーがクラップフを旅立とうとしている。

「いやぁ、儲《もう》かった儲かった！」

車長用ハッチから上半身を外に出したフォクシーが満面の笑みを浮かべている。

「随分とご機嫌なのです」

ミミが揶揄《からか》うように言った。

「いや、だってさー、こんだけ稼いじゃったらねえ……」

フォクシーは戦闘室内に置かれた百五ミリ砲の空薬莢《やっきょう》を軽く蹴った。

中にはビス銀貨がびっしり詰まっている。一万ビス。それがレオナからの報酬であった。

通常の雇兵料がこの二十分の一だから、法外の度合いが分かろうというものだ。

しかしレオナからすると当然の額であった。レオナは、今回の仕手戦において約十五万ビスもの利益を得たからだ。

それにフォクシー達《たち》はマ・ゼンダの【タランチュラ】を撃破した。

後々になってわかったことだがこの戦いでマ・ゼンダは戦死した。

すなわちフォクシー達は、レオナの代わりに見事に仇《かたき》を討ち取ったのだ。

おかげでレオナは、ミグルンの血筋は未《いま》だに健在であることを世に示すことが出来た。

デリックと妻マージャも、彼女の血族としてその面目を大いに施した。

また、工房都市バラクレルや、その近隣で活動するキャラバンの商人達は、マ・ゼンダ敗死の報《しら》せに大いに溜飲《りゅういん》を下げたし、同時にホッと息を継いだのだ。

とは言え——である。

これだけの騒ぎを起こしておいて、全てがめでたしめでたしで収まると言うわけにはいかなかったのである。

「なんでですか!?」

苦虫を噛《か》みつぶしたような表情のデリックの口から『追放』のキーワードが出た時、マージャは思わず言い放った。

「いや、私としても大変心苦しくは思っているのだよ……」

「それでも、追放はないんじゃありませんか！　姪《めい》が可愛《かわい》くないのですか⁉」

「しかたありませんわ伯母様。わたくし、あれだけの騒ぎを起こしてしまったのですもの」

　それに対して、取りなすような態度を取ったのがレオナであったのが意外だ。

「ですがレオナは親の仇を討って本懐を遂げたのです。これはお手柄で本来ならば賞賛されてしかるべきことです。なのにその報いが追放だなんて理不尽です」

「伯母様。わたくしもマ・ゼンダとの戦いに心怯《ひる》むところは何一つありません。ですが、大勢の方々を巻き込んだのも確か。多くのディーラーが私の策略で大損害を被《こうむ》りました。なのに悪いことは何もしてませんと開き直ってはフレグ家を責められなくなります」

「そ、そうなのだよ。今回の一件では商品取引所やゴム関連のカンパニー、工廠《こうしょう》といったところからの苦情や抗議が殺到していてな。これを収めるためにも、一時的にレオナを追放したという形式が必要なのだ」

　デリックは『形式』という言葉を強調した。

「レオナはそれで良いのですか？　追放になってどこに行くというのです？」

「それでなんですが、わたくし就職しようかと思っております」

「就職――とは？」

「はい。知り合いのカンパニーの代表から、来ないかとお誘いがありまして」

　レオナはそう言って今後の身の処し方について説明したのである。

無線機からレオナの声が聞こえてくる。

『これからどこに行くのでしょう？』

見ると【ナナヨン】の隣に超特大の車両が止まった。

【ナナヨン】全体をその影で包み込んだ巨大な車体をフォクシーは車長用ハッチから見上げた。

その車両の運転席は【ナナヨン】よりも遙《はる》かに高いところにある。

その名は【ランドシップ】。新たにナナヨン・カンパニーに加入したレオナの持ち込んだ非戦闘用の超大型車両だ。

サイズは全長が十五・六メートル。

全高が七・三メートル――つまり大きめな一軒家のサイズほどもある。

家に直径が四メートルもある巨大タイヤをとりつけて地面を走り回っている姿を想像すればその巨大さが理解できるに違いない。

この車両、中規模以上のキャラバンならば一台か二台は所有している。

元は工房都市バラクレル十二洞の一つ、バーガリ鉱山から発掘されたコマツ９３０Ｅと呼ばれるトラックを元に起居・生活するための設備――例えば台所、浴室、寝室といった設備をしつらえてあるのだ。

これに長距離を旅するのに必要な水と食糧、資材、商品や、資金を積み込んで商人達は旅をする。言わば移動倉庫兼キャンピングカーなのだ。

この購入にレオナは今回の儲けの約三分の一を投じた。

自分の旅に役立てるという意味もあるが、バラクレルに自分が健在であることを誇示し、将来のミグルン家再興を約するためでもあった。

今、その運転席にはザキがいた。

そしてその隣には旅装を整えたレオナがいた。

「次はね、大陸の中央にあるパマフットってところにいくよ」

フォクシーは無線を通じて目的地の名を告げてそこに捜し物をしにいくと言った。

パマフットにはバラクレルの業者がオーパーツを仕入れた店があるはず。そこに行けば師匠の消息がつかめるかも知れない。

レオナは窓から頭を出してフォクシーの乗る戦車を見下ろした。

顔は互いに見えているが距離があるので無線のマイクを口元においていた。

『捜し物ですか?』

「そう。ついでに仕事をするって感じかな」

お金に余裕がある今、フォクシー達の仕事探しの優先度は低い。

これから大いに稼いでやる。そう思っているところに商売を後回しにする物言いにレオナは若干不満そうになった。

『まあ、良いでしょう。パマフットでは、戦車傭兵《ようへい》達が大勢掻《か》き集められているそうですから。きっと面白いことが待っているかも知れませんね』

するとミミが嫌そうに言った。

「騒動には巻き込まれたくないのです」

『あら、騒動あるところに儲けの種が転がっているものですわ』

すると操縦席のカッフェが悟ったように語った。

「このメスライオンなら、自分カラ騒動を起オコシソウ」

フォクシーも同感だ。しかもそれが大儲けの秘訣《ひけつ》だとフォクシーも今回の件で悟った。

「いいじゃん。それ面白いよ。ミミ、カッフェ、いいよね？　ザキ！　運転大丈夫!?」

他人から言われるままに働くのではなく、こちらから商売を仕掛けていく。金儲けの種が転がっているというのならなおさらその機会はあるに違いない。

『だ、大丈夫……だと思う』

自信のなさそうな声が返ってくる。しかしフォクシーは言った。

「ではナナヨン・カンパニー。目標は大金持ち！　警戒方向は貧乏。前進よーい！　前へ！」

戦車は轟音《ごうおん》を上げながら出発した。

あとがき

初めまして——あるいはお久しぶりです。

この度は拙作『狐《きつね》と戦車と黄金と1　傭兵《ようへい》少女は赤字から逃げ出したい！』にお手を伸ばして頂き、誠にありがとうございます。

これまで私、皆様には、銃声が鳴り響き兵士が喊声《かんせい》をあげて突き進み、どこかで何かが爆発したりするような作品ばかりを披露して参りました。

そんなこともあって、今回もまた皆様はエンジンの音が囂々《ごうごう》と轟《とどろ》き、履帯《りたい》が大地を削りながら巨大な戦車が大砲をぶっぱなす光景を描いた作品だと予想されたと存じます。

しかしながら、いえ今回もまたそれをたっぷり書かせて頂きましたが、今回は『お金でぶん殴り合う』という要素を加味してみました。加味と言うよりは、もうそれがメインですね。

そう。お金で戦うのです。

硬貨を革の袋に入れ、革紐《かわひも》なんかで口を縛ってぶんぶん振り回しますと、それはそれで高威力な武器となるのですが、そういう意味ではございません。市場で、お金の力を使った戦いということはご一読下さった皆様にはご理解いただけたことかと存じます。

次巻以降もお金でぶん殴り合い、ちょこっと弾丸や砲弾が飛び交うかと思いますが、どうぞよろしくお願いいたします。

柳内《やない》たくみ

狐と戦車と黄金と 1

『傭兵少女は赤字から逃げ出したい！』

2023年3月25日　初版発行

著者　柳内たくみ

イラスト　叶世べんち

発行者　山下直久

発行　株式会社 KADOKAWA
〒102-8177 東京都千代田区富士見2-13-3
0570-002-301（ナビダイヤル）

印刷・製本　株式会社広済堂ネクスト

デザイン　アオキテツヤ（ムシカゴグラフィクス）

連載：Web小説サイト「カクヨム」

Printed in Japan
ISBN 978-4-04-682326-7　C0093

定価はカバーに表示してあります。